高等职业院校规划教材·计算机应用技术系列

中文版 Photoshop
图像处理实用教程

李 敏 主编

中国铁道出版社
CHINA RAILWAY PUBLISHING HOUSE

内 容 简 介

本书是大中专院校学生或初学者学习 Photoshop 的基础类教程。书中详细介绍了图形图像处理软件 Photoshop CS2 的实用功能和使用技巧，并对容易忽视的问题做了相应的提示。实例与相关知识介绍相结合是本书的一大特点，编者结合自己在教学过程中的心得体会和处理图形图像的经验，精心安排并设计了此书的内容和结构，突出了教材的实用性。

全书共分 13 章，分别介绍了图像处理的基础知识，Photoshop CS2 的基本操作，图像选取、绘制与修饰，图像色彩调整，文字设计，图层编辑与应用，通道与蒙版，路径，历史记录和动作，滤镜，ImageReady CS2 的应用，照片处理技术等内容；最后一章安排了几个 Photoshop CS2 综合应用实例，能帮助用户在提高图像处理水平的基础上，进一步体验 Photoshop 的强大功能。

本书适合作为大中专计算机应用专业教材，也可作为社会相关培训机构的培训教程，以及广大 Photoshop 爱好者自学使用。

图书在版编目（CIP）数据

中文版 Photoshop 图像处理实用教程/李敏主编. —北京：中国铁道出版社，2008.6
高等职业院校规划教材·计算应用技术系列
ISBN 978-7-113-08778-4

Ⅰ. 中…　Ⅱ. 李…　Ⅲ. 图形软件，Photoshop—高等学校：技术学校—教材　Ⅳ. TP391.41

中国版本图书馆 CIP 数据核字（2008）第 091984 号

书　　名：中文版 Photoshop 图像处理实用教程
作　　者：李　敏　主编

策划编辑：严晓舟　秦绪好
责任编辑：王占清　　　　　　　　　编辑部电话：（010）63583215
封面设计：付　巍　　　　　　　　　封面制作：白　雪
责任校对：王春霞　赖因其　　　　　责任印制：李　佳

出版发行：中国铁道出版社（北京市宣武区右安门西街 8 号　　邮政编码：100054）
印　　刷：中国铁道出版社印刷厂
版　　次：2008 年 7 月第 1 版　　　　2008 年 7 月第 1 次印刷
开　　本：787mm×1092mm　1/16　印张：19.25　字数：447 千
印　　数：1～5 000 册
书　　号：ISBN 978-7-113-08778-4/TP·2809
定　　价：28.00 元

出 版 说 明

　　自 2002 年全国职业教育工作会议以来，全国各地区、各部门认真贯彻《国务院关于大力推进职业教育改革与发展的决定》（国发［2002］16 号），加强了对职业教育工作的领导和支持，以就业为导向改革与发展职业教育逐步成为社会共识。2005 年，在北京召开的全国职业教育工作会议上，国务院总理温家宝提出，在今后一个时期，"教育结构调整总的方向是，普及和巩固义务教育，大力发展职业教育，提高高等教育质量"，"把基础教育、职业教育和高等教育放在同等重要位置"。此次讲话精神将职业教育的地位提到了一个新的高度，为大力发展职业教育奠定了思想基础，指明了方向。

　　作为高等职业教育的重要组成部分，计算机教育和教学也面临着"以就业为导向"的重要转变和改革。为顺应高等职业教育改革和发展的趋势，配合高等院校的教学改革和教材建设，中国铁道出版社联合全国知名职业教育专家和各大职业院校推出了《高等职业院校规划教材》系列丛书。

　　本套系列教材编写的主要指导思想：

　　（1）定位明确。整套教材贯穿了"以就业为导向"的思想，面向就业，突出实际应用。

　　（2）内容先进。教材合理安排经典知识和实际应用的内容，补充了新知识、新技术和新设备。

　　（3）取舍合理。以高等职业教育的培养目标为依据，注重教材的科学性、实用性和通用性，尽量满足同类专业院校的需求。

　　（4）体系得当。以岗位职业标准为依据设计教材的体系，体现岗位技能要求，紧密结合生产实际，强化实践环节，培养创新精神。

　　（5）风格优良。在编写方式和配套建设中体现建设"立体化"精品教材体系的宗旨。为主要课程配套了电子教案、教学大纲、学习指导、习题解答、素材库、案例库、试题库等相关教学资源。

　　本套教材在编写过程中参考了《中国高职院校计算机教育课程体系 2007》（英文简称为 CVC 2007）中各专业课程体系的参考方案，并根据专业类别划分系列，分为计算机应用技术系列、信息管理技术系列、多媒体技术系列、网络技术系列、软件技术系列、电子商务系列等若干子系列。在本系列丛书的编写和出版过程中，得到了各专业领域知名职业教育专家以及全国各大高等职业院校的大力支持，在此表示衷心感谢。希望本系列丛书的出版能为我国高等职业院校计算机教育改革起到良好的推动作用，欢迎使用本系列教材的老师和同学提出意见和建议，书中如有不妥之处，敬请批评指正。

中国铁道出版社

前　言

　　Photoshop 是 Adobe 公司推出的、被公认为全球最具盛名的图形图像处理软件。它具有优越的性能和方便的使用性，被广泛应用于广告设计、封面制作、网页图像设计、平面印刷、照片处理等领域，深受广大读者的青睐。

　　本教材介绍的 Photoshop CS2 较以前版本新增了许多强大的功能，突破了以往 Photoshop 系列产品更注重平面设计的局限性，对数码暗房的支持功能有了极大的加强和突破，使读者通过 Photoshop CS2 能把自己要表现的思想、创意以及最适合的视觉方式效果展现出来，帮助读者更快地设计出高质量的作品。

　　为了使初学者能在较短的时间内掌握 Photoshop CS2 最基本、最常用的功能，编者在编写本书时，尽可能地采用具体的操作过程、有代表性的实例和通俗精炼的语言讲述各种工具和命令的使用方法，并对容易忽视的重要功能和关键问题以提示的方式做了强调。本书每章配备了详尽的实例来进一步巩固 Photoshop CS2 的功能和使用方法；部分章节后面附带了实训和习题，帮助读者实践、练习所学的知识，以便更快、更好地掌握各种图像处理技术。

　　本书共分 13 章，首先从图像处理的基础知识和 Photoshop CS2 的基本操作入手，详尽地介绍了图像选取、图像绘制、图像修饰、色调与色彩调整、文字设计、动作录放等图像处理的基本技法；通过实例详细分析了图层、通道与蒙版、路径三大重要知识点，以提高读者的图像总体设计能力；介绍了滤镜在实际设计过程中的综合应用，最后一章安排了几个综合实例，以帮助读者在提高图像处理水平的基础上，进一步体验 Photoshop 的强大功能。

　　本书内容由浅入深，语言通俗易懂，内容翔实，实例丰富，并将案例融入到每个知识点中，使读者在理解理论知识的同时，动手能力也得到同步提高，非常适合初学者和 Photoshop 爱好者学习使用。本书既可作为大中专院校学生学习 Photoshop 的基础类教程，也可作为社会各培训机构的培训教程，或广大计算机爱好者的自学读物。

　　本书由李敏主编并统稿，宋志强、钟卫红、吕子泉为副主编。全书编写分工如下：第 1、11 章由申艳玲编写；第 2、12 章由钟卫红编写；第 3、9 章由权洁编写；第 4、5、13 章的 1～3 节由吕子泉编写；第 6、8 章和 10.16、9.4.2 节由李敏编写；第 7、13 章的 4～7 节由宋志强编写；第 10 章由平原和孙桂萍编写。另外，李晶参与了第 3 章的编写工作，李霞参与了第 5 章的编写工作。

　　由于时间仓促，书中不足之处敬请广大读者批评指正。

编　者

2008 年 5 月

目 录

CONTENTS

第 1 章 Photoshop 图像处理基本概念

Photoshop 是公认的最出色的图形图像处理软件，它广泛地应用于广告出版、平面印刷、封面制作、网页图像编辑和照片处理等领域，深受广大用户的青睐，越来越多的人们迫切需要学习和掌握这项计算机应用技术。本章主要介绍图像处理的基本概念，只有掌握了这些内容才能灵活运用 Photoshop 软件进行设计、制作出高水平的作品。

本章要点：

- 矢量图与位图
- 像素和分辨率
- 图像文件格式
- 图像的色彩模式
- 图像的采集

1.1 矢量图形与位图图像

计算机图形主要分为两大类：一是矢量图形，二是位图图像。了解和掌握两种图形间的差异，对于创建、编辑和导入图片都有很大的帮助。

1. 矢量图形

矢量图也叫面向对象绘图，是用数学方式描述的曲线或曲线围成的色块制作的图形，它们在计算机内部表示成一系列的数值而不是像素点，这些值决定了图形如何显示在屏幕上。每个矢量图都是一个对象，每个对象都决定其外形的路径，一个对象与别的对象相互隔离，因此，可以自由地改变对象的形状、位置、颜色、大小等属性。矢量图与分辨率无关，所以不管图形大小与分辨率如何变化，都不会影响到图形的清晰度，如图 1–1 所示。矢量图形适用于标志设计、图案设计、版式设计、文字设计等。常用的绘制矢量图形的软件有 CorelDRAW、Illustrator、Freehand 等，这些软件原创性都比较强，主要的优点在于原始创作。

图 1-1 矢量图形放大前后的对比

2．位图图像

位图也称作像素图，是由平面上的像素或点的网格组成，一个像素点是图像中最小的图像元素，每个像素点都有自己的位置和颜色，一幅位图图像可以包括百万个像素，因此，位图图像的大小和质量取决于图像中像素点的多少。位图图像便于制作色彩丰富的画面，但占用空间较大，有时需要进行压缩。编辑位图图像时，不是编辑的图形或形状，而是编辑的每一个像素点，是把平面图像作为像素点的集合。编辑位图会改变它的显示质量，尤其是放大或缩小图像时，由于像素的重新分配而导致图像边缘比较粗糙，如图 1-2 所示。基于位图的软件有 Photoshop、Painter 等，其主要的优点在于处理图片，所以，对图像的后期处理比较强。

图 1-2 位图图像放大前后的对比

1.2 像素和分辨率

像素是一个带有数据信息的正方形小方块，图像由许多的像素组成，每个像素都具有特定的位置和颜色值，因此可以很精确地记录下图像的色调，逼真地表现出自然的景象。分辨率是指每单位长度显示的像素或点的数目，一般包含显示器分辨率、图像分辨率和打印分辨率等。

1.2.1 像素

像素是针对位图图像来说的，如果把位图图像放大到数倍，会发现这些连续色调其实是由许多色彩相近的小方格组成的，这些小方格就是构成位图图像的最小单位"像素"，如图 1-3 所示，当把局部放大之后，可以看到一个个小方格，每个小方格都存放着不同的颜色，这些小方格就是像素。

一幅图像的每一个像素都含有一个明确的位置和色彩数值，从而可以决定整体图像所呈现出来的样子。当图像中包含的像素越多，所包含的信息也就越多，所以文件越大，图像的品质也就越好。

图 1-3　放大局部后的像素点

1.2.2　分辨率

分辨率是指图像中每单位打印长度上显示的像素数量，通常用像素/英寸（p/in，ppi）表示。分辨率越高图像也就越清晰，越能表现更丰富的细节，文件占用的存储空间也就相对较大。像素与分辨率有着紧密的联系，处理位图时，输出图像的质量决定于处理过程开始时设置的分辨率高低。常见的几种分辨率类型：

1．位分辨率

位分辨率又称位深，是用来衡量每个像素储存信息的位数。这种分辨率决定了每次在屏幕上可显示多少种颜色，一般常见的有 8 位、24 位或 32 位颜色。

2．显示器分辨率

显示器分辨率即指显示器上每单位长度显示的像素或点的数目，通常用 dpi（dots per inch）为度量单位。显示器分辨率决定于显示器的大小和像素的设置。PC 显示器的分辨率通常为 96 dpi，Mac OS（苹果机）显示器的分辨率通常为 72 dpi。

3．图像分辨率

图像分辨率是指单位长度上像素的长度，通常用 ppi 表示。位图图像与分辨率有关，任何位图图像都含有有限个像素，同样显示尺寸的位图，图像分辨率越大，单位面积上像素点的数目越多，图像也描述得越细腻、清晰。比如，72 ppi 分辨率的 1×1 英寸图像共包含 72 像素（宽）×72 像素（高）=5 184 像素。同样 1×1 英寸、分辨率为 300 ppi 的图像则包含总共 90 000 像素。其中"72 像素（宽）"表示屏幕上水平方向显示的点数，"72 像素（高）"表示垂直方向的点数。在 Photoshop 中，图像像素被直接转换成显示器像素，也就是说当图像分辨率高于显示器分辨率时，图像在屏幕上的显示比指定的打印尺寸大。

4．打印分辨率

打印分辨率又称输出分辨率，是指在打印输出时横向和纵向两个方向上每英寸最多能够打印的点数，通常以 dpi 表示。一般来讲，PC 显示器的设备分辨率在 60～120 dpi 之间，而打印机的设备分辨率则在 180～720 dpi 之间，数值越高，效果越好。

提示：如果希望图像仅限于屏幕显示，可以将分辨率设置为 72 或 96 像素/英寸；如果图像用于报纸插图，可将分辨率设置为 150 像素/英寸；如果图像用于高档彩色印刷，可将分辨率设置为 300 像素/英寸。

1.3　图像文件格式

在 Photoshop 中制作的图像最终要应用于各个领域，如果不能够在各个应用领域应用正确的文件格式，不仅所得到的图像效果会大打折扣，甚至可能无法得到预期的效果。比如，在彩色印刷领域图像的文件格式要求为 TIFF，如果文件格式为 BMP，则无法得到正确的分色结果，自然无法得到正确的印刷效果。所以，针对不同的工作任务选择不同的文件格式非常重要，下面简单介绍几种在 Photoshop 中常用的图像文件格式。

1. PSD 格式

PSD 格式是 Photoshop 的默认文件格式，是唯一支持 Photoshop 全部功能的图像格式。PSD 格式保存了 Photoshop 文件所有的图层、通道、蒙版等，当用户打开保存为 PSD 格式的文件后，可以轻松地修改上次的设计，但当图像存储为其他格式时，其所有信息将不复存在。

2. BMP 格式

BMP 格式是专门为 Windows 的画图所建立的，该格式是 Windows 操作系统中的标准图像文件格式，能够被多种 Windows 应用程序所支持，这种格式的特点是包含的图像信息较丰富，但占用磁盘空间较大。当前的 BMP 格式的版本中支持 32 位颜色深度，使用的颜色模式可以为 RGB 颜色、索引颜色、灰度和位图模式等。

3. JPEG 格式

JPEG 文件格式是一种常见的图像格式，其全称是 Joint Photographic Experts Group（联合图像专家组），它是互联网上最为常用的图像格式之一。JPEG 格式支持真彩色、CMYK、RGB 和灰度颜色模式，也可以保存图像中的路径，但不支持 Alpha 通道。由于 JPEG 的压缩技术十分的先进，能够大幅度降低文件的存储空间，并能使压缩后的文件最大限度的展现其丰富的形象及色彩。目前各种浏览器都支持 JPEG 格式的图像，成为网络上最受欢迎的图像格式。

4. TIFF 格式

TIFF 文件格式是为 Macintosh 公司开发的最常用的图像文件格式，用于在不同的应用程序和不同的计算机平台之间交换文件。TIFF 是一种常用的位图图像文件格式，而且是为数不多的几种可跨平台使用的图像文件格式之一，几乎所有的绘画、图像编辑和页面版面应用程序均支持此图像文件格式。TIFF 格式技术具有 Alpha 通道的 CMYK、RGB、Lab、索引颜色和灰色图像以及无 Alpha 通道的位图模式图像。TIFF 文件格式能够保存通道、图层和路径，它和 PSD 文件格式区别不大，但是，如果在其他应用程序中打开此文件格式所保存的图像时，所有图层将被拼合。

5．EPS 格式

EPS 文件格式是 Encapsulated PostScript 的缩写，是一种跨平台的通用格式，它可以同时包含矢量图形和位图图像，并且几乎所有的图像、图表和页面版面程序都支持该文件格式。EPS 格式用于在应用程序之间传递 PostScript 语言所编译的图片，当在 Photoshop 中打开包含矢量图形的 EPS 文件时，Photoshop 将矢量图形转换为位图图像。

6．GIF 格式

GIF 文件格式是 CompuServe 公司制定的，是 Graphics Interchange Format（图形交换格式）的缩写，它使用 8 位颜色并在保留图像细节的同时有效地压缩图像实色区域的一种文件格式。GIF 最多只能容纳 256 种颜色，将原 24 位图像优化成 8 位的 GIF 文件时会导致颜色信息丢失。GIF 格式的特点是压缩比高，且占用磁盘空间少，传输速度快，因此被广泛用于网络传输和制作 Web 网页中。

7．PNG-8 格式

与 GIF 文件格式一样，PNG-8 文件格式可以在保留图像细节的同时，有效地压缩实色区域，PNG-8 格式的图像文件使用了比 GIF 更高级的压缩方案，因此，使用此文件格式保存的同一图像比 GIF 文件小 10%～30%。

8．PDF 格式

PDF 文件格式是一种灵活的、跨平台的、跨应用程序的文件格式，使用 PDF 文件能够精确地显示并保留字体、页面版面以及矢量和位图图像，另外，PDF 文件可以包含电子文档搜索和导航功能。PDF 格式具有良好的传输及文件信息保留功能，它已经成为无纸办公的首选文件格式，如果使用 Acrobat 等软件对 PDF 文件进行注解或批复等编辑，对于异地协同作业非常有帮助。PDF 格式支持 RGB、索引颜色、CMYK、灰度、位图和 Lab 颜色模式，并支持通道、图层等数据信息。

9．PCX 格式

PCX 格式与 BMP 格式一样，支持 1～24 位的图像，并可以用 RLE 方式保存文件。PCX 格式还支持 RGB、索引颜色、灰度和位图的颜色模式，但不支持 Alpha 通道。

10．PICT 格式

PICT 格式是一种应用程序间传递文件的中间文件格式，常用于 MAC 图像和网页排版程序中。它不支持 Alpha 通道的索引颜色、灰度、位图的文件和带一个 Alpha 通道和 RGB 颜色模式的文件。这种格式对压缩具有大面积单色的图像非常有效。

11．TGA 格式

TGA 格式是为视频摄像机图像而设计的一种图像文件格式，该格式是一种图形、图像数据的通用格式，被多媒体领域所应用。电视台制作节目时，叠加的台标和片头画面的变换多是将该格式的图片文件引入字幕机的。在电视画面的抓取中，需要利用非线性编辑设备抓取画面（抓帧），这时抓帧所得的图像就是 TGA 格式的文件，可以利用 PhotoShop 进行格式转换。

1.4　图像的色彩模式

常用的色彩模式有 RGB、CMYK、HSB 和 Lab 模式，每种颜色模式都有不同的作用，为图像在屏幕上和印刷上的成功表现提供了保障。

1．RGB 模式

RGB 模式是一种加色模式，是最贴近生活中色彩的一种颜色模式，也是最常用的、最基本的颜色模式，大部分图像文件都是以 RGB 模式存储的。R（红）、G（绿）、B（蓝）为 RGB 模式的三种基本颜色，每种基本颜色又含有 256 种亮度级，它们相互混合将产生绚丽多彩的色彩。RGB 模式支持 Photoshop CS 中所有的命令和滤镜，是制作 Photoshop CS 图像最适用的颜色模式。但是 RGB 模式不适宜直接用于印刷，如需要打印须转换成其他颜色模式。

2．CMYK 模式

CMYK 模式采用的是减色原理，它以青（Cyan）、洋红（Mayenta）、黄（Yellow）、黑（Black）为四种基本色相互混合成其他颜色。由于 CMYK 模式是根据纸上油墨的吸收特性来定义的，每一个像素的每一种印刷油墨会被分配一个百分比值，因此，在打印或印刷图像时，常常将图像的颜色模式设为 CMYK 模式。CMYK 颜色模式不适用于编辑图像，在 Photoshop CS 中有一些编辑命令和滤镜不可用。

3．Lab 模式

Lab 模式是色彩范围最广的模式，由三个颜色分量来表示：L 表示颜色亮度，a 表示绿到红的光谱变化，b 表示蓝到黄的光谱变化，是一种转换的中间过渡模式。由于 RGB 模式和 CMYK 颜色模式在特定的要求下需要相互转换，但各自的色谱又不能完全相互覆盖，所以在转换时不可避免会丢失一些颜色信息，这时，用户就可以先将 RGB 或 CMYK 转换成 Lab 模式，这样就可以不必为丢失颜色信息而担忧了。

4．位图模式

位图模式只能制作黑白图像，1（位图）通道仅能表示两种颜色，即黑、白两色。在 Photoshop CS 中如果使用位图模式，一些编辑工具和所有滤镜均不可用，也不能建立图层，彩色图像也不能直接转换成位图模式，只有从灰度模式才可以转换为位图模式。位图模式适用于做一些黑白艺术效果的画面。

5．灰度模式

灰度模式只有不同亮度级的灰色，没有色相和饱和度。灰度模式的位深是 8bit，也就是一个像素用 8 位二进制数表示，因而由黑到白有 256 种亮度级，对于表现有丰富中间色调的黑白图像来说绰绰有余了如果由彩色模式转换为灰度模式，会丢失一些颜色信息而且不可能再被复原。

6．HSB 模式

HSB 模式是一种基于人的直觉的颜色模式，用户可以用它直观地调和各种色相、色调的颜色。HSB 模式用 H（Hue）色相，S（Saturation）饱和度，B（Brightness）明暗度来划分颜色，通过调节 HSB 可以改变图像的色相、饱和度及明暗度。Photoshop CS 不直接支持这种颜色模式，但提供了一个控制面板，HSB 图像通常是由其他模式转换而来的。

7. 索引色模式

索引色模式通常又被称为映射颜色模式，由于这种模式的图像比 RGB 模式的图像小得多，大约只有 RGB 模式的 1/3，所以它被广泛地运用于 Web 领域和多媒体制作领域中。由于索引颜色模式最多只能表现 256 种颜色，所以它不能完美表现出一幅有色彩的图像，往往会发生图像失真的现象。

1.5　图像的采集

处理图像时，往往需要一些图像素材。图像的采集有多种途径，可以通过扫描仪、数码照相机等获取图像，也可以通过网络提供的图形图像信息提取需要的图形图像，还可以使用抓图软件在屏幕、动画、视频中捕捉。

1. 屏幕采集

屏幕图像的采集可以使用键盘上的功能键，也可以使用抓图软件来完成。在 Windows 中按【Print Screen】键可将当前全屏幕图像复制到剪贴板上，按【Alt+Print Screen】组合键可将当前活动窗口的图像复制到剪贴板上，然后再把剪贴板上的图像粘贴到指定位置。这种直接按键取图的方法很简单，无需专门软件支持。

提示：Windows 中的剪贴板是信息交换的最常用空间，只能保存当前取得的信息，新取得的内容会覆盖原有的内容。因此，使用剪贴板采集的图像只适合于图片的即时处理，不能满足大批量、快速采集图像的要求。尽管 Windows 提供了剪贴板的查看程序，但它只能把剪贴板中的信息保存为 CLP 文件，这是一种只有剪贴板才能打开的文件，无法直接使用。

在实际工作中，更多的是使用专门的抓图工具软件来采集图像，它能把屏幕图像直接存储为图像文件，便于大批量的图像素材的采集，弥补了剪贴板的功能不足。常用的屏幕抓图软件有 HyperSnap-DX、Capture Profession、PrintKey 等。这些软件均可从相应公司的网站上下载试用版本，也可从国内的一些软件下载站点下载，如"华军软件园"、"新起点汉化"等。

2. 数码照相机采集图像

数码照相机也称数字照相机，俗称数码相机。最早出现在美国，是集光、机、电一体化的产品。数码照相机不使用胶卷，而是使用电荷耦合器 CCD 元件感光，然后将光信号转变为电信号，再经模/数转换后记录于存储卡上，存储卡可反复使用。由于数码照相机拍摄的照片要经过数字化处理再存储，拍摄后的照片可以回放观看效果，对不满意的照片可以立即删除重拍。拍摄后把数码照相机与计算机连接，可以方便地将照片传输到计算机中并进行各种图像处理，制作 Web 页或直接打印输出。

作为计算机输入设备的数码相机主流机型像素数一般在 500 万像素级，其外观造型与传统相机没有太大的差别，另外，由于产量以及技术进步等因素，使得数码相机成为计算机应用不可缺少的设备。

3．视频采集图像

视频是由相继拍摄并存储的图像组成的，视频内容从摄像机或者录像带上转换到计算机硬盘上变成可以操作的形式，可以使用模拟视频信号源和一块视频采集卡不定期完成这个工作，这个过程称作视频采集。

视频采集卡是将模拟摄像机、录像机、LD 视盘机、电视机输出的视频信号等输出的视频数据或者视频音频的混合数据输入计算机，并转换成计算机可辨别的数字数据存储在计算机中，成为可编辑处理的视频数据文件。

4．扫描仪采集图像

大部分图像处理软件支持用扫描仪把生活中收集到的照片、图片、图案等输入到计算机中，作为艺术创作的素材和范本。

扫描仪的使用方法大同小异，基本使用方法如下：

（1）打开图像处理软件。

（2）将准备扫描的图像画面朝下放置到扫描仪的上端，要贴近标尺的前端。

（3）选择"文件"→"导入"→"扫描仪"命令启动扫描仪控制面板。

（4）根据需要设置扫描仪控制面板中的各个参数，其中，扫描仪的扫描分辨率是 dpi，其值越大，扫描的清晰度也就越高。设置完毕单击"扫描"按钮，系统即把图像扫描到计算机中。

（5）选择"文件"→"保存为"命令将扫描的图像以指定的文件名保存到指定的文件夹中。

（6）重复以上操作扫描其他图像。

完成所有图像的扫描之后，单击"关闭"按钮关闭扫描程序。

5．网上下载

有些时候需要从网上下载需要的素材，从网上下载素材的方法非常简单：打开 IE 浏览器，搜索网络中提供的图像素材，选中需要的图像素材单击鼠标右键，在弹出的菜单中选择"图片另存为"命令，打开"保存图片"对话框，从中设置图片的保存位置、类型和文件名，单击"保存"按钮即可。

习　题

一、填空题

1. 像素是一个带有数据信息的小正方形方块，在 Photoshop 中，图像的基本单位是_____。
2. 计算机图形主要分为两大类：一是_____，二是_____。
3. 分辨率是指_____，通常用_____表示。分辨率越高，图像_____，文件占用的存储空间_____。
4. _____图像格式更适合于网站页面上的应用。

二、简答题

1. 什么是位图图像？什么是矢量图形？
2. 图形图像常用的文件格式有哪些？它们的特点是什么？
3. 分别说明 RGB 模式、Lab 模式、CMYK 模式和灰度模式的原理和特点。
4. 图形图像的采集有哪些途径？

第2章 Photoshop CS2 入门基础

Photoshop CS2 是平面设计人员使用最为广泛的工具。它在图像编辑、桌面出版、网页图像编辑等方面具有很大的优越性。

本章要点：

- Photoshop CS2 概述
- Photoshop CS2 工作环境
- Photoshop CS2 的新增功能
- 图像的版面调整和显示控制
- 图像文件的基本操作
- 设置 Photoshop CS2 工作环境

2.1 Photoshop CS2 概述

Photoshop CS2 在保持原来版本功能的基础上，又增加了许多新功能，与其他设计软件的使用又有了更大程度上的兼容。

2.1.1 Photoshop CS2 简介

Photoshop CS2 是 Adobe 公司推出的一款功能强大的图形图像处理软件，它适用于 Mac OS 及 Microsoft Windows 两个操作系统，同时公司也发布了 UNIX 操作系统上的版本。

中文版 Photoshop CS2 是对数字图形编辑和创作专业工业标准的一次重要更新。它作为独立软件程序或 Adobe Creative Suite 2 的一个关键构件来发布。中文版 Photoshop CS2 引入强大和精确的新标准，提供数字化的图形创作和控制体验。借助于其前所未有的灵活性，可以根据用户的需要自定中文版 Photoshop CS2，还提供了高效的图像编辑、处理以及文件处理功能，且功能的增强并未降低先前的效率。

Photoshop 在平面设计领域的应用非常广泛，例如包装设计、标志设计、企业形象设计、产品宣传设计、海报设计、书籍封面设计等。Photoshop CS2 在桌面出版上的应用更有其独到之处，以其强大的表现力在桌面出版中得到了广泛的应用。

随着通信的发展，被视为新媒体的网络处于越来越重要的地位。网页设计领域也是 Photoshop 重要的应用范畴，网络的发展拓展了 Photoshop 平面设计的功能。

Photoshop CS2 利用自身在图像处理上的优势，整合 ImageReady CS2 后，可以进行网页的视觉设计、排版布局、创建页面的 HTML 文件等。

2.1.2　Photoshop CS2 新功能

中文版 Photoshop CS2 除了保持以前的功能外，还增加了许多的新功能。新功能可以帮助用户更快地进行设计，提高图像质量，并以专业的高效率管理文件。同时 Adobe 公司为了防止盗版，还在 Photoshop CS2 中加入了类似 Windows XP 的激活技术，要经过在互联网上激活的操作后才能使用。下面介绍 Photoshop CS2 典型的几大新功能。

1．全新的 Adobe Bridge 文件浏览器

Photoshop CS2 中的文件浏览器被全新打造为一个叫作 Adobe Bridge 的文件浏览器，它是一个可以单独运行的应用程序，是 Adobe Creative Suite 的控制中心，可以使用它组织、浏览用户的各种图像资源，定位到用于打印输出、Web 浏览及移动设备的文件。

Adobe Bridge 能够独立运行，也可以在 Adobe Photoshop、Adobe Illustrator、Adobe InDesign 及 Adobe GoLive 等软件中通过单击一个与名称相同的按钮打开。

提示：Adobe Bridge 的启动方法：选择"开始"→"所有程序"→"Adobe Bridge"命令。

2．可自定的工作区和菜单

使用基于任务的预设，更方便地访问所需的工具，突出显示新的或常用的菜单项，并设置和保存自定菜单和工作区。

3．多图层控制

通过单击对象并直接在画布上拖动，可以更为直观地对对象进行选择和移动、编组、转换以及变形等操作，轻松地将对象与智能参考线对齐。

4．图像变形

使用"图像变形"功能，通过使围绕任何形状的图像变形，或者伸展、卷曲和弯曲图像，可以轻松地制作包图片模型或其他维度效果。

5．智能对象

使用智能对象，可以对光栅化图形和矢量图形进行非破坏性的缩放、旋转及变形。使用 Adobe Illustrator 软件，甚至可以保留高分辨率矢量数据的可编辑性。

6．消失点滤镜

新增的"消失点"滤镜能够按透视校正来处理包含透视面的图像。使用该滤镜，用户能够快速修复具有透视效果的图像。

7．图像减少杂色滤镜

图像杂色表现为非图像本身的随机产生的外来像素，一般是由于数码相机的 ISO 值设置过

高、曝光不足或在比较暗的地方以较低的快门速度拍摄所致。新的"减少杂色"滤镜可以更好地消除图像中的杂色或颗粒，使图像变得平滑。

8．镜头校正滤镜

新增的"镜头校正滤镜"可以校正普通相机镜头变形失真的缺陷，例如桶状变形、枕形状失真、晕影以及色彩失常等。

9．新增的模糊滤镜

Photoshop CS2 中新增了 3 个模糊滤镜，即"方框模糊"、"形状模糊"和"表面模糊"。这 3 个滤镜可以在"滤镜"→"模糊"菜单中找到。

10．污点修复功能

新增的"污点修复画笔"工具可以快速地去除照片中的斑点和污迹，而不必再事先对有污点的地方进行选择。

11．红眼校正功能

"红眼"工具可移去用闪光灯拍摄的人物照片中的红眼，也可以移去用闪光灯拍摄的动物照片中的白色或绿色反光。

提示：用数码相机拍摄人像时，有时会出现红眼现象，这是因为在光线较暗的环境中拍摄时，闪光灯闪光时会使人眼的瞳孔瞬时放大，视网膜上的血管被反射到底片上，从而产生红眼现象。为了避免红眼，请使用相机的红眼消除功能，或者最好使用可安装在相机上远离相机镜头位置的独立闪光装置。

2.1.3　Photoshop CS2 的启动和退出

在系统中安装好 Photoshop CS2 后，用户就可以进入并使用 Photoshop CS2 软件了。

1．启动 Photoshop CS2

启动 Photoshop CS2 一般有 3 种方式：

（1）菜单方式。选择"开始"→"所有程序"→"Photoshop CS2"命令启动 Photoshop CS2。

（2）快捷方式。双击建立在 Windows 桌面上的 Photoshop CS2 快捷方式图标；也可将 Photoshop CS2 的快捷方式拖入 Windows 任务栏中形成一按钮，单击该按钮可快速启动 Photoshop CS2。

（3）直接方式。用户可通过选择"开始"→"运行"命令或通过在"资源管理器"或"我的电脑"中运行相应的应用程序（Photoshop.exe）；或双击某一 PSD 图片，在打开该图片的同时启动 Photoshop CS2 应用程序。

2．退出 Photoshop CS2

要退出 Photoshop CS 应用程序，应先关闭所有打开的图像窗口，然后执行以下操作之一：

（1）双击 Photoshop CS2 窗口左上角的控制菜单图标，或单击控制菜单图标，选择其中的"关闭"命令。

（2）单击 Photoshop CS2 工作界面标题栏右侧的"关闭"按钮。

（3）选择"文件"→"退出"命令或按【Ctrl+Q】组合键。

（4）按【Alt+F4】组合键。

无论采用何种方法退出 Photoshop CS2，在退出前要保存图片。如果用户在图片新建或修改后尚未保存，退出 Photoshop CS2 前，系统将会自动弹出一个对话框，询问是否要保存尚未保存的图片。单击"是"按钮，则将编辑的图片存盘；单击"否"按钮，则放弃当前的修改，退出 Photoshop CS2；单击"取消"按钮，则取消这次操作，继续工作。

2.2　Photoshop CS2 工作环境

中文版 Photoshop CS2 的工作环境主要包括标题栏、菜单栏、工具选项栏、工具箱、浮动面板和图像编辑窗口等，如图 2-1 所示。

图 2-1　Photoshop CS2 工作界面

1.菜单栏

菜单栏用于存放 Photoshop 图像处理需要用到的所有命令。Photoshop CS2 中的菜单栏包括"文件"、"编辑"、"图像"、"图层"、"选择"、"滤镜"、"视图"、"窗口"和"帮助"9 个菜单项。当使用某个菜单命令时，只需将鼠标指针移到该菜单上并单击鼠标，即可弹出下拉菜单，其中包含了该菜单中的所有命令，可从中选择所要使用的命令。

在下拉菜单中，如果某些命令呈暗灰色，则说明该命令此时不可用，需满足一定条件后才能使用；有的菜单项后面有一个三角符号，表示该菜单项有对应的级联式子菜单；有的菜单项后面有省略号，单击该菜单项将打开一个对话框；有的菜单命令标有快捷键，使用快捷键可以直接执行菜单命令，从而提高了工作效率。例如，按【Ctrl+N】组合键即可执行创建新的图像文件命令。

提示：要打开菜单，除了使用鼠标之外，还可以使用键盘：按住【Alt】键，然后按菜单名称后面的英文字母键即可。例如，要打开"文件"菜单，先按住【Alt】键，然后按【F】键。打开菜单之后，可以使用方向键来浏览菜单。若关闭菜单，可以按【Esc】键。

除了菜单栏中执行命令之外，中文版 Photoshop CS2 还提供了快捷菜单。在操作界面的任何地方单击鼠标右键都可打开对应的快捷菜单。

2．工具选项栏

在菜单栏的下面是工具选项栏，其主要的功能是设置各个工具的参数，对工具的属性进行控制。工具选项栏与所进行的操作相关，并且会随所选工具的不同而不同。

工具选项栏内的一些设置（如绘画模式和不透明度）对于许多工具都是通用的，但是有些设置则专门用于某个工具，例如，用于"铅笔"工具的"自动抹掉"设置。

3．工具箱

工具箱位于操作界面的左侧，存放着用于创建和编辑图像的各种工具。每一个工具按钮都表示一个工具，当鼠标指针移动到按钮上时，略微停留一会儿，就会在鼠标指针处显示该工具的名称，名称旁边的英文字母表示选取这个工具的快捷键，单击该快捷键即可选中对应的工具。工具箱中有些工具按钮的右下角有一个小三角形标记，这表示还有一系列隐藏工具，按住鼠标左键不放或单击鼠标右键，将打开一个快捷菜单，与该工具类似的所有隐藏工具都会出现在其中。单击所需要的隐藏工具，该隐藏工具将出现在工具箱中。表 2-1 列出了各分区包含的工具及其主要功能。

表 2-1　工具箱中各区包含的工具及主要功能

分　区	包　含　工　具	主　要　功　能
1	Photoshop 在线更新	单击它会直接登录到更新网站，用户可以在网站上对 Photoshop 进行在线更新
2	选区工具、套索工具、魔棒工具等	主要用于创建各种选择区域
3	画笔工具、橡皮擦工具、模糊工具等	主要用于点阵图像进行修改和编辑
4	文字工具、钢笔工具、图像工具等	主要用于制作矢量文字、路径和图形
5	吸管工具、抓手工具和缩放工具等	主要用于查看图像和查询图像信息
6	前景色和背景色工具	主要用于设置前景色和背景色
7	以标准模式编辑和以快速蒙版模式编辑	在标准模式和快速蒙版模式之间切换
8	标准屏幕模式、带有菜单栏的全屏模式和全屏模式	在几种屏幕模式之间切换
9	转到 ImageReady 进行编辑	启动 ImageReady

4．浮动面板

在操作界面的右侧，放置着 Photoshop 的多个浮动面板。浮动面板是 Photoshop 特有的界面形式，可帮助用户监视和修改图像。要完成 Photoshop 的制作，浮动面板的作用是必不可少的。中文版 Photoshop CS2 提供了多个浮动面板，其中最重要的面板是"画笔"、"图层"、"通道"和"路径"面板。所有的浮动面板均可在"窗口"菜单中找到，部分面板的基本功能如表 2-2 所示。

表 2-2　Photoshop CS2 浮动面板的基本功能

面板名称	基本功能
导航器	显示图像的缩略图，可以用来快速缩放显示比例、迅速移动图像显示内容
动作	可以记录、播放、编辑或删除个别动作，还可用来存储和载入动作文件
段落	为文字图层中的单个段落、多个段落或全部段落设置格式化选项
工具	工具箱的显示或隐藏
工具预设	使用户可以存储和重用工具设置
画笔	用于选择预设的画笔和自定义画笔
历史记录	用于记录用户的操作，当需要时可以恢复图像和指定恢复某一步操作
路径	列出了每条存储的路径、当前工作路径和当前矢量蒙版的名称和缩览图图像
色板	可从中选取前景色或背景色，也可以添加或删除颜色以创建自定义色板库
通道	可以创建并管理通道以及监视编辑效果。用户可以在通道中进行各种通道操作，如切换显示通道内容，安装、保存和编辑蒙版等
图层	列出图像文件中所有图层、图层组和图层效果。用户可以完成创建、隐藏、显示、复制和删除图层等操作
图层复合	是图层调板状态的快照。记录三种图层选项，一是显示还是隐藏，二在文档中的位置，三是否将图层样式应用于图层和图层的混合模式
信息	显示鼠标指针所在位置的坐标值、该位置的像素的颜色值信息以及其他有用的测量信息（取决于所使用的工具）
选项	工具选项栏的显示或隐藏
颜色	显示当前前景色和背景色的颜色值。可以根据几种不同的颜色模型编辑前景色和背景色，也可以从显示在面板底部的四色曲线图中的色谱中选取前景色和背景色
样式	自定义图层样式后，可以将它存储为预设的样式，然后通过"样式"面板来调用
直方图	用来查看图像的色调和颜色信息。默认情况下，直方图显示整个图像的色调范围
字符	提供用于格式化字符的选项

　　默认情况下，面板以组的方式堆叠在浮动面板窗口中，要使用某个面板，可以单击该面板的选项卡或者从"窗口"菜单中选择该面板的名称，该面板就会显示在其所在组的最前面。单击面板右上角的三角形按钮，可以显示面板菜单。

　　5．状态栏

　　状态栏位于窗口的最底部，主要用于显示图像处理的各种信息，共由三部分组成。例如当前图像的放大倍数、文件大小以及现用工具用法的简要说明。

　　提示：单击状态栏上的下三角按钮，用户可以从中选择显示文件的不同信息，如版本、备用文件、在 Bridge 中显示文档大小、文档配置文件、文档尺寸、暂存盘大小、效率、计时、当前工具和 32 位曝光等。

2.3　图像的版面调整和显示控制

图像窗口即图像显示的区域，是中文版 Photoshop CS2 的主要工作区，用于显示图像文件。图像窗口带有自己的标题栏，提供了打开文件的基本信息，如文件名、缩放比例、颜色模式等。

2.3.1　图像版面调整

一般来讲，当用户扫描了图像或者当前的图像大小需要调整时，会对图像版面进行调整，主要包括图像大小调整、画布大小调整、裁切图像等。

1．调整图像大小

图像的尺寸和分辨率息息相关，同样尺寸的图像，分辨率越高，图像就会越清晰。当图像的像素数目固定时，改变分辨率，图像的尺寸也将随之改变；同样，如果图像的尺寸改变，则其分辨率也必将随之变动。

选择"图像"→"图像大小"命令，将弹出"图像大小"对话框，如图 2-2 所示。用户可以从中改变图像的尺寸、分辨率以及图像的像素数目。

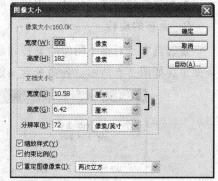

图 2-2　"图像大小"对话框

- 像素大小：在"像素大小"选项区域中可修改图像的宽度和高度像素值。用户可以直接在数值框中输入数值，也可以在右侧的下拉列表框中选择百分比选项，通过设置图像与原图大小的百分比来设置图像的宽度和高度。

- 文档大小：在"文档大小"选项区域中可设置图像的宽度、高度和分辨率，用户可以直接在数值框中输入数字，也可以在数值框右侧的下拉列表框中设置单位。

- 约束高宽比："约束比例"复选框用于约束图像的高宽比。如果选择该复选框，改变图像的高度，其宽度也随之成比例地改变；如果取消选择该复选框，可任意地改变高度和宽度的值。

- 调整重新取样：如果取消选择"重定图像像素"复选框，调整图像大小时，像素的数目固定不变，改变尺寸或者分辨率其中之一，则另一项与之协调变化。如果选择此复选框，则在改变图像尺寸或者分辨率时，图像的像素数目会随之改变，需要重新取样。重新取样会影响图像的品质。单击"重定图像像素"复选框右侧的下拉列表框，列出了图像像素插值方式。

- 自动设置图像分辨率：单击"自动"按钮，将打开"自动分辨率"对话框，如图 2-3 所示。用户可以在"挂网"数值框中设置输出设备的网点频率，在"品质"选项区域中设置印刷的品质："草图"产生的分辨率与网点频率相同；"好"产生的分辨率是网点频率的 1.5 倍；"最好"产生的分辨率是网点频率的 2 倍。

图 2-3　"自动分辨率"对话框

2．调整画布大小

调整画布大小就是在屏幕上调整工作区的大小。用户可以在不改变图像尺寸的情况下调整工作区，并且可以调整画布的颜色。

选择"图像"→"画布大小"命令，打开"画布大小"对话框，如图 2-4 所示。

- 显示当前画布大小：在"当前大小"选项区域中显示了当前图像画布的实际大小。
- 调整画布大小：在"新建大小"选项区域中设置调整后图像的高度和宽度，默认为当前大小。如果设置的宽度和高度大于图像的当前大小，Photoshop CS2 就会在原图的基础上增加画布面积；反之，则画布面积将减小。选择"相对"复选框，则"新建大小"选项区域中显示的是画布大小的修改值。修改值为正值，表示扩大画布；修改值为负值，表示缩小画布。
- 调整图像在画布中的位置：在"定位"选项区中，确定图像在调整后的画布的相对位置，有 9 个位置可以选择，默认水平竖直都居中。
- 调整画布的颜色：在"画布扩展颜色"下拉列表框中，确定画布的背景颜色。

3．画布的旋转

旋转画布是对整个图像的旋转和翻转。选择"图像"→"旋转画布"命令，将列出对应的子菜单，如图 2-5 所示。各命令含义如下：

图 2-4 "画布大小"对话框　　　　　图 2-5 "旋转画布"子菜单

- 180°：选择该命令，可将整个图像旋转 180°。
- 90°（顺时针）：选择该命令，可将整个图像顺时针旋转 90°。
- 90°（逆时针）：选择该命令，可将整个图像逆时针旋转 90°。
- 任意角度：选择该命令，将弹出"旋转画布"对话框，用户从中可以设置转动的角度和方向。
- 水平翻转画布：选择该命令，可将整个图像水平翻转。
- 垂直翻转画布：选择该命令，可将整个图像垂直翻转。

提示："旋转画布"命令针对的是整个画布，执行时不需要选取范围。

4．图像的裁切

图像的裁切是移去部分图像以形成突出或加强构图效果的过程。可以使用"裁切"工具和"裁剪"或"裁切"命令两种方法裁切图像。

使用"裁剪"或"裁切"命令的具体步骤如下：

（1）用"选取"工具选取要保留的部分图像。

（2）选择菜单栏中的"图像"→"裁剪"命令或"图像"→"裁切"命令，图像会自动以选区的边界为基准，根据包围选区的最小矩形对图像进行剪切。

使用"裁切"工具，可以自由控制裁切范围的大小和位置，还可以在裁切的同时对图像进行旋转、变形等操作。使用"裁切"工具的具体操作步骤如下：

（1）选择"裁切"工具，其对应的选项栏如图 2-6 所示。

图 2-6　"裁切"工具对应的选项栏

（2）移动鼠标指针到图像窗口中，单击鼠标左键并拖动，释放鼠标后，将出现一个四周有八个控制点的裁切范围，此时的选项栏如图 2-7 所示。将鼠标指针放在控制点周围，等鼠标指针变为相关的形状后拖动鼠标可对裁切区域进行旋转、缩放或平移等操作。

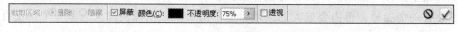

图 2-7　创建裁切区域后对应的选项栏

（3）在裁切区域内双击鼠标或者单击选项栏中的 ✔ 按钮，即可完成裁切操作。

通过"裁切"工具选项栏，可以对各选项进行更多的设置。

- 设置裁切后图像的大小：在"宽度"和"高度"数值框中，可设置裁切后图像的大小。在设置了大小之后，用鼠标在图像中只能拖出相应比例的矩形裁切区域，且只有四个控制点。如果裁切区域和所设置的大小不一致，裁切后的图像会自动调整大小，即进行重新采样。

- 设置裁切后的图像的分辨率：在"分辨率"数值框中可以设置裁切后图像的分辨率。当设置的分辨率和当前的分辨率不一样时，同样会进行重新采样。

- 自动设置裁切后的图像为当前大小：单击"前面的图像"按钮，可将"宽度"、"高度"和"分辨率"设置为当前图像的值，这样裁切后的图像会和原图像保持一致。

- 自由裁切：单击"清除"按钮，可重置"宽度"、"高度"和"分辨率"，此时可自由裁切图像，以选定的区域为准。

当选取了一个裁切范围后，工具栏会发生变化，如图 2-7 所示，用户可进行如下的设置。

- 删除或隐藏被裁切区域：对于被裁切区域，可以设置为"删除"或"隐藏"。默认状态为"删除"，即丢掉被裁切的信息。而设置为"隐藏"则会将被裁切区域的信息保留在图像中，通过"移动"工具可以查看被隐藏的区域。

- 屏蔽被裁切的范围：选择"屏蔽"复选框，可以激活右侧的"颜色"和"不透明度"选项。用户可以在"颜色"色框中设置被裁切范围的颜色，在"不透明度"下拉列表框中设置其不透明度，以便更好地区分裁切范围和被裁切范围。如果取消选择"屏蔽"复选框，则对裁切范围和被裁切范围不加区分。

● 对裁切区域进行自由变形：选择"透视"复选框后，可以对裁切范围进行任意的透视、变形和扭曲操作。操作时只需将鼠标指针移至裁切范围四周的控制点处，单击鼠标左键并拖动即可。如果取消选择该复选框，则只能对裁切范围进行旋转和缩放操作。

提示：如果在"裁切区域"选项区中选择了"隐藏"复选框，则"透视"复选框是无法使用的。只有在选择"删除"复选框的情况下，才可能对图像进行斜切等变换操作。

2.3.2　图像显示控制

图像显示控制操作是在图像处理中使用最多的一种操作，它主要包括：图像的缩放，查看图像不同部分，图像的全屏显示和图像窗口布置。

1．图像的缩放

处理图像时，可能需要进行精细地调整。此时常常需要将文件的局部放大。当文件太大而不便于处理时，又需要缩小图像的显示范围。

对图像的缩放有四种方法：

（1）使用"缩放"工具🔍

在工具箱中选择"缩放"工具，将鼠标指针移动到图像窗口中，此时鼠标指针呈放大镜的形状，中心有一个加号。单击要放大的区域，每单击一次，图像便放大至下一个预设百分比，并以单击的点为中心显示，最大的放大比例为 1600%。双击工具箱中的"缩放"工具，可以使图像按 100%的比例显示出来。

按【Alt】键时，"缩放"工具的中心变为减号，单击要缩小的图像区域的中心，每单击一次，视图便缩小到上一个预设百分比。最大缩小比例为 0.1%，此时放大镜中心将显示为空。

如果只放大图像的某一块区域，只需要将放大镜鼠标指针移到图像窗口中，然后单击鼠标左键拖出一个虚线矩形，指明要放大的部分即可。如果同时按【Alt】键，则可以缩小图像的某一块区域的显示比例。

"缩放"工具对应的选项栏如图 2-8 所示。各选项的含义如下：

● 调节窗口大小以满屏显示：选择该复选框，可以使 Photoshop CS2 在调整显示比例的同时调节图像窗口的大小，使得图像能以最合适的窗口大小显示。

● 忽略调板：选择该复选框，在调节窗口大小以满屏显示方式进行窗口缩放时，Photoshop CS2 将忽略调板的存在。这是因为中文版 Photoshop CS2 会自动计算出调板的位置，以便于不使调板挡住图像窗口。

● 实际像素：使窗口以 100%比例显示。

● 适合屏幕：使窗口以最合适的大小和显示比例显示。

● 打印尺寸：使图像以 1:1 的打印尺寸显示。

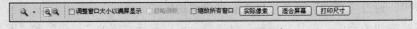

图 2-8　"缩放"工具选项栏

（2）使用菜单命令

使用缩放菜单命令也可以对图像进行缩放，菜单命令如图 2-9 所示。

- 放大：放大图像。
- 缩小：缩小图像。
- 按屏幕大小缩放：使窗口以最合适的大小和显示比例显示。
- 实际像素：使窗口以 100%比例显示。
- 打印尺寸：使图像以 1:1 的打印尺寸显示。

（3）使用"导航器"调板

使用"导航器"调板也可以对图像进行快速缩放，具体方法如下：选择"导航器"调板，如图 2-10 所示。使用鼠标直接拖动底部的小三角滑块，将修改图像的显示比例，从而缩放图像。或者单击滑块左右两端的双三角形按钮 ，可以用预设的比例缩放图像，效果等同于"缩放"工具。

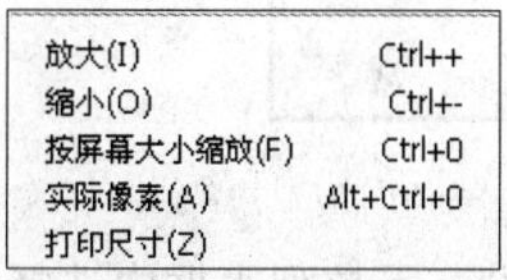

放大(I)　　　　Ctrl++	
缩小(O)　　　　Ctrl+-	
按屏幕大小缩放(F)　Ctrl+0	
实际像素(A)　Alt+Ctrl+0	
打印尺寸(Z)	

图 2-9　缩放菜单命令　　　　　　　图 2-10　"导航器"调板

提示：调板左下角显示的是当前图像的显示比例，也可以在其中直接输入显示比例。

2．查看图像的各个部分

如果打开的图像很大或者操作中将图像放大后，以至于图像窗口中无法显示完整的图像，如果需要查看图像的各个部分，可以使用"抓手"工具 来移动图像的显示区域。

在工具箱中选择"抓手"工具，然后将鼠标指针移至图像窗口中，此时的鼠标指针呈小手形状，单击鼠标左键拖动图像，到合适的位置释放鼠标即可。

双击"抓手"工具，使窗口以最恰当的显示比例完整地显示图像。

"抓手"工具对应的选项栏中有三个按钮，如图 2-11 所示，其含义和"缩放"工具选项栏中的按钮含义相同，这里不再赘述。

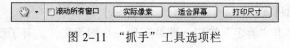

图 2-11　"抓手"工具选项栏

3．图像的全屏显示

单击工具箱中的"全屏模式"按钮 ，可以把屏幕显示模式切换为全屏模式，在 Photoshop CS2 中，全屏模式隐藏所有窗口内容，以获得最大的图像显示空间。

2.4　图像文件的基本操作

无论是自己绘制图像还是处理原有的图像，都需要有处理的对象，这个对象就是图像文件。

图像文件的基本操作是进行其他图像处理操作的基础，图像文件的基本操作主要包括新建、打开、保存和关闭等。

1．新建图像

在 Photoshop CS2 中创建一个新的图像文件的操作步骤如下：

（1）选择"文件"→"新建"命令或按【Ctrl+N】组合键，将弹出"新建"对话框，如图 2-12 所示。

图 2-12 "新建"对话框

（2）在"名称"文本框中输入新建图像的名称；从"预设"下拉列表框中选择"自定"选项，在该选项区域中自定义各项参数。其中：

- "宽度"和"高度"：用来设置图像的大小尺寸，其单位有"像素"、"英寸"、"厘米"、"毫米"、"点"等。
- "分辨率"：一般 PC 屏幕的分辨率为 96 像素/英寸，Macintosh 的屏幕则为 72 像素/英寸，这是指计算机的屏幕所能呈现的图像的最高品质。如果新建的图像只用于计算机上，则可使用这个分辨率。如果要进行四色印刷，分辨率的高低就会影响印刷的品质，一般多都设在 300～350 像素/英寸。
- "颜色模式"：用于设置图像的色彩模式，有位图、灰度、RGB 颜色、CMYK 颜色和 Lab 颜色等模式。
- "背景内容"：用来控制新建文件的背景颜色，"白色"打开白色背景；"背景色"以工具箱中所设定的背景色作为新文件的背景颜色；"透明"将背景颜色设为透明，显示为灰白相间的棋盘图案。

（3）设置完成后单击"确定"按钮，即可新建一个图像文件。有了新文件，就可以选择相应的绘画工具在上面绘制图像了。

2．打开图像

在 Photoshop CS2 中打开一个图像文件的操作步骤如下：

（1）选择"文件"→"打开"命令，将弹出"打开"对话框，如图 2-13 所示。

（2）单击"查找范围"下拉列表框，可以选择要打开文件的存储目录，从中选择要打开的文件，然后单击"打开"按钮即可打开选中的文件。如果快速双击要打开的文件，可直接打开需要的文件。

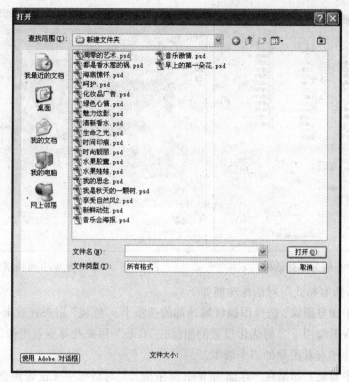

图 2-13 "打开"对话框

提示：选择"文件"→"打开为"命令，将弹出"打开为"对话框，可以打开为多种格式，如 BMP、GIF、JPEG 等。选择"文件"→"最近打开的文件"命令，将打开最近打开过的文件。

可在 Photoshop CS2 窗口的空白处双击，也可弹出"打开"对话框。如果同时打开多个文件，可以配合使用【Shift】键和【Ctrl】键，按住【Shift】键，然后用鼠标进行文件选取，可以打开多个连续文件；按住【Ctrl】键，然后进行文件选取，可以打开多个不连续的文件，按【Ctrl+A】组合键可以选中所有文件。

3. 保存图像

Photoshop CS2 支持多种文件格式，用户可以根据需要将图像保存为不同格式的文件。保存图像文件的具体方法如下：

（1）选择"文件"→"存储"命令或者按【Ctrl+S】组合键，可以将已经命名并编辑完成的图像文件直接以原文件名保存起来。如果尚未给图像命名，则会弹出"存储为"对话框，如图 2-14 所示。

（2）选择"文件"→"存储为"命令，也会弹出"存储为"对话框，用户从中选择文件需要保存的路径、文件名和格式等。图像文件可以保存为多种格式，如 BMP、GIF、JPEG 等。对于不同的文件格式，存储选项略有不同，无法使用的选项将显示为灰色。

（3）选择"文件"→"存储为 Web 所用格式"命令，则会弹出"存储为 Web 所用格式"对话框，如图 2-15 所示。

图 2-14 "存储为"对话框

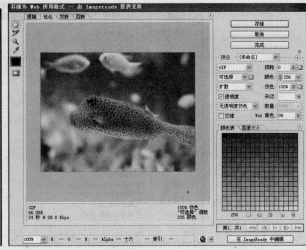

图 2-15 "存储为 Web 所用格式"对话框

"存储为 Web 所有格式"对话框功能如下：

- 在对话框中预览图像：选择图像区域顶部的选项卡，"原稿"用来查看未优化的图像；"优化"用来查看应用了当前优化设置的图像；"双联"用来并排查看图像的两个版本；"四联"用来并排查看图像的四个版本。

- 在对话框中导航：如果在"存储为 Web 所用格式"对话框中无法看到整个图片，可以使用对话框左上侧的"抓手"工具来查看其他区域；使用"缩放"工具放大或缩小视图；也可以在对话框底部选取一个放大率百分比。

- 查看优化图像的信息：在"存储为 Web 所用格式"对话框中，图像下方的注释区域提供了优化信息，显示当前优化选项、优化文件的大小以及使用选中的调制解调器速度时的估计下载时间。可以在"预览"窗口弹出式快捷菜单中选择一个调制解调器速度。

- 预览浏览器仿色：如果图像包含的颜色多于显示器能显示的颜色，那么，浏览器将会通过混合它能显示的颜色来对它不能显示的颜色进行仿色或靠近。要显示或隐藏浏览器仿色的预览，请从"预览"窗口弹出式快捷菜单中选择"浏览器仿色"命令。选中标记表明浏览器仿色是现用选项。激活"浏览器仿色"不会影响最终的图像输出。

（4）设置文件保存选项。保存图像时有一些参数，如保存图像缩略图、保存时可以选择与低版本的 Photoshop 兼容等。要设置这些参数，可以选择"编辑"→"首选项"→"文件处理"命令，打开"首选项"对话框，如图 2-16 所示。在该对话框中可以设置如下内容。

- 图像预览：该下拉列表框用于选择是否在保存文件时保存图像的预览缩略图，包括三个选项，分别是"从不存储"、"总是存储"和"存储时询问"。选择"存储时询问"选项后，可在"存储为"对

图 2-16 "首选项"对话框

话框中选择"缩览图"复选框。

- 文件扩展名：该下拉列表框用来设置图像文件扩展名使用大写还是小写。
- 近期文件列表包含：在该数值框中输入数值，可以设置"文件"→"最近打开的文件"中的文件数量。

2.5　设置 Photoshop CS2 工作环境

Photoshop CS2 之所以在拥有强大功能的同时依然保持了良好的使用性，很大程度上应该归功于其整齐精练的工作环境。

2.5.1　优化 Photoshop CS2 的工作环境

用户在使用 Photoshop CS2 之前，有必要对 Photoshop 的预置选项进行一系列的优化，这样可以更有效地提高软件的运行效率，减少工作步骤，节省时间。

1．常规选项的优化

选择"编辑"→"首选项"→"常规"命令，打开"常规"选项对应的"首选项"对话框，如图 2-17 所示。部分选项的含义如下：

- 拾色器：用于选择使用的拾色器，列表中有 Windows 和 Adobe 两个选项。
- 图像插值：用于设置插值方法，主要有"邻近（较快）"、"两次线性"和"两次立方（较好）"三个选项，第一种方法速度最快，而最后一种方法效果最好。
- 历史记录状态：在该文本框中可以设置历史记录的最大条数。
- "选项"栏：用于设置与软件相关的各个选项，用户可根据需要选择相应的复选框。
- "复位所有警告对话框"按钮：单击该按钮可以将所有警告对话框重置。

2．增效工具与暂存盘的优化

如果图像文件过大，就会出现内存不足而使图像不能打开或程序停止响应等情况，这时可以通过设置暂存盘来解决。选择"编辑"→"首选项"→"Plug-Ins 与暂存盘"命令，打开"Plug-Ins 与暂存盘"对应的"首选项"对话框，如图 2-18 所示。

图 2-17　"首选项"对话框　　　图 2-18　"Plug-Ins 与暂存盘"对应的"首选项"对话框

在"暂存盘"选项区域中设置系统中磁盘空闲最大的分区作为第一暂存盘，然后依此类推。

不要把系统 C 盘作为第一暂存盘，防止频繁的数据读写影响操作系统的运行效率。暂存盘的作用在于 Photoshop 处理大文件时，若内存耗尽，可以使用磁盘作为缓存来存放数据。

3．内存与图像高速缓存的优化

选择"编辑"→"首选项"→"内存与图像高速缓存"命令，打开"内存与图像高速缓存"对应的"首选项"对话框，如图 2-19 所示。在"高速缓存设置"选项区域中根据用户计算机的内存配置和硬件水平决定数值，一般低于 192 MB 内存的计算机可以设为 1～2。如果是 256 MB 内存以上的高性能计算机，或者经常处理 100 MB 以上的大文件，可以把这个数值设得更高一些。"Photoshop 占用的最大数量"适当提高这个百分比可以加快 Photoshop 处理的速度。这个选项设置需要重新退出再启动 Photoshop 才会有效。

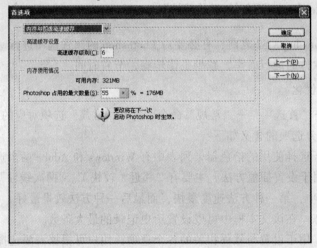

图 2-19 "内存与图像高速缓存"对应的"首选项"对话框

2.5.2 使用辅助工具

Photoshop CS2 提供了很多辅助用户处理图像的工具，这些工具对图像不做任何修改，只是用于测量和定位图像，方便用户处理图像。所以，熟练地应用它们可以提高处理图像的工作效率。

1．标尺

标尺用来显示当前鼠标所在位置的坐标，使用标尺可以让用户更准确地对齐对象和选取一定范围。具体使用方法如下：

选择"视图"→"标尺"命令显示标尺，如图 2-20 所示。默认状态下，标尺的原点在窗口的左上角，坐标为（0，0）。鼠标指针在图像窗口中移动时，水平标尺和垂直标尺上会出现一条虚线，该虚线标出鼠标指针所在位置的坐标值，它会随着鼠标指针的移动而移动。

可以设置标尺的原点位置，方法是：将鼠标指针置于窗口左上角标尺的交叉点上，然后沿对角线向下拖动到图像上，释放鼠标，将会看到一组十字虚线，它们标出了标尺上的新原点。若要将标尺原点还原到默认值，双击标尺的左上角即可。

标尺的刻度单位一般是"厘米"，当然用户可以根据自己的习惯随意调整。下面介绍几种修改标尺刻度单位的方法。

- 在快捷菜单中选择：在标尺上单击鼠标右键，打开如图 2-21 所示的快捷菜单，从中选择需要的单位。
- 在"信息"面板菜单中选择：单击"信息"面板右上角的小三角按钮，从弹出的面板菜单中选择"调板选项"命令，打开"信息调板选项"对话框，如图 2-22 所示。在该对话框中的"标尺单位"下拉列表框中选择合适的单位，然后单击"确定"按钮即可。

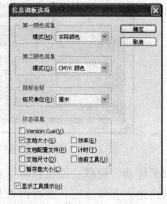

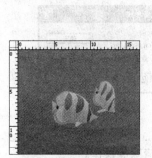

图 2-20　显示标尺　　　图 2-21　标尺快捷菜单　　图 2-22　"信息调板选项"对话框

- 在"单位与标尺"对应的"首选项"对话框中设置：在标尺上双击鼠标左键，或者选择"编辑"→"首选项"→"单位与标尺"命令，均可打开"单位与标尺"对应的"首选项"对话框，如图 2-23 所示。在"单位"选项区域的"标尺"下拉列表框中选择合适的标尺单位，然后单击"确定"按钮即可。

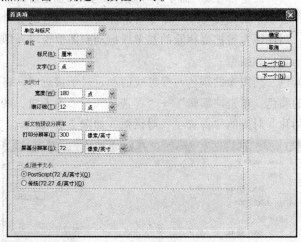

图 2-23　"单位与标尺"对应的"首选项"对话框

2．参考线

参考线也叫辅助线，是制作复杂图形的重要辅助工具。参考线显示在整个图像上但不被打印，用来方便地对齐图像。用户可以移动或删除参考线，也可以锁定参考线。

（1）创建参考线

创建参考线有两种方法：一种是使用标尺，另一种是使用菜单命令。

- 使用标尺：在使用参考线之前，必须先打开标尺工具，然后在标尺上按下鼠标左键，此时会出现一条黑虚线，将其拖动至窗口中，释放鼠标即可出现参考线，默认为淡蓝色，如图 2-24 所示。

- 使用菜单命令：选择"视图"→"新建参考线"命令，打开"新建参考线"对话框，如图 2-25 所示，在"取向"选项区域中设置参考线的方向，在"位置"数值框中输入参考线位置，然后单击"确定"按钮即可。

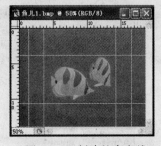

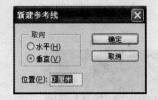

图 2-24　创建的参考线　　　　　　图 2-25　"新建参考线"对话框

（2）移动、隐藏、锁定和清除参考线

用户建立参考线后，也可以对其进行移动、隐藏、锁定和清除等操作。

移动：按【Ctrl】键并拖动参考线即可将其移动。或者选择"移动"工具，再将鼠标指针移至参考线上，单击鼠标左键拖动也可以移动参考线。

隐藏：选择"视图"→"显示"→"参考线"命令可显示参考线；重复此命令则隐藏参考线。

锁定：选择"视图"→"锁定参考线"命令即可锁定参考线，锁定后的参考线就不能被移动了。

清除：选择"视图"→"清除参考线"命令可清除窗口中所有的参考线。如果要删除其中某一条或多条参考线，用鼠标左键把要删除的参考线拖动到图像窗口外即可。

（3）设置参考线的颜色和线型

参考线默认为淡蓝色，当图像的颜色与参考线的颜色过于接近时，将会造成视觉的混淆，需要重新设置参考线的颜色。单击"编辑"→"首选项"→"参考线、网格和切片"命令，打开"参考线、网格和切片"对应的"首选项"对话框，如图 2-26 所示。

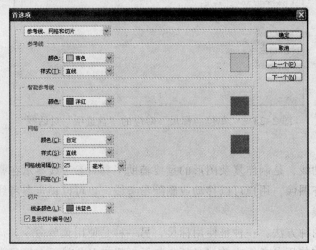

图 2-26　"首选项"对话框

在"参考线"选项区域中可以设置以下参数。

- 颜色：在该下拉列表框中可以选择参考线的颜色。当选择了"自定"选项或者单击右边的颜色框时，将打开"拾色器"，从中选择需要的颜色。
- 样式：在该下拉列表框中选择需要的参考线的线型，包括"直线"和"虚线"两种样式。

3．网格

网格的主要用途是对齐参考线，方便在操作过程中对齐图像。可以显示网格，也可以定制或隐藏网格。

显示网格：选择"视图"→"显示"→"网格"命令或按【Ctrl+'】组合键，均可显示网格，如图 2-27 所示。

隐藏网格：再次选择"视图"→"显示"→"网格"命令即可隐藏网格。也可以选择"视图"→"显示额外内容"命令来隐藏网格。

定制网格：当网格颜色与图像颜色混淆时，需要重新设置网格。选择"编辑"→"首选项"→"参考线、网格和切片"命令，打开如图 2-26 所示的"首选项"对话框，在"网格"选项区域中可以设置以下参数。"颜色"可以选择参考线的颜色，当选择"自定"选项或者单击右边的颜色框时，可以打开"拾色器"对话框进行选择；"样式"在该下拉列表框中选择需要的参考线的线型，包括"直线"、"虚线"和"网点"三种样式；"网格线间隔"用于设置两条网格线之间的距离，可以直接在数值框中输入数值，后面的下拉列表框用于选择距离的单位；"子网格"用于设置两网格线之间还可以平均分为多少等份，范围在 1～100 之间，其中细分的子网格部分用虚线表示，如图 2-28 所示。

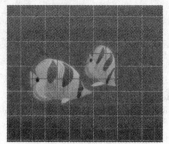
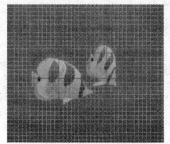

图 2-27　显示网格　　　　　　　　　图 2-28　定制的网格

2.6 实　　训

一、实训目的

- 掌握启动和退出 Photoshop CS2 的方法
- 了解 Photoshop CS 界面各组成部分的作用
- 掌握新建、保存、关闭和打开图像文件等操作
- 掌握调整图像和画布大小的方法
- 掌握辅助工具的使用

二、实训内容

1. 运用学过的多种方法启动或退出 Photoshop CS2。
2. 按以下要求练习并掌握自定义工作界面的方法。
   （1）启动 Photoshop CS2，将"信息"面板从原来的面板组中拖动到工作区中。（单击"信息"面板标签直接拖出面板组即可）
   （2）将"信息"面板合并到"历史记录"面板组中。（将"信息"面板拖到"历史记录"面板组后释放鼠标即可）。
   （3）关闭"信息"面板原来所在的面板组。（直接单击面板组右上角的"关闭"按钮即可）
   （4）保存 Photoshop CS2 的工作界面（选择"窗口"→"工作区"→"存储工作区"命令）。
3. 根据以下步骤完成操作。
   （1）打开一幅图像文件，单击□按钮进入带有菜单栏的全屏模式。
   （2）切换回标准显示模式，用"缩放"工具放大图像为 100%。
   （3）在"导航器"面板的数值框中设置显示比例为 60%，然后使用"抓手"工具在图像窗口中将图像移到图像窗口的正中央。
4. 打开一幅图像文件，在图像窗口中显示出标尺、网格，并分别添加两条水平和垂直参考线。练习修改网络和参考线颜色的方法。
5. 打开一幅图像文件，分别改变其图像大小和画布大小，分析两种操作的区别，并将文件存储为 Web 所有的格式。
6. 设置最近打开的文件个数为 20 个。

习　题

一、填空题

1. Photoshop CS2 是由美国＿＿＿＿＿＿公司推出的一款优秀的图形图像处理软件。
2. 使用＿＿＿＿＿＿组合键或＿＿＿＿＿＿组合键均可退出 Photoshop CS2。
3. 图像窗口中的状态栏主要用于＿＿＿＿＿＿。
4. 常用的辅助工具包括＿＿＿＿＿＿、＿＿＿＿＿＿和＿＿＿＿＿＿。
5. 除了使用鼠标打开菜单之外，还可以使用键盘：按住＿＿＿＿＿＿键，然后按菜单名称后面的英文字母键即可。
6. 图像的裁切是指＿＿＿＿＿＿。
7. 按住＿＿＿＿＿＿键，用鼠标进行文件选取，可以打开多个连续文件；按住＿＿＿＿＿＿键，然后进行文件选取，可以打开多个不连续的文件，按＿＿＿＿＿＿组合键可以选中所有文件。

二、选择题

1. 若隐藏工具箱和面板可按下＿＿＿＿＿＿键；若隐藏面板但不隐藏工具箱可按下＿＿＿＿＿＿键。
   A. 【Tab】 【Ctrl+Tab】　　　　　　　　B. 【Tab】 【Shift+Tab】
   C. 【Ctrl+Tab】 【Tab】　　　　　　　　D. 以上都不对

2. 退出 Photoshop CS2 窗口不正确的方法是＿＿＿＿＿＿＿＿。

　　A. 单击工作界面标题栏右侧的"关闭"按钮

　　B. 选择"文件"→"退出"命令或按【Ctrl+Q】组合键

　　C. 按【Alt+F4】组合键

　　D. 单击图像标题栏左侧的██按钮

3. Photoshop CS2 默认的文件格式的扩展名是＿＿＿＿＿＿＿＿。

　　A. .PSD　　　　　　B. .BMP　　　　　C. .TIF　　　　　　D. PDF

4. 当使用快捷键切换图像窗口时，下面哪个快捷键不是用来切换窗口的＿＿＿＿＿＿＿＿。

　　A. 【Ctrl+Tab】　　B. 【Ctrl+F6】　　C. 【Shift+Tab】　　　D. 【Ctrl+Shift+Tab】

三、简答题

1. Photoshop CS2 有哪些新增功能？

2. 试述 Photoshop CS2 的窗口组成。

3. 使用辅助工具有何意义。

4. 简述缩放图像窗口的基本方法。

第 3 章 图像的选取、绘制和修整

选取工具是 Photoshop 设计工作的基础与核心，所有的 Photoshop 设计工作都要依赖于选取工具的支持。使用画笔控制面板可以设置出各种各样的画笔样式，绘制出多姿多彩的图像。修整图像是 Photoshop 图像处理的重要内容之一，熟练掌握并灵活运用 Photoshop 提供的修复与修饰工具可以创作出逼真的艺术作品。

本章要点:

- 选取工具的使用
- 选区的调整、保存和载入
- 画笔控制面板的使用
- 自定义画笔的方法
- 图像的绘制方法
- 图像的修复与修饰

3.1 图像的选取

创建选区在 Photoshop 中是经常性工作，如果要图像的局部进行处理，或者要复制、移动图像的某一个局部时，都需要将这部分图像选中。使用选取工具选取图像的过程即为创建选区的过程。常用的选取工具有选框工具组、套索工具组和魔棒工具，使用它们可以创建各种形状的选区。

3.1.1 选框工具的使用

选框工具主要用来创建一些比较规则的选区，如矩形选区、椭圆选区、正方形选区和正圆选区。Photoshop CS2 提供了四种选框工具，它们是:"矩形选框"工具、"椭圆选框"工具、"单行选框"工具和"单列选框"工具，如图 3-1 所示。

1. "矩形选框"工具的使用

在 Photoshop CS2 工具箱中选择"矩形选框"工具，单击鼠标左键在图像上拖动出一块区域，释放鼠标即可出现四周有流动的矩形虚线框，虚线框之内的区域就是选区，如图 3-2 所示。

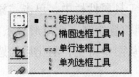

图 3-1 选框工具组　　　　　　　　图 3-2 创建矩形选区

选择选框工具后，将显示选框工具选项栏，如图 3-3 所示。选择不同的选框工具，工具选项栏也会发生相应的变化。

图 3-3 "矩形选框"工具选项栏

"矩形选框"工具选项栏各项含义如下：

- 新选区 ▣ ：是默认方式，选择该方式将在图像窗口建立新的选区。每创建一个新选区，其他的选区就会自动消除。
- 添加到选区 ▣ ：增加新的选区时，保留原有选区。
- 从选区减去 ▣ ：新增选区减去与原有选区重叠的部分。
- 与选区交叉 ▣ ：保留新增选区与原有选区重叠的部分。
- 羽化：在文本框中输入数值，将在选取范围的边缘产生渐变晕开的柔和效果。
- 消除锯齿：选择该复选框，将使选取范围中的图像被编辑后，边缘较为平滑。

在样式下拉列表框中有 3 种方式可供选择。

- 正常：默认方式，以拖动鼠标的起点和终点来定义选取范围。
- 约束长宽比：以设定的长宽比来定义选择范围。
- 固定大小：输入选取范围的高和宽的值，在图像上单击即产生一个精确的选取范围。

下面通过具体操作介绍"矩形选框"工具的使用方法。

（1）新建一个任意大小的图像文件。

（2）在工具箱中选择"矩形选框"工具，在图像中拖动鼠标创建一个矩形选区，如图 3-4 所示。

（3）在"矩形选框"工具选项栏中，单击"从选区减去"按钮 ▣ ，在选取范围的上方绘制一个矩形选取范围，新增的矩形选取范围减去了与原选区重叠的部分，效果如图 3-5 所示。

（4）同用样的方法从原选区的下方也减去一块矩形区域，得到如图 3-6 所示的效果。

图 3-4 创建矩形选区　　　　图 3-5 从选区减去　　　　图 3-6 再从选区减去

（5）在工具箱中将前景色设置为红色，选择"油漆桶"工具，将鼠标移动到选区范围内并单击左键，得到了填充红色的大写字母 H，如图 3-7 所示。

（6）退回到图 3-6 所示的选区状态。在"矩形选框"工具属性栏中，单击"添加到选区"按钮，并设置"羽化"值为 10 px，然后在选取范围的中间位置绘制一个矩形长条状选取范围，新增的选取范围添加到了原选区中，效果如图 3-8 所示。从图中可见，羽化后的选取范围边缘比较平滑。

（7）选择"油漆桶"工具，将鼠标移动到选区范围内并单击填充选区，效果如图 3-9 所示。从图中可见，羽化后的选取范围被填充后，边缘变得比较模糊。

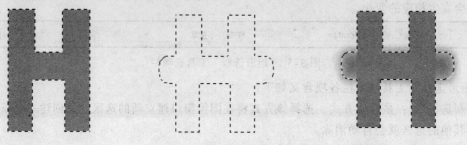

图 3-7　大写字母 H　　　　图 3-8　添加羽化选区　　　　图 3-9　填充选区

提示：使用"矩形选框"工具时，按住【Shift】键的同时，用鼠标左键在图像上拖动，可以得到正方形选区。选择"选择"→"取消选择"命令或者按【Ctrl+D】组合键均可取消选区。选区是任意形状的封闭区域，不存在开放的选区。

2．"椭圆选框"工具的使用

选择"椭圆选框"工具在图像上拖动鼠标，可以创建椭圆形选取范围。"椭圆选框"工具的使用方法和"矩形选框"工具的使用方法非常相似，在此不再介绍。学习"椭圆选框"工具时要注意工具选项栏中的"消除锯齿"项。选择与不选择"消除锯齿"复选框得到的图像效果是不一样的，选择该复选框可以使椭圆选区边缘比较平滑。如图 3-10 和图 3-11 所示分别是选择"消除锯齿"与未选择"消除锯齿"复选框的颜色填充效果图。

提示：使用"椭圆选框"工具时，按【Alt】键拖动鼠标可以得到一个以起点为中心的椭圆形选区；按【Shift】键拖动鼠标可以得到一个正圆选区；按【Alt+Shift】组合键拖动鼠标可以得到一个以起点为中心的正圆形选区。

图 3-10　选择"消除锯齿"复选框　　　　图 3-11　未选择"消除锯齿"复选框

3．"单行选框"工具与"单列选框"工具的使用

选择"单行选框"工具或"单列选框"工具，在图像上单击，可以创建一个 1 像素高（或宽）的横线（或竖线）型的选区。由于选区的高度或宽度只有 1 像素，因此，羽化值必须设为 0 像素。另外，在使用单行、单列选区时，最好对图像进行适当的放大，这样便于更好地完成操作。创建的单行选区如图 3-12 所示，创建的单列选区如图 3-13 所示。

图 3-12　单行选区　　　　　　　　　　图 3-13　单列选区

下面通过一个简单实例——制作图像的朦胧边框效果，进一步掌握选框工具的使用方法。操作步骤如下：

（1）打开一幅图像文件，如图 3-14 所示。

（2）选择"矩形选框"工具，并在其工具选项栏中设置"羽化"值为 10 px，然后在图像窗口中创建一个选区。

（3）选择"选择"→"反向"命令，这时图像中除了刚才选中的区域以外的区域被选中。

（4）按【Delete】键，将选区中的内容删除掉，显示出背景颜色，如图 3-15 所示。

图 3-14　打开的图像　　　　　　　　　图 3-15　删除选区中内容

（5）在"矩形选框"工具选项栏中，单击"与选区交叉"按钮，然后沿图像的外边缘拖出一个选区，新建的选区与原选区重叠的部分被保留，如图 3-16 所示。

（6）选择"编辑"→"填充"命令，打开"填充"对话框，从中选择任意一种填充图案之后，单击"确定"按钮即可填充选区，至此，朦胧的边框效果制作完成，如图 3-17 所示。

图 3-16　与选区交叉

图 3-17　朦胧边框效果图

3.1.2　套索工具的使用

套索工具组也是一种常用的选取工具，用来创建一些不规则的选区。套索工具组包括"套索"工具、"多边形套索"工具和"磁性套索"工具，如图 3-18 所示。

1．使用"套索"工具

使用"套索"工具可以创建任意形状的区域。因此，在选取一些不规则或者边缘较为突出的图像时，比较适合使用这种工具。

使用"套索"工具时，把鼠标移动到图像上，在图像上单击鼠标任意拖动，释放鼠标（或者按回车键）即可创建一个与拖动轨迹相符的选区，如图 3-19 所示。需要注意的是，如果鼠标未回到起始点，双击鼠标，则使起点和终点以直线相连接，从而得到一个封闭的选区。

图 3-18　套索工具组　　　　　　　　图 3-19　用"套索"工具创建选区

选中"套索"工具，其工具选项栏如图 3-20 所示。该选项栏中的选项和选框工具中相应的选项相同，这里不再赘述。

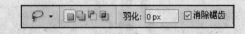

图 3-20　"套索"工具选项栏

2．使用"多边形套索"工具

使用"多边形套索"工具可以创建直边的图像选区，它以自由手控的方式进行范围的选取。该工具一般用于选取一些复杂的、棱角分明的、边缘呈直线的图形，也可以创建三角形或多边形等形状的选区。

使用"多边形套索"工具选取图形时，在图形的边缘确定起始点，然后移动鼠标并在图形的各棱角部分单击鼠标，将在各个棱角出现转折点，当鼠标指针回到起始点时单击鼠标，在图形的边缘出现一个封闭的选取范围，如图 3-21 所示。

"多边形套索"工具选项栏与"套索"工具选项栏的内容完全相同。下面介绍"多边形套索"工具的具体使用方法。

（1）选择"多边形套索"工具，在图像窗口单击以选定起始点，移动鼠标指针到想改变选取范围方向的转折点处单击鼠标，两点之间形成了一条直线。

（2）移动鼠标指针到新的位置单击，又出现一个新的转折点，该点和它前面的点之间自动形成一条直线。

（3）当确定好全部的选取范围并回到起始点时，光标右下角出现一个小圆圈，表示可以封闭此选取范围，单击即可完成选取操作，如图 3-22 所示。

图 3-21　用"多边形套索"工具选取

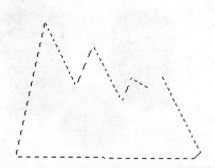

图 3-22　绘制不规则选取范围

3. 使用"磁性套索"工具

"磁性套索"工具是一个方便、准确、快速的选取工具，使用此工具可以根据选取边缘在指定宽度内的不同像素的颜色值的反差来确定选取范围。"磁性套索"工具主要用于在已绘图像上选取局部图形，它不适于在空白图像上创建选取范围。

"磁性套索"工具的选项栏如图 3-23 所示。

图 3-23　"磁性套索"工具选项栏

"磁性套索"工具选项栏的前半部分和选框工具选项栏类似，不再赘述。选项栏的后半部分选项含义如下：

- 宽度：用于设置"磁性套索"工具在选取时，指定检测的边缘宽度，范围在 0～40 像素之间，值越小检测越精确。
- 边对比度：用于设置选取时的边缘反差，范围在 1%～100%之间，值越大反差越大，选取的范围越精确。
- 频率：用于设置选取时的节点数。节点起到定位选择的作用，范围在 0～100 之间，值越大所产生的节点越多。
- 钢笔压力：用于设置绘图板的钢笔压力。该选项只有安装了绘图板及其驱动程序时才有效。

使用"磁性套索"工具时，将鼠标移动到图像上，单击标出起点，然后不需按住鼠标。只要沿着物体的边缘移动鼠标就可以，当回到起点时，光标处出现一个小圆圈，单击鼠标从而得到选区。下面介绍"磁性套索"工具的使用方法：

（1）选择"磁性套索"工具，在其对应的选项栏中设定好所需要的参数。

（2）使用"磁性套索"工具在图像边缘上单击，确定选区的起点，然后沿着图像的边缘移动，这样曲线将自动吸附在不同色彩的分界线上，如图 3-24 所示。

（3）在移动的过程中，也可以单击鼠标来确定曲线的中间点。当鼠标指针回到起始点，在指针的右下角出现一个小圆圈，单击鼠标，曲线将自动封闭，形成所需要的选取范围，如图 3-25 所示。

图 3-24 沿着图像边缘移动鼠标   图 3-25   得到的选取范围

提示：使用"套索"工具时，按住【Alt】键并单击，"套索"工具暂时变为"多边形套索"工具；使用"多边形套索"工具时，按住【Alt】键拖动鼠标，"多边形套索"工具暂时变为"套索"工具；使用"磁性套索"工具时，按住【Alt】键拖动鼠标，"磁性套索"工具暂时变为"套索"工具；按住【Alt】键并单击图像，"磁性套索"工具暂时变为"多边形套索"工具。

3.1.3 "魔棒"工具的使用

使用"魔棒"工具可以选择图像内色彩相同或者相近的区域，它利用颜色的差别来创建选区。"魔棒"工具被认为是所有选取工具中功能最强大的，因为在对图像复杂但颜色相近的区域进行选取时，往往只需一点便能选出令人难以置信的完美图形。

"魔棒"工具对应的选项栏如图 3-26 所示。

图 3-26 "魔棒"工具选项栏

- 容差："容差"范围就是色彩的包容度。"容差"越大，色彩包容度越大，选中的部分也会越多。如图 3-27 和图 3-28 所示分别为"容差"值为 32 和容差值为 100 时用"魔棒"工具选取的范围。

- 连续：选择该复选框，表示只能选中与单击处邻近区域中的相近像素；取消选择该复选框，将选中整个图像中符合像素要求的所有区域，如图 3-29 和图 3-30 所示。

图 3-27 容差为 32 时

图 3-28 容差为 100 时

图 3-29 选择"连续"复选框

图 3-30 未选择"连续"复选框

- 对所有图层取样：该项用于具有多个图层的图像，未选择时，魔棒只对当前选中的图层起作用，若选择该复选框，可以选取所有图层中相近的颜色区域。

在实际选取过程中，选取一幅图像，一般不会使用一个选取工具便得到令人满意的选取范围，如上面介绍的"魔棒"工具也经常结合"选择"菜单中的命令来完成，常用的几个菜单命令功能如下：

- 全选：选择此命令可以将图像全部选中，对应组合键为【Ctrl+A】。
- 取消选择：选择此命令可以取消已选取的范围，对应组合键为【Ctrl+D】。
- 重新选择：选择此命令可以重复上一次的范围选取，对应组合键为为【Ctrl+Shift+D】。
- 反选：选择此命令可将当前选取范围反向，即以相反的范围进行选取，对应组合键为【Ctrl+Shift+I】。

3.1.4 其他选取方法

除了前面介绍的选取方法外，Photoshop CS2 还提供了多种其他选取图像的方法。

1. 使用"色彩范围"命令

"色彩范围"命令可以从现有的选区或整个图像内选择指定的颜色或颜色子集，使用取样的颜色来选择一个色彩范围，然后建立选区。使用此命令建立选区不但可以一面预览一面调整，还可以随心所欲地完善选区的范围。操作方法如下：

打开一幅图像文件，选择"选择"→"色彩范围"命令，打开"色彩范围"对话框，如图 3-31 所示。在"色彩范围"对话框中有一个预览框，用来显示图像当前选取范围的效果。其他项含义如下：

- 颜色容差：拖动滑块来调整颜色选取范围，值越大，所包含的近似颜色越多，选取的范围就越大。
- "选择范围"单选按钮：选择该单选按钮，在预览框中只显示出被选取的范围。
- "图像"单选按钮：选中该单选按钮，在预览框可显示出整个图像。
- "添加到取样" ✔：在图像中单击可添加选取范围。
- "从取样中减去" ✔：在图像中单击可以减少选取范围。
- "反相"复选框：可以在选取范围与非选取范围之间互换。

在"选择"下拉列表框中，列出了选取颜色范围的方式，默认为"取样颜色"选项。选择该项，用户可以用吸管对图像颜色进行选取，此时的"吸管工具" ✔处于选中状态。移动鼠标指针到图像窗口或在预览框中单击，将把与单击处相同的颜色选取出来。如果用户在"选择"下拉列表框中选择"取样颜色"之外的选项，将只指定选取图像中相对应的颜色，此时"颜色容差"滑块不起作用。

在"选区预览"下拉列表框中，选择一种选取范围在图像窗口中显示的方式：

- 无：表示在图像窗口中不显示预览。
- 灰度：表示在图像窗口中以灰色调显示未被选取的区域。
- 黑色杂边：表示在图像窗口中以黑色显示未被选取的区域。
- 白色杂边：表示在图像窗口中以白色显示未被选取的区域。
- 快速蒙版：表示在图像窗口中以默认的蒙版颜色显示未被选取的区域。

下面通过具体操作介绍"色彩范围"命令的使用方法。

（1）打开一幅图像文件，如图 3-32 所示，这里将选取两片树叶。

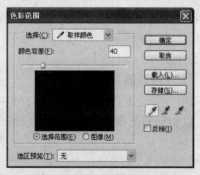
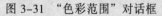

图 3-31　"色彩范围"对话框

图 3-32　打开的图像

（2）选择"选择"→"色彩范围"命令，打开"色彩范围"对话框，在"选择"下拉列表框中选择"取样颜色"选项，并适当将"颜色容差"的值设置得大些。

（3）选择"选择范围"单选按钮，"吸管"工具 ✔处于选中状态，移动鼠标指针到图像窗口或在预览框中单击，将把与单击处相同的颜色选取出来，如图 3-33 所示。

（4）经过上面的操作，如果没有将选取范围很好地选取出来，使用"添加到取样"工具在图像中单击，添加需要的选取范围；使用"从取样中减去"工具在图像中单击，减少不需要的选取范围；并适当改变"颜色容差"的值，效果如图 3-34 所示。

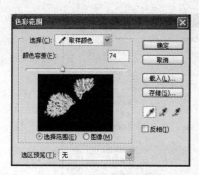

图 3-33　选取图像颜色

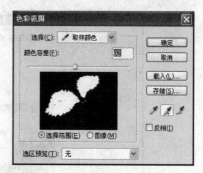

图 3-34　树叶的选区范围

（5）设置完毕，单击"确定"按钮即可完成范围选取。如果选取效果仍不理想，可结合其他的选取方法，对选择区域进行调整，直到选取结果令人满意为止，选取效果如图 3-35 所示。

2．用"抽出"命令创建选区

"抽出"命令的工作原理是先使用工具将图像边缘以高亮显示，然后将区域保护起来，通过预览就得到提取的图像，可以简单快捷地将边缘复杂的对象从背景中轻松提取出来。下面通过具体操作介绍"抽出"命令的使用方法。

（1）首先打开一幅图像文件，如图 3-36 所示。

图 3-35　选取范围

图 3-36　原图像文件

（2）选择"滤镜"→"抽出"命令，打开"抽出"对话框，如图 3-37 所示。
"抽出"对话框右边的工具选项含义如下：

● 画笔大小：控制"边缘高光器"工具的大小。

● 高光：高光边界的显示颜色，默认为绿色，可选择其他颜色或自定义。

● 填充：设置用于填充轮廓区域所显示的颜色，默认为蓝色。

● 智能高光显示：选择该复选框后能参照边界与背景颜色的差异勾画选取对象的轮廓。

（3）对话框左上角工具栏默认工具是"边缘高光器"工具 🖊，用来勾画选取对象的轮廓，勾画效果如图 3-38 所示。

提示：为了方便勾画出轮廓，可以使用"抽出"对话框左上侧的"缩放"工具，在对话框中单击图像使其放大。

（4）接下来填充抽出对象。选择"抽出"对话框左上角的"填充"工具，填充轮廓区域，填充效果如图 3-39 所示。

图 3-37　"抽出"对话框

图 3-38　抽出对象的选取

图 3-39　抽出对象的填充

（5）单击"预览"按钮可以预览抽出的效果。图 3-40 是抽出后的图像效果，图 3-41 是将小猫拖动到其他图像中的合成效果。

图 3-40　抽出的图像效果

图 3-41　合成效果

　　提示：在绘制过程中，随时可以用"橡皮擦"工具 对多画出的部分进行擦除。该工具使用的笔头大小同样可以进行临时调整。另外，还可以使用左侧的"缩放"工具 和"抓手"工具 来辅助绘制。

3．用"快速蒙版"创建选区

在复杂原图像中创建选区时，细小部分常会出现选择错误或遗漏的情况，"快速蒙版"可以帮助用户检查选区，还可以保护选区外的范围不受操作影响。在工具箱中可以方便地在"标准模式"和"快速蒙版模式"之间切换。

在快速蒙版模式时，可使用绘画工具修改蒙版。在默认情况下，用白色绘画将使蒙版范围减小，用黑色绘画则使蒙版范围增加。下面通过具体操作介绍"快速蒙版"创建选区的方法。

（1）打开一幅图像文件，这里将选取图像中的大鱼。使用"矩形选框"工具创建选区，如图 3-42 所示。

（2）单击工具箱下面的"以快速蒙版模式编辑"按钮，进入快速蒙版模式，在图像选区之外覆盖半透明的蒙版，如图 3-43 所示。

图 3-42　创建选区

图 3-43　快速蒙版模式

（3）将前景色设置为黑色，选择"画笔"工具，在鱼之外的区域涂抹，增加被蒙版区域；将前景色设置为白色，在图像中涂抹将减少被蒙版区域，处理后的蒙版效果如图 3-44 所示。

（4）单击工具箱下面的"以标准模式编辑"按钮，切换到标准模式，得到的选区如图 3-45 所示。

图 3-44　处理后的蒙版效果

图 3-45　切换到"标准模式"

3.1.5　选区的编辑操作

创建选区之后，可以对选区进行一系列的编辑操作，如选区移动、修改、变换、存储和载入等。在 Photoshop CS2 窗口中，专门有一栏编辑选区的"选择"菜单。

1．选区的基本操作

选区的基本操作主要包括：选区的移动、选取相似与扩大选取、反选、选区的隐藏与取消等。下面介绍对选区的基本操作。

（1）打开一幅图像文件，使用选取工具对图像中的部分区域进行选取，如图 3-46 所示。

（2）如果需要改变选区的位置，可以把鼠标放置在选区中，然后按住鼠标左键拖到，将选区移动到新的位置。

提示：移动选取范围时按【Shift】键，将按垂直、水平和 45°的方向移动；若按【Ctrl】键拖动选取范围，将移动选取范围中的图像，此时相当于使用了工具箱中的"移动"工具。

用鼠标移动选取范围很难准确地移动到指定的位置，这时可以使用键盘的四个方向键来准确地移动选取范围，每按一次方向键，将移动 1 个像素点的距离；按住【Shift】键时按方向键，可以一次移动 10 个像素的位置。

（3）选择"选择"→"扩大选取"命令，会将现有的选区向外扩大，扩大的区域是与现有选取范围相邻且颜色相近的区域。图 3-47 是执行了"扩大选取"命令后的选区。

图 3-46　初始选区

图 3-47　扩大选取范围

（4）按【Ctrl+Z】组合键，取消扩大选取操作。选择"选择"→"选取相似"命令，也可以扩大选取的范围，但它是选取与目前选取范围中颜色相同的所有颜色像素，选取的效果如图 3-48 所示。

（5）选择"选择"→"反向"命令，可将图层中选取范围和非选取范围进行互换，效果如图 3-49 所示。

图 3-48　选取相似

图 3-49　选择"反向"命令

（6）按【Ctrl+H】组合键可以隐藏当前选区，选择"选择"→"取消选择"命令或按【Ctrl+D】组合键取消选区。

2．选区的修改操作

修改选区主要包括选区扩边、平滑、扩展、收缩以及变换等。下面通过具体操作介绍修改选区的方法。

（1）打开一幅图像文件，在工具箱中选择"矩形选框"工具，在图像中拖动鼠标产生一个矩形选取范围，如图 3-50 所示。

（2）选择"选择"→"修改"→"边界"命令，弹出"边界选区"对话框，如图 3-51 所示，在对话框中输入"宽度"值后，单击"确定"按钮，选区扩边了指定数量的像素值，如图 3-52 所示。

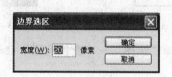

图 3-50　初始选区　　　　图 3-51　"边界选区"对话框　　　图 3-52　选区扩边效果

（3）取消选区扩边操作。选择"选择"→"修改"→"平滑"命令，在弹出的"平滑选区"对话框中设置"取样半径"为 40 像素，如图 3-53 所示，单击"确定"按钮，平滑效果如图 3-54 所示。

图 3-53　"平滑选区"对话框　　　　　　　　　图 3-54　选区平滑效果

（4）取消选区平滑操作。选择"选择"→"修改"→"扩展"命令，弹出"扩展选区"对话框，如图 3-55 所示。设置"扩展量"的值后，原选区将按照输入的值进行相应的扩展，效果如图 3-56 所示。

图 3-55　"扩展选区"对话框　　　　　　　　　图 3-56　选区扩展效果

（5）取消选区扩展操作。选择"选择"→"修改"→"收缩"命令，弹出的对话框如图 3-57 所示。设置参数后，原选区将按照输入的值进行相应的收缩，效果如图 3-58 所示。

提示："收缩"命令与"扩展"命令恰好相反，是将当前选区按照设定的数值向内收缩，输入的数值越大，收缩的范围就越大。

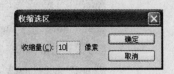

图 3-57 "收缩选区"对话框　　　　　　　　图 3-58 选区收缩效果

（6）取消选区收缩操作。选择"选择"→"变换选区"命令，选区周围出现一个具有八个节点的变形框，如图 3-59 所示。

（7）将鼠标移动到变形框节点上，待光标变为双向箭头时，单击并拖动鼠标可改变选区大小。按住【Alt+Shift】组合键的同时，把鼠标放到变形框的任意四个角点外，单击鼠标左键拖动，将以变换中心点为中心等比例缩放选区，如图 3-60 所示是等比例缩小选区效果。

图 3-59 选区变形框　　　　　　　　　　图 3-60 等比例缩小选区

提示：进入选取范围自由变换状态后，选择"编辑"→"变换"命令或单击鼠标右键均打开"变换"菜单。用户使用其中的变换命令，可以对选区进行相应的变换处理。限于篇幅，请用户逐个练习。

3．选区的存储与载入

处理图像时，一些精致的选区，特别是比较繁杂的选区，可能以后还需要继续使用，此时，需要将它们保存起来，方便以后再次使用。如果用到保存过的选区，可以通过"载入选区"命令将需要的选区载入到原图像中。

如果需要将图 3-61 所示的选区保存起来，可以选择"选择"→"存储选区"命令，弹出如图 3-62 所示的对话框。

"存储选区"对话框中各选项的含义如下：

- 文档：在该下拉列表框中可以直接将选区存入当前文档的通道中，也可以选择"新建"选项，将选区存入新建文档的通道中，默认为当前图像文件。
- 通道：为选取范围选取一个目的通道用于放置保存后的选取范围，默认设置下，选取范围被存储在一个新通道中。

- 名称：用于设置新通道的名称，通道名称默认为 Alpha，这里设置为"山丘"。
- 操作：设置保存的选取范围和原有的选取范围之间的组合。默认为"新建通道"，其他三个单选按钮只有在"通道"下拉列表框中选择了已经保存的 Alpha 通道时才可用。

图 3-61 建立的选区

图 3-62 "存储选区"对话框

单击"确定"按钮，在"通道"面板中将建立一个保存当前选区的新通道，如图 3-63 所示。

提示：保存选区指的是保存选区的边界，而不是保存选区中的图像。

保存选区后，通过"载入选区"命令，可以将选区再次载入到图像中。选择"选择"→"载入选区"命令，弹出"载入选区"对话框，该对话框中各选项含义同"保存选区"类似，如图 3-64 所示。单击"确定"按钮，选区将以指定的操作方式载入到图像文档中。

图 3-63 "通道"面板

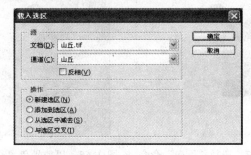

图 3-64 "载入选区"对话框

4．选区的描边和填充

创建选区之后，可以对其进行描边或填充，具体操作方法如下。

（1）使用选取工具在图像文件中选取需要描边的对象，选择"编辑"→"描边"命令，打开"描边"对话框，如图 3-65 所示。

（2）在"描边"对话框中，"宽度"设置为 3 像素，"颜色"设置为红色，在"位置"栏中选择"居中"单选按钮，其他设置不变，单击"确定"按钮，将在选取图像的边缘出现宽度为 3 像素的红色轮廓线，如图 3-66 所示。

提示：用选区描边的方法还可以制作出各种各样的几何图形或更复杂的平面图形，如家具、交通工具、动植物等。

图 3-65 "描边"对话框　　　　　图 3-66 为图像描边

（3）用"油漆桶"工具或"渐变"工具可以对选取范围填充颜色或渐变色。使用"椭圆选框"工具在水果周围创建一个椭圆选区，选择"选择"→"羽化"命令，打开"羽化"对话框，在"羽化半径"文本框中输入羽化的值，然后单击"确定"按钮。

（4）选择"选择"→"反向"命令，将选区之外的区域选中，而原来的椭圆选区将变为非选区，如图 3-67 所示。

（5）将前景色设置为红色，使用"油漆桶"工具在图像中单击，将以前景色填充选区，效果如图 3-68 所示。

（6）也可以为选区填充图案。选择"油漆桶"工具，在其选项栏中设"填充"为图案，选择一种图案后在图像窗口中单击，将以选择的图案填充选区，效果如图 3-69 所示。

图 3-67 选择"反向"命令　　图 3-68 以前景色填充羽化选区　　图 3-69 以图案填充羽化选区

提示：使用羽化功能，可以使选取范围的边缘部分产生渐变晕开的柔和效果。使用"反向"命令，能够把选区与非选区进行互换。

3.2　图像的绘制与编辑

随着 Photoshop 版本的不断提高，它的图像绘制功能也在不断完善。使用 Photoshop CS2 中所提供的"画笔"工具、"铅笔"工具、"复杂图形绘制"工具、"渐变"工具和"擦除"工具等，可以得心应手地描绘出许多复杂图形。

3.2.1　设置颜色

Photoshop CS2 提供了"画笔"等多种绘图工具。使用这些绘图工具绘制图形时，需要先选取一种绘图颜色，一般来说，绘图工具的颜色都是由前景色决定的。Photoshop CS2 中选择颜色有四种方法：使用"拾色器"对话框、使用"颜色"面板、使用"色板"面板和使用"吸管"工具。无论使用哪种方法，都可以将选中的颜色指定为图像的前景色或背景色，下面介绍设置绘制图像颜色的各种方法。

1. 拾色器

编辑图像时，单击工具箱中的"颜色"按钮■，将弹出"拾色器"对话框，如图 3-70 所示。它是 Photoshop CS2 中选择颜色的标准环境。

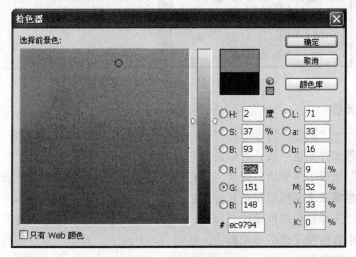

图 3-70　"拾色器"对话框

在"拾色器"对话框中沿滑杆拖动白色三角形，或者单击颜色滑杆，或单击颜色区域，均可指定颜色。使用颜色滑杆和颜色区域调整颜色时，其数值会根据相应的颜色而发生变化。在颜色滑块右边的颜色矩形框中，上半部分显示新颜色，下半部分显示原来的颜色。在该对话框中用户可以通过 4 种颜色模式 CMYK、RGB、Lab 和 HSB 来设置颜色。其中 RGB、HSB 和 Lab 颜色模式中包含的一些颜色是不能打印的。如果选择的颜色不可打印，在颜色矩形框的右侧会出现警告按钮⚠，在下面显示了与其接近的 CMYK 等量值，单击 ⚠ 按钮会自动选择此颜色。如果在颜色矩形框的右侧出现警告按钮◉，则表示该颜色在网络状态下是无法实现的，单击◉按钮当前色则会自动被其下面色块中的颜色所替代。

在"拾色器"对话框中单击"颜色库"按钮，打开"颜色库"对话框，如图 3-71 所示。该对话框用来选择各种自定义颜色。

"颜色库"对话框的"色库"下拉列表中提供了多种颜色库，这些颜色是全球范围内不同公司或组织制定的色样标准。色彩印刷人员可以根据这些标准制作的色样本或色谱表来精确地选择和确定颜色。选择了一种颜色库后，可以通过拖动滑杆来选择该色库中的某种颜色。这些颜色都带有自己的记号，如果用户已经从色样本或色谱表中查找到序号，可以直接通过键盘输入序号，所需颜色便会立即被选中。

在"拾色器"和"颜色库"对话框中选择一种颜色后，通过单击"确定"按钮来完成颜色的选取。

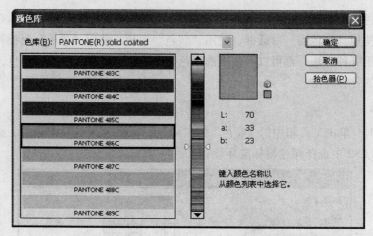

图 3-71 "颜色库"对话框

2. "颜色"面板

选择"窗口"→"颜色"命令，将打开"颜色"面板，如图 3-72 所示。其显示的颜色和工具箱上的前景色和背景色一致，可以使用它查看色彩信息和修改色彩。

利用"颜色"面板中的滑块，可从"颜色栏"显示的色谱中选取前景色和背景色。也可以用几种不同的颜色模式来编辑前景色和背景色。单击该面板右上角的黑色小三角按钮，在弹出的下拉菜单中可以选择各种颜色模式，如图 3-73 所示。用鼠标右键单击最下方的颜色条，在弹出的快捷菜单中有四种颜色条显示模式，如图 3-74 所示。其中"当前颜色"模式显示了前景色到背景色的过渡颜色。

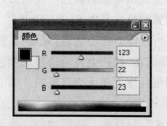

图 3-72 "颜色"面板

图 3-73 面板菜单

图 3-74 颜色条快捷菜单

3. "色板"面板

选择"窗口"→"色板"命令，打开"色板"面板，如图 3-75 所示。"色板"面板用于快速选取颜色，当鼠标移动到"色板"面板内的某一颜色样本时，鼠标变成吸管状，这时可以单击某个颜色样本来快速选择一种颜色取代当前的前景色或者背景色。

单击该面板右上角的黑色小三角按钮，在弹出的下拉菜单中显示了对色板可以进行新建、复位、载入、存储和替换等操作，也可以选择其他的颜色库来替代常用的色板颜色库，如图 3-76 所示。

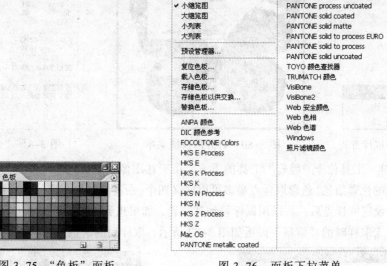

图 3-75　"色板"面板　　　　　　　图 3-76　面板下拉菜单

4."吸管"工具

使用如图 3-77 所示的"吸管"工具，可以从图像中取样颜色，或者从图像中采集色样以指定新的前景色或背景色。

选中工具箱中的"吸管"工具，然后在想要的颜色上单击，即可将单击处的颜色设置为新的前景色。如果在单击颜色时按住【Alt】键，则可以将选中的颜色设置为背景色。"吸管"工具对应的选项栏如图 3-78 所示。

图 3-77　"吸管"工具　　　　　　图 3-78　"吸管"工具选项栏

单击"取样大小"下拉列表框，列表中包含三种取样方式，如图 3-79 所示。也可以在图像窗口中右击鼠标，在打开的快捷菜单中，选择某种取样方式，如图 3-80 所示。

● 取样点：默认设置，表示以一个像素点作为采样单位。

● 3×3 平均：定义用 3×3 的像素区域作为采样单位，采样时取其平均值。

● 5×5 平均：定义用 5×5 的像素区域作为采样单位，采样时取其平均值。

选择"3×3 平均"和"5×5 平均"选项可以读取所选区域内指定像素的平均值。"信息"面板中的颜色读数会随着"吸管"的取样而变化。

确定取样方式后，使用"吸管"工具在图像的某一点单击，工具箱的前景色框将显示该点的颜色，并在"信息"面板中显示出该颜色的 CMYK 值和 RGB 值，如图 3-81 所示。

提示：选择"吸管"工具后，按住【Ctrl】键可以暂时将"吸管"工具切换成"移动"工具，按住【Shift】键可以暂时将"吸管"工具切换成"颜色取样器"工具。

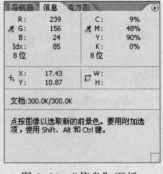

图 3-79　取样方式　　　　图 3-80　打开的快捷菜单　　　　图 3-81　"信息"面板

"颜色取样"工具位于"吸管"工具的下方，用于在图像中定义色彩取样点，即时取得图像中不同位置上的色彩信息。色彩取样点最多可以定义四个，所有这些取样点的信息都将显示在"信息"面板中。设定取样点后，可以用鼠标移动其位置，如果想删除取样点，可以直接将其拖出画布范围即可。未取样时的"信息"面板如图 3-82 所示，取样后的信息面板如图 3-83 所示。

图 3-82　未取样时的"信息"面板　　　　图 3-83　取样后的"信息"面板

提示：按住【Shift】键的同时在图像中单击可以定义色彩取样点。

3.2.2　图像的绘制

计算机绘画是现实绘画的模拟，Photoshop CS2 不仅备有画笔、铅笔、喷枪、橡皮擦等绘画工具，而且每种工具的刷子都可以自由设置其粗细、硬度、干湿、透明度及绘画模式等，便于在不同造型中达到不同的艺术效果。

所有绘图工具的操作步骤基本相似，一般都经过以下几个步骤：

（1）选择绘图工具。

（2）设置绘图工具所使用的颜色。

（3）在绘图工具对应的选项栏中设置工具的相关参数。

（4）在图像窗口中拖动鼠标绘制图形。

绘图工具中的"画笔"工具是十分常用的一种绘图工具，它的使用方法也十分具有代表性。下面以"画笔"工具为例，详细讲解绘图工具的设置及应用。

1．画笔工具选项栏

选择"画笔"工具，打开如图 3-84 所示的"画笔"工具选项栏，选项栏中列有多种选项设置列表按钮，单击这些列表右侧的黑色三角形按钮，就会打开相应的控制面板，用户可以设置当前画笔的粗细、模式及不透明度等属性。其他绘图工具的选项栏都具有类似的选项，学会画笔的设置，也就懂得其他绘画工具的设置了。

图 3-84　"画笔"工具选项栏

在选项栏中单击"画笔"右侧三角按钮，打开画笔样式列表，其中列出了系统自带的多种画笔样本，大体分为硬笔、软笔、散笔和象形笔等。在样本的左侧标明了该画笔像素的个数，用鼠标指向画笔样本稍稍停留几秒钟，系统就会提示画笔的名称，可以从中选择不同类型和大小的画笔，如图 3-85 所示。

- 主直径：拖动滑块来调整画笔笔尖的大小，大小以像素为单位。
- 硬度：定义画笔边界的柔和程度，变化范围 0%～100%，该值越小，画笔越柔和。

单击"画笔"面板右上角的三角形按钮，将弹出画笔控制菜单，从中设置新画笔、重命名画笔、删除画笔、改变画笔的显示方式及对画笔的复位、载入、存储和替换等操作。

单击"画笔"工具选项栏中的"切换画笔调板"按钮 ，打开"画笔"面板，如图 3-86 所示。调板左侧设有"画笔预设"列表框，右侧显示了画笔样本，拖动下侧的"主直径"滑块来更改画笔的直径，设置效果出现在面板最下方的效果预览框中。

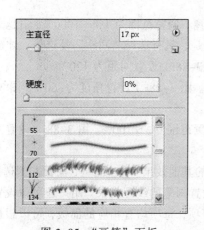

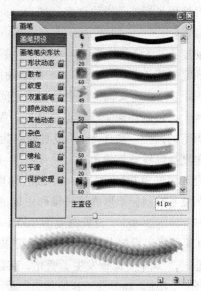

图 3-85　"画笔"面板　　　　　　　图 3-86　"画笔"面板

可以通过以下几种途径来显示"画笔"面板：

- 选择"窗口"→"画笔"命令。
- 单击任意绘图工具选项栏中的 按钮。
- 按【F5】键。

在"画笔"工具选项栏中，单击"模式"下拉列表框，列出各种色彩混合模式，主要用来控制使用画笔描绘或修复图像时所产生的不同效果。各种模式的含义这里不作介绍，希望用户逐一练习，观察各种模式的使用效果。

在"画笔"工具选项栏中，"不透明度"下拉列表框主要用来设置画笔绘制效果的透明程度，用百分比来表示。当数值为 100%时表示完全不透明，当数值为 0%时表示完全透明。"流量"下拉列表框用来设置笔迹运行时的浓淡和深浅，用百分比来表示，100%时为最浓的颜色，0%时为淡得看不到的颜色。

单击"画笔"工具选项栏中的 ✎ 按钮，将启用喷枪功能。喷枪专门用来绘制雾化、柔软的线条和色块，效果跟平时的油漆喷枪、喷绘工具差不多。不同的绘图工具喷雾效果不同，但是它们有一个共同的特点：速度不同，喷涂的范围大小也不同，在某处停留得越久，喷涂的区域越大，反之越小。喷枪很适于绘制云雾景色、人物肌肤、水果等色彩柔和多变的对象。

2."自定义"画笔

在绘图过程中，为了使用方便，或者要达到特殊的绘图效果，有时需要自定义画笔。下面通过具体操作介绍"自定义"画笔的方法，从中也掌握好"画笔"面板的使用。

（1）打开"画笔"面板，在"画笔"面板中选取一种画笔样本。

（2）拖动"画笔"面板中的"主直径"滑杆来更改画笔的直径。

（3）在面板左侧的"画笔预设"列表框单击"画笔笔尖形状"选项，"画笔"面板发生了变化，如图 3-87 所示。各选项含义如下：

- 直径：定义画笔笔尖直径大小，设置时可在文本框中输入 1～2500 像素的数值，也可以直接用鼠标拖动滑块调整。图 3-88a）线条直径为 10 像素，图 3-88b）线条直径为 30 像素。
- 硬度：定义画笔边界的柔和程度。变化范围 0%～100%，值越小，画笔越柔和。图 3-88c）画笔硬度为 0%，图 3-88d）画笔硬度为 100%。
- 间距：用来定义画笔两个绘制点之间的中心距离，调整范围为 1%～1000%，值越大间隙越大，值越小两个绘制点越紧凑。需要注意的是，只有选择"间距"复选框，才能设置画笔的间距。图 3-88e）设置间距为 50%，图 3-88f）设置间距为 120%。
- 角度：设置画笔的角度，设置范围-180°～180°。图 3-88g）设置角度为-60°，图 3-88h）设置角度为 0°，图 3-88i）设置角度为 120%。
- 圆度：控制椭圆形画笔长轴和短轴的比例，设置范围 0%～100%。图 3-88j）设置圆度为30%，图 3-88k）设置圆度为 100%。

（4）除了可以设置上述参数外，还可以设置画笔的其他效果。在"画笔"面板左侧选择"纹理"复选框，"画笔"面板发生了变化，在其中可以设置画笔的纹理效果。用户还可以设置诸如"双重画笔"、"动态画笔"、"其他动态"及"杂色"等项，每项均有相应的面板，可以根据需要对画笔进行设置。

（5）设置一种新的画笔样式后，单击画笔样式列表中的"创建新画笔"按钮 ▣，将弹出"画笔名称"对话框，在"名称"文本框中输入画笔名称，单击"确定"按钮将保存新设置的画笔。

提示：选择"画笔"等绘图工具之后，在图像窗口空白处右击，将方便地弹出默认的"刷子"面板。

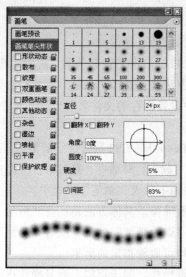

图 3-87　"画笔"面板

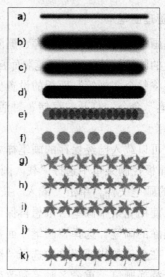

图 3-88　各种线条效果

用户除了可以选用或者设置系统预设和自带的画笔外，还可以选取屏幕上的任何形状来定义新的画笔。下面通过一个简单的实例介绍"自定义画笔"的具体方法：

（1）新建一个 400 像素×400 像素的图像文件。

（2）选择"画笔"工具，在"画笔"面板中进行设置，如图 3-89 所示。

（3）设置"前景色"为黑色，用"画笔"工具画出图案，如图 3-90 所示。

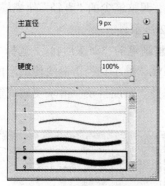

图 3-89　"画笔"面板

图 3-90　绘制图案

（4）使用"魔棒"工具选中绘制的图像，选中的部分将被定义成新的画笔。

（5）选择"编辑"→"定义画笔预设"命令，系统提示为画笔命名，如图 3-91 所示。输入画笔的名字，单击"确定"按钮，定义的新画笔就存到了预设画笔中。定义的画笔和其他预设画笔具有相同的使用方法，也可以对其进行各种属性的设置。

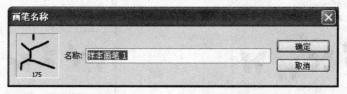

图 3-91　"画笔名称"对话框

3．管理画笔

管理画笔是指对画笔的保存、删除、替换、复位、重命名等。

新建的画笔被放置在"画笔"面板中，当重新安装 Photoshop CS2 软件时，新画笔就会消失，所以需要将整个"画笔"面板的设置保存起来，具体方法是：选择"画笔"面板控制菜单中的"存储画笔"命令，打开"存储"对话框，在对话框中设置保存的文件名和位置，单击"保存"按钮即可。

用户可以载入已经保存的画笔样式，也可以载入 Photoshop CS2 所提供了画笔，方法是：在"画笔"面板控制菜单中选择"载入画笔"命令，打开"载入"对话框，在对话框中选中扩展名为.ABR 的画笔文件，单击"载入"按钮即可将选中的画笔载入"画笔"面板中。

如果使用完某个画笔后不想再保留它，可以将其删除掉。具体方法是：在"画笔"面板中选中要删除的画笔，选择"画笔"面板控制菜单中的"删除画笔"命令，或者在要删除的画笔上右击，在弹出的快捷菜单中选择"删除画笔"命令均可删除指定的画笔。

关于替换画笔、重命名画笔和改变样本显示方式等操作，限于篇幅，而且操作也不难，这里从略。

4．画笔工具的应用

下面通过一个具体实例，来进一步掌握"画笔"工具的设定及使用方法。操作步骤如下：

（1）打开一幅图像文件。

（2）选择"画笔"工具，在其选项栏中单击"切换画笔调板"按钮，打开"画笔"面板，在面板中选择"画笔笔尖形状"，再选择"缤纷蝴蝶"画笔，调整笔尖的"直径"使蝴蝶足够大，调整笔尖的"间距"使蝴蝶之间有一定的距离，如图 3-92 所示。

（3）为了让蝴蝶有大有小，方向不一地飞舞，需要调整画笔的"动态形状"。选择"动态形状"复选框，调整"大小抖动"滑块使蝴蝶大小不一；调整"最小直径"滑块使最小的蝴蝶不要太小；调整"角度抖动"滑块使蝴蝶角度随机变动，调整"圆度抖动"滑块使蝴蝶能自然地飞舞，预览效果如图 3-93 所示。

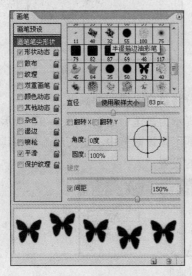

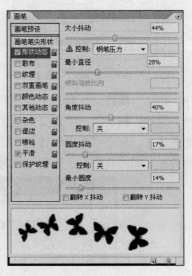

图 3-92　设置画笔笔尖的直径和间距　　　　图 3-93　调整画笔的"动态形状"

（4）蝴蝶应该自然地飞舞，不可能整齐地排列成一队，所以需要对画笔进行设置。选择"散布"复选框，增大"散布"值使蝴蝶分散开；增大"数量"使蝴蝶增加，预览效果如图 3-94 所示。

（5）设置"纹理"项，使蝴蝶的表面出现花纹。选中"纹理"复选框，在图案拾色器中选择一种图案，选择"为每个笔尖设置纹理"复选框，适当调整"深度"，并选中一种模式，这里选择"线性加深"模式，这时会在预览窗口出现设置的纹理效果。适当调整"最小深度"和"深度抖动"滑块，使蝴蝶达到最佳效果，通过调整"缩放"滑块来改变花纹的大小，预览效果如图 3-95 所示。

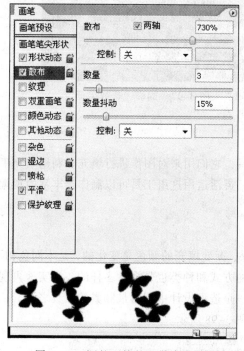

图 3-94　调整画笔的"散布"效果

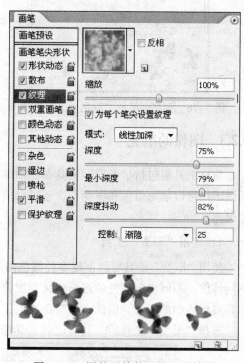

图 3-95　调整画笔的"纹理"效果

（6）选择"颜色动态"复选框，通过设置为蝴蝶上色。先将前景色设置为黄色，背景色设置为橙色，设置"前景/背景抖动"的值大些；通过调整"饱和度抖动"滑块使蝴蝶更有变化效果；调整"亮度抖动"滑块使蝴蝶出现远近不同的亮度效果；调整"纯度"滑块使蝴蝶更加鲜艳，预览效果如图 3-96 所示。

（7）在"画笔"工具选项栏中，还可以进一步设置画笔的不透明度和流量，产生更佳效果。

（8）使用设置好的画笔在图像中随机拖动，即可绘制出蝴蝶飞舞效果，如图 3-97 所示。

提示："铅笔"工具与"画笔"工具的使用方法相同，只是"铅笔"工具选择的笔尖都是硬的。"铅笔"工具选项栏与"画笔"工具选项也相似，不同之处是"铅笔"工具选项栏中没有"流量"和"喷枪"工具，但增加了一个"自动抹掉"复选框，用来实现自动擦除的功能。学会使用"画笔"工具，也自然会使用"铅笔"工具，请用户自己练习。

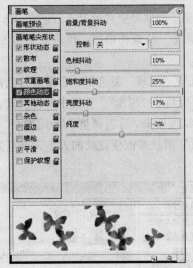

图 3-96 调整画笔的"颜色动态"效果　　　　图 3-97 蝴蝶飞舞效果

3.2.3 图像的填充

填充工具组包括"渐变"工具和"油漆桶"工具，它们用来对图像进行填充。利用填充工具组不仅可以填充单色和渐变色，还可以填充图案。灵活运用这组工具可以制作出丰富的视觉效果图。

1. 使用"渐变"工具

使用"渐变"工具可以创建多种颜色的渐变效果，渐变填充的颜色是变化的，是不同色相、不同纯度、不同亮度颜色的逐渐渗化与混合，渐变的方式和种类也是多种多样的，真实地再现出客观世界中的颜色。因此，渐变跟选取工具一样，是造型设计中用得最频繁的工具之一。

选择"渐变"工具后，其对应的工具选项栏如图 3-98 所示。

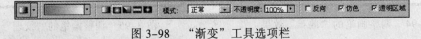

图 3-98 "渐变"工具选项栏

- 编辑渐变按钮▉▉▉▉：单击右侧的下三角按钮，弹出如图 3-99 所示的"渐变拾色器"面板。在该面板中选择渐变模式。如果单击右侧的▣按钮，还可以从弹出的对话框中加载或删除渐变选项。
- ▉▉▉▉▉：五种渐变类型，分别是线性渐变、径向渐变、角度渐变、对称渐变和菱形渐变。
- 模式：该选项在使用渐变工具时可以设置其色彩的混合模式。
- 不透明度：该选项可设置渐变填充的不透明度，取值范围是 1% ~ 100%。
- 反向：选择该复选框，可以使填充的渐变色方向与设置的渐变色方向恰好相反。
- 仿色：选择该复选框可以使渐变效果过渡更加平滑。
- 透明区域：选择该复选框可以打开透明蒙版，在绘图时保持透明填充效果。

下面通过制作渐变球体效果来练习"渐变"工具的使用方法。

（1）新建一个图像文件，在"图层"面板中新建并选中图层 1。

（2）选择"椭圆选框"工具，并在文档窗口中创建一个圆形选区，如图 3-100 所示。

（3）选择工具箱中的"渐变"工具，设置前景色为白色，背景色为黑色，设置"渐变"模式为径向渐变，"样式"为前景色到背景色的渐变。由圆形选区左上方向右下方拉出渐变，效果如图 3-101 所示。然后按【Ctrl+D】组合键取消选区。

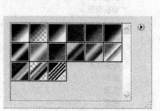

图 3-99　"渐变拾色器"面板

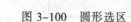

图 3-100　圆形选区

图 3-101　填充径向渐变

（4）在"图层"面板中新建并选中图层 2，选择"椭圆选框"工具，在其选项栏中设置羽化值为 6 像素，然后创建一个椭圆选区，如图 3-102 所示。

（5）选择"渐变"工具，在其选项栏中选择"线性渐变"模式，将不透明度调整到 60%，在椭圆选区由右到左拉出渐变，按【Ctrl+D】组合键取消选区。

（6）为了产生真实感，选中图层 1 并将其拖动到图层 2 的上面，产生了渐变球体的投影效果，如图 3-103 所示。

图 3-102　创建椭圆选区

图 3-103　球体投影效果

用鼠标单击编辑渐变按钮 ，弹出如图 3-104 所示的"渐变编辑器"对话框。使用此对话框可以编辑自己所需要的渐变颜色。

- 预设：显示出渐变效果的各种模式，从中可以任选一种模式。选中一种渐变后，会在对话框的下面显示出该渐变的参数设置。单击预设栏右上角的 按钮，弹出如图 3-105 所示的下拉菜单，从中可以加载渐变选项。在"预设"渐变模式上单击鼠标右键，弹出如图 3-106 所示的快捷菜单，使用快捷菜单可以方便快速地执行相关操作。
- 名称：此选项可以显示当前所选渐变类型的名称。
- 渐变类型：此下拉列表框中包括"实底"和"杂色"两种选项，选择不同的选项，其渐变色的控制条也将不同。当选择"实底"选项时，可以对均匀渐变的过渡色进行设置。

设置实底渐变的各选项参数：

- 平滑度：用于调节渐变的光滑度，数值越大，颜色过渡越自然。

单击"渐变控制条"上方的按钮可以设置渐变的不透明度，白色 表示完全透明；黑色 表示完全不透明，如图 3-107 所示。

图 3-104　渐变编辑器

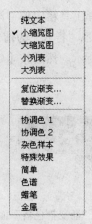

图 3-105　渐变工具预设弹出的下拉菜单

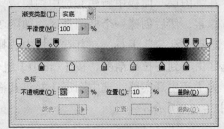

图 3-106　快捷菜单

图 3-107　设置渐变的不透明度

- 不透明度：如果单击"渐变控制条"上方的不透明度控制滑块，则在"不透明度"数值框中就可设置不透明度值。
- 位置：该数值框是控制"不透明度"色标在整个渐变控制条中的位置情况。
- "删除"按钮：单击该按钮可以删除"不透明度"色标。

单击"渐变控制条"下方的按钮可以编辑渐变颜色。在空白处单击鼠标可以添加一个编辑按钮，如图 3-108 所示。

- 颜色：该数值框可以改变当前选定色标的颜色。
- 位置：该数值框是控制"颜色"色标在整个渐变控制条中的位置的。
- "删除"按钮：单击该按钮可以删除"颜色"色标。

下面通过具体操作介绍定义渐变色的方法。

（1）在"预设"列表框中选中一种渐变色，在其基础上进行编辑。在"名称"文本框中输入新建渐变的名称，在"渐变类型"下拉列表框中选择"实底"选项。

（2）单击渐变颜色条上的起点颜色标志，此时"色标"选项组中的"颜色"数值框可用，单击"颜色"数值框右侧的小三角按钮，打开"拾色器"对话框，从中选取一种颜色。

（3）选定的颜色会显示在渐变颜色条上，单击渐变的终点颜色标志，从"拾色器"中选择某种颜色作为渐变的终点颜色，该颜色也会显示在渐变颜色条上。

（4）将鼠标移动到颜色渐变条的下方，当鼠标指针变为小手形状时单击，将在颜色渐变条上增加一个颜色标志，单击该颜色标志，为其设置新的颜色，如图 3-109 所示。

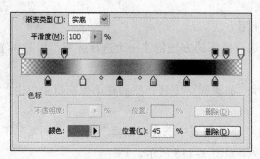

图 3-108　编辑渐变色

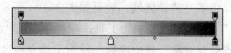

图 3-109　添加颜色标志

（5）如果希望给渐变颜色设置透明蒙版，可在渐变颜色条的上方选中起点透明标志或终点透明标志，然后设置其"不透明度"和"位置"，如图 3-110 所示。设置完毕单击"新建"按钮，编辑的渐变色将以指定的名称存放在预设列表框中，单击"确定"按钮完成渐变色的编辑。

选择"杂色"选项，可以建立杂色渐变。杂色渐变包含了在指定的颜色范围内随机分布的颜色，如图 3-111 所示。

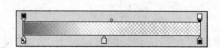

图 3-110　设置终点标志不透明度为 0%

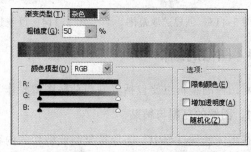

图 3-111　选择"杂色"渐变类型

设置杂色渐变的各选项参数：

- 限制颜色：选择该复选框可以降低颜色的饱和度。
- 增加透明度：选择该复选框可以为渐变添加透明效果。
- 随机化：单击此按钮，将产生随机设置所需的渐变颜色。

提示： 使用"渐变"工具填充图像窗口时，如果在图像窗口中创建了多个选区，"渐变"工具将连续填充所有选区，而不是在每个选区中重复执行所设置的渐变效果。在填充渐变时，拖动的距离越长，两种颜色间的过渡效果越平顺，另外，拖动的方向不同其填充后的效果也不一样。需要注意的是，"渐变"工具不能在位图和索引颜色模式下使用。

2．使用"油漆桶"工具

"油漆桶"工具用于在图像或者选择区域内，根据指定的色差范围，对其进行色彩或图案的填充。在工具箱选择"油漆桶"工具，显示"油漆桶"工具选项栏，如图 3-112 所示。其中的各选项含义在前面的章节中已作介绍，这里不再重复。

图 3-112　"油漆桶"工具选项栏

下面通过具体操作介绍"油漆桶"工具的使用方法。

（1）新建一幅 RGB 模式的图像，利用创建选取范围的方法创建一个选择区域，如图 3-113 所示。

（2）将前景色设置为橙色，在工具箱中选择"油漆桶"工具，然后在图像窗口中单击，将以绿色填充选择区域，效果如图 3-114 所示。

（3）在"油漆桶"工具选项栏中，从"填充"下拉列表中选择"图案"选项，"图案"下拉列表框被激活，从中选择一种图案填充选区，效果如图 3-115 所示。

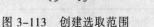

图 3-113　创建选取范围　　　图 3-114　以前景色填充选区　　　图 3-115　以图案填充选区

3.2.4　图像的编辑

对图像的编辑主要包括复制与粘贴图像操作、对图像的扭曲操作及裁切图像等。

1. 图像的复制与粘贴

在图像处理过程中，图像被复制或剪切的内容都被放置在系统自带的剪贴板上，在不关闭计算机的条件下，可以将复制或剪切的内容粘贴多次，每一次粘贴都会生成一个新的图层。另外，也可以把复制的内容粘贴到不同的图像中。

下面通过具体操作介绍图像的复制与粘贴方法。

（1）新建一幅图像文件，使用"自定义形状"工具绘制一只兔子，如图 3-116 所示。

（2）使用选取工具选取兔子。选择"编辑"→"拷贝"命令或按【Ctrl+C】组合键，复制选区中的图像。

（3）选择"编辑"→"粘贴"命令或按【Ctrl+V】组合键，复制的图像被粘贴到原图像中，按【Ctrl+D】组合键取消选区，"图层"面板中自动生成新的图层。

（4）选中粘贴后的图像，选择"编辑"→"变换"→"水平翻转"命令，将粘贴的图像水平翻转，使用"移动"工具，并按【Shift】键沿水平方向向右移动，产生对脸效果，如图 3-117 所示。

图 3-116　绘制的兔子　　　　　　　　图 3-117　对脸效果

2．图像的变换与扭曲

前面介绍了对选区的编辑，这里将继续深入地介绍图像的变换及扭曲操作。

（1）打开一幅图像文件，使用选取工具在图像中创建一个矩形选区，选择"编辑"→"自由变换"命令或按【Ctrl+T】组合键，选区周围出现变形框，如图 3-118 所示。

（2）将鼠标放置在变形框的角点处，单击鼠标左键拖到可以缩放图像；当鼠标变为旋转标示时，可以随意旋转图像，旋转效果如图 3-119 所示。

图 3-118　选中的图像　　　　　　　　　图 3-119　旋转图像

（3）单击工具选项栏中的 ✔ 按钮，或按回车键，或把鼠标放置在变形框中快速双击，都可以确认变形操作。如果单击工具选项栏中的 ⊘ 按钮，或按【Esc】键都可以取消变形操作。

（4）选择"编辑"→"变换"→"透视"命令，将鼠标放置在变形框的角点处单击鼠标左键拖动，可以编辑图像透视效果，如图 3-120 所示。

（5）选择"编辑"→"变换"→"水平翻转"命令，可以编辑图像水平镜像效果，如图 3-121 所示。

图 3-120　透视图像　　　　　　　　　　图 3-121　水平翻转图像

提示：使用"自由变换"命令可以方便地对图像进行缩放、旋转、倾斜和透视变形操作。使用"变换"子菜单命令可以实现单一功能的变形操作。

3．图像的扭曲操作

在 Photoshop CS2 中，新增了一个"变形"命令，它可以实现图像的各种扭曲操作。

（1）将上面的操作还原到初始时的选取状态。

（2）选择"编辑"→"变换"→"变形"命令，在选区周围出现变形框，如图 3-122 所示。

（3）将鼠标放在变形框的网络上，单击鼠标拖动，可以随意编辑图像扭曲效果，如图 3-123 所示。

图 3-122 变形框 图 3-123 编辑扭曲效果

（4）选择工具选项栏中的"变形"下拉列表框，列出多种变形选项，从中选择一种选项，选区中的图像发生了变化。限于篇幅，这里不再一一介绍，请读者逐一练习。

3.3 图像的修复与修饰

修复与修饰图像是 Photoshop CS2 图像处理的重要内容之一。修复图像主要是对有画痕、污点或破损的图像进行修补，对多余的图像进行擦除；而修饰图像则是指对图像局部进行较为细致的处理，如局部润色、模糊等。

3.3.1 图像修补工具的使用

修补工具包括"污点修复画笔"工具、"修复画笔"工具、"修补"工具和"红眼"工具等，如图 3-124 所示。

- "污点修复画笔"工具：是 Photoshop CS2 新增工具之一，可以快速消除照片中的斑点和污痕，而不必事先选取修复范围。
- "修复画笔"工具：在不改变原图像的形状、光照、纹理和其他属性的前提下，轻而易举地去除画面中最细小的划痕、污点、皱纹和灰尘。并能使修复后的效果自然融入到周围图像中。
- "修补"工具：可以从图像的其他区域或使用图案来修补当前选中的区域，与"修复画笔"工具相同的是修复的同时也保留图像原来的纹理、亮度等信息。
- "红眼"工具：可以快速消除照片中的红眼现象。

1. 使用"污点修复画笔"工具修复照片中的污点

下面以修复照片中的小孔为例，介绍"污点修复画笔"工具的使用方法。

（1）打开一张照片，照片中有许多小孔，如图 3-125 所示。

图 3-124 修补工具组 图 3-125 打开的照片

（2）选择"污点修复画笔"工具，其工具选项栏如图 3-126 所示。

图 3-126　"污点修复画笔"工具选项栏

- 画笔：用来设置画笔的笔头大小及边缘虚实程度。
- 模式：用来设置画笔修复时的合成模式。
- 类型：当选择"近似匹配"单选按钮时，可以使用污点周围的颜色像素来修复图像；当选择"创建纹理"单选按钮时，在修复的同时还添加一定的纹理效果。
- 对所有图层取样：图像修复操作对所有可见图层都起作用。

（3）将鼠标放置在需要修复的位置处单击，即可修掉照片中的污点，如图 3-127 所示。

提示：一般情况下，选择"类型"选项的"近似匹配"单选按钮，因为它可以使修复后的图像与图像周围颜色像素更加融合，从而提高照片的美感。

图 3-127　修复效果

2．使用"修复画笔"工具

"修复画笔"工具可以在不改变原图像的形状、光照、纹理和其他属性的前提下，轻易地去除画面中细小的划痕、污点、皱纹和灰尘。修复笔刷不仅能够对普通图像进行优化，也可以适用于照片级的高清晰度图像，对于有瑕疵的照片，使用修复笔刷即可把它们消去。

单击工具箱中的"修复画笔"工具按钮 ，其工具选项栏如图 3-128 所示。

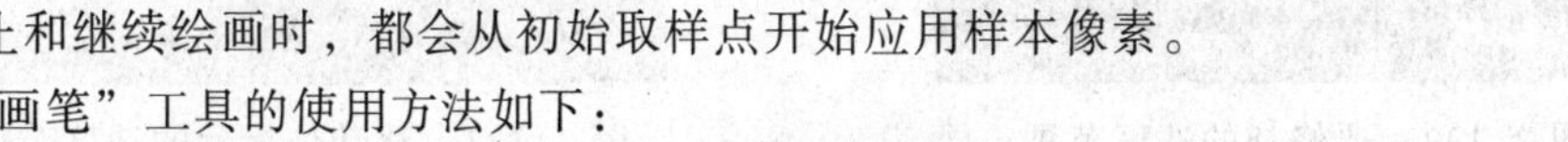

图 3-128　"修复画笔"工具选项栏

- 源：选择修复图像所用的图像来源，该项包括"取样"和"图案"两个单选按钮。"取样"可以用单击的源点来修复图像；"图案"使用系统自带或自定义的图案来修复图像。
- 对齐：选择该复选框，以当前的取样点为基准线连续取样；取消选择该复选框，则每次停止和继续绘画时，都会从初始取样点开始应用样本像素。

"修复画笔"工具的使用方法如下：

（1）打开一幅图像，如图 3-129 所示，任务是将两只小帆船去掉。

（2）选择"修复画笔"工具，在其工具选项栏中选择一个边缘柔滑的笔触，保证笔触直径大些，否则不能使纹理等充分融合。

（3）取消选择"对齐"复选框，在最接近帆船的海面，按住【Alt】键单击鼠标左键，以确定修复的源点。

（4）把鼠标放置在小帆船处单击，根据需要也可以在小帆船上来回拖动鼠标，即可消除图像中的小帆船。如图 3-130 所示。

图 3-129　打开的图像　　　　　　　　　　图 3-130　去掉两只小帆船

3．使用"修补"工具

"修补"工具与修复工具通常配套使用。但"修补"工具是通过选区来完成对图像的修复。前面用"修复画笔"工具确定的对象就会在所选区域粘贴，同时不改变图像的属性。单击工具箱中的"修补"工具按钮 ，其工具选项栏如图 3-131 所示。

图 3-131　"修补"工具选项栏

- 修补：该选项包括"源"和"目标"两个单选按钮。"源"是将会用采集来的图像替换当前选区内的图像。"目标"是选区将作为用于修补的区域。
- 使用图案：该选项只有在创建选区后才能生效，对选区内的内容应用图案。

下面以一个简单的例子来介绍"修补"工具的应用方法：

（1）打开一幅图像，用"修补"工具将图像中要修复的地方圈选，如图 3-132 所示。

（2）在其工具选项栏中选择"源"单选按钮，然后在圈选区域中单击鼠标左键将圈选区域移动至如图 3-133 所示。

图 3-132　要修补的选区范围　　　　　　　　图 3-133　移动位置后的选区范围

（3）释放鼠标，即可用目标图像区域的图像覆盖被选中的图像，得到的修补效果如图 3-134 所示。

4．使用"红眼"工具

使用"红眼"工具可以轻松地去除拍摄照片中产生的红眼。具体方法如下：

（1）打开一幅有明显红眼现象的照片，如图 3-135 所示。

图 3-134　修补结果　　　　　　　　　图 3-135　红眼照片

（2）选择"红眼"工具，其工具选项栏中选项含义：

- 瞳孔大小：用来设置红眼修复的范围。
- 变暗量：用来控制红眼修复后的明暗程序。

（3）设置"瞳孔大小"为 50%，"变暗量"也为 50%。把光标放置在图像中的红眼上单击，即可消除红眼现象。其效果如图 3-136 所示。

图 3-136　消除红眼后的照片

3.3.2　图章工具

在图像制作的过程中经常会将某一部分的图案重复排列，或者对残缺的图像进行修复，这时就可以使用 Photoshop CS2 工具箱中的图章工具组。图章工具组包含两个工具："仿制图章"工具和"图案图章"工具，如图 3-137 所示。

图 3-137　图章工具组

1．使用"仿制图章"工具

"仿制图章"工具可以通过复制图像的一部分，达到修复图像的目的。在图像合成过程中经常用来修复图像的接缝。该工具还能够将一幅图像的局部复制到另一幅图像中。其工具选项栏如图 3-138 所示。

| ♣ ▾ | 画笔：⚹21 ▾ | 模式：正常 ▾ | 不透明度：100% ▸ | 流量：100% ▸ | ✍ ☑对齐 □对所有图层取样 |

图 3-138　"仿制图章"工具选项栏

在"仿制图章"工具选项栏中的"画笔"、"模式"、"不透明度"和"流量"的作用和前面介绍的工具相似,这里主要介绍其他两个选项。

- "对齐"复选框:用于控制是否在复制时使用对齐功能。选择该复选框,表示在复制过程中,即使操作由于某种原因而停止,当再次使用仿制图章工具操作时,都会重新找到鼠标的起画点,直到再次取样。
- "对于所有图层取样"复选框:选择该复选框,在图像取样时作用于所有显示的图层,反之,则只对当前工作图层起作用。

选择该工具,然后按住【Alt】键在要复制的图像位置单击,然后在要粘贴的位置按下鼠标左键绘制,就可以把刚刚复制的图像绘制到鼠标拖动的位置。

下面介绍"仿制图章"工具的使用方法。

(1)打开一幅图像,如图 3-139 所示。

(2)在工具箱中选择"仿制图章"工具,在相应的工具选项栏中将"画笔"设置为一种较大的虚边画笔,将"不透明度"设置为 60%,选择"对齐"复选框。

(3)按住【Alt】键的同时单击图像中的人物,定义一个取样点,此时光标由圆圈变为"仿制图章"工具图标。

(4)在图像人物之处的区域单击并拖动鼠标,将复制出图像中的小孩。重复(3)、(4)两步骤可以复制出多个小孩的图像,效果如图 3-140 所示。

图 3-139　打开的图像

图 3-140　复制的图像

2.使用"图案图章"工具

"图案图章"工具能将图案复制到图像上,操作时只需要选取相应的图案绘画即可,选择工具箱中的"图案图章"工具按钮，其工具选项栏如图 3-141 所示。选择"印象派效果"复选框,可以使复制的效果类似于印象派艺术画的效果。

图 3-141　"图案图章"工具属性栏

在使用"图案图章"工具之前,必须事先为其设置一个图案,才能进行图案复制。

(1)打开一幅图像,使用"矩形选框"工具在图像中选出作为图像源的图像,如图 3-142 所示。

（2）选择"编辑"→"定义图案"命令，在"图案名称"对话框中输入图案的名称，然后单击"确定"按钮。

（3）选择"图案图章"工具，在选项栏的"图案"下拉列表中选择定义的图案，选择"印象派效果"复选框，然后在图像窗口中涂抹，得到如图 3-143 所示效果。

（4）如果取消"印象派效果"复选框，在图像窗口中涂抹，得到如图 3-144 所示效果。

图 3-142　选取图像源　　　图 3-143　启用"印象派效果"　　图 3-144　取消"印象派效果"

提示：如果将图像的某一个区域定义为图案，这个选区必须是正方形、矩形选区或单行单列选区，并且羽化值必须为 0 px。正圆或椭圆选区不能用来定义图案。

3.3.3　擦除工具

擦除工具主要用于图像的擦除和修改，它是最为常用的工具之一。Photoshop CS2 提供了三种擦除工具，如图 3-145 所示。

1. 使用橡皮擦工具

在图像处理过程中，经常用"橡皮擦"工具擦去图像中不需要的部分。当作用于背景图层时，擦除过的地方会用背景色填充；当

图 3-145　擦除工具组

作用于普通图层时，擦除过的地方会变成透明。如果不小心擦到了应该保留的区域，除可以通过"历史记录"面板进行恢复外，还可以按住【Alt】键在被擦除部分拖动鼠标，将图像恢复到先前的状态。具体操作如下：

（1）打开或绘制一幅图像，如图 3-146 所示。

（2）选择"橡皮擦"工具，其选项栏中除了多出一个"抹到历史记录"复选框，其他选项和画笔工具相似。设置背景色为白色，选择"画笔"选项，画笔直径为 13 像素。移动鼠标到要擦除的图像位置，单击鼠标左键来回拖动即可擦除图像，如图 3-147 所示。

（3）如果将背景色设置为其他颜色，在擦除部分相当于使用了背景色着色，这里将背景色设置为红色，擦除部分将显示红色，如图 3-148 所示。

（4）如果擦除内容在普通图层上，那么擦除后将变为透明，如图 3-149 所示。

图 3-146　原图像文件

图 3-147　白色背景效果

图 3-148　红色背景效果

图 3-149　普通图层擦除后的透明效果

2．使用"背景橡皮擦"工具

"背景橡皮擦"工具用背景色来替换图像中的邻近颜色。选择工具箱中的"背景橡皮擦"工具，其工具选项栏如图 3-150 所示。

图 3-150　"背景橡皮擦"工具选项栏

- 限制：该选项中包含三种限制模式："邻近"选项只擦除取样点位置的颜色及与它相邻的颜色；"不连续"选项只擦除取样颜色；"查找边缘"可以擦除包含取样颜色的连续区域，同时更能保留前景图像边缘的锐利度。
- 容差：用于控制擦除颜色的区域。其数值越大，能擦除的颜色范围就越大；反之，其数值越小，所能擦除的颜色范围就越小。
- 保护前景色：选择该复选框，擦除图像时，保护图像中与前景色相同颜色不被擦除。
- 取样：该选项中包括"连续"、"一次"和"背景色板"三种选项。选择"连续"选项可以擦除相邻区域的不同颜色；选择"一次"选项可方便地擦除纯色区域或是图像中不连续的某一种颜色；选择"背景色板"选项可以擦除包括当前的背景色区域。

（1）打开或绘制一幅图像，如图 3-151 所示。

（2）选择"背景橡皮擦"工具，容差值设为 10%。单击鼠标左键在图像上拖动，可以把图像擦除为透明状态，"背景层"也会自动转为"图层 0"，效果如图 3-152 所示。

提示：如果选择"保护前景色"复选框，图像中与工具箱前景色相同的颜色像素被保护起来，不被擦除。

图 3-151　原图像文件

图 3-152　"背景橡皮擦"工具擦除后效果

3. 使用"魔术橡皮擦"工具

"魔术橡皮擦"工具可以用透明区域来替换图像中的颜色。选择工具箱中的"魔术橡皮擦"工具，其工具选项栏如图 3-153 所示。

图 3-153　"魔术橡皮擦"工具选项栏

其步骤为：

（1）按【Ctrl+Alt+Z】组合键，将上面擦除的图像还原到初始状态。

（2）选择"魔术橡皮擦"工具，在其选项栏中设置各个选项，这里选择"连续"复选框。将鼠标移动到图像的天空部分，单击鼠标左键，得到的效果如图 3-154 所示。

提示：*"魔术橡皮擦"工具也是一种非常好用的图像擦除工具，最适合选择背景色和图像颜色反差比较大的图像。*

图 3-154　"魔术橡皮擦"工具擦除效果

3.3.4　模糊、锐化和涂抹工具

修正图像工具组包含"模糊"工具、"锐化"工具和"涂抹"工具，如图 3-155 所示。

图 3-155　修正图像工具组

1. 使用"模糊"工具

"模糊"工具的工作原理是降低像素之间的反差，从而使图像变得模糊。选择工具箱中的"模糊"工具，其工具选项栏如图 3-156 所示。

图 3-156　"模糊"工具选项栏

● **画笔**：该项可以设置模糊工具的笔头大小和形状。

- 模式：该项可以设置模糊工具的色彩混合方式。
- 强度：该项可以设置涂抹的程度，数值越大，涂抹的效果越明显。
- 对所有图层取样：选择该复选框，将操作应用于所有图层。

"模糊"工具的使用方法很简单，具体方法如下：

（1）打开一幅图像，如图 3-157 所示。

（2）选择工具箱中的"模糊"工具，并在选项栏中设置"模式"为正常，"强度"为 50%。

（3）将光标放置在图像处，单击鼠标左键来回拖动，被拖动的图像会变得模糊，如图 3-158 所示。

图 3-157　原图像文件　　　　　　　　图 3-158　"模糊"后的图像

2．使用"锐化"工具

"锐化"工具所产生的效果正好和"模糊"工具相反，它通过增加像素间的对比度来使图像更加清晰。此工具的使用方法与"模糊"工具一样，其选项栏也与"模糊"工具的选项栏相同，这里不多叙述。

3．使用"涂抹"工具

"涂抹"工具能创建出用手指在未干的颜料上涂抹的效果，可以制作出一种类似于水彩画的效果。选择工具箱中"涂抹"工具　，其选项栏如图 3-159 所示。选择"手指绘画"复选框，相当于用手指蘸着前景色在图像中进行涂抹；取消选择此复选框，将以拖动图像处的色彩进行涂抹。

图 3-159　"涂抹"工具选项栏

"涂抹"工具的使用方法也很简单，下面作简单的介绍。

（1）打开一幅图像，如图 3-160 所示。选择工具箱中的"涂抹"工具，并在工具选项栏中设置"模式"为正常，"强度"为 50%。

（2）将光标放置在图像处，用鼠标左键拖动，被拖动的图像产生了用手指在未干的颜料上涂抹的效果，如图 3-161 所示。

图 3-160　原图像文件

图 3-161　"涂抹"后的图像

3.3.5　使用"减淡"、"加深"和"海绵"工具

"减淡"、"加深"和"海绵"工具均属于色调调节工具。使用这些工具可以改变图像特定区域的曝光度。如图 3-162 所示。

1. 使用减淡工具

"减淡"工具用来加亮图像，使图像颜色发亮。选择工具箱中的"减淡"工具🔍，其选项栏如图 3-163 所示。

图 3-162　改变图像曝光度工具组

图 3-163　"减淡"工具选项栏

- 范围：该选项有三种不同的色调范围，分别是"暗调"、"中间调"和"高光"类型。"暗调"只对图像内暗调区域起作用；"中间调"只对图像内的中间色调区域起作用；"高光"只对图像内的高光区域起作用。
- 曝光度：该选项设置图像曝光度数值。数值越大，减淡的程度也就越大。

（1）打开一幅图像，如图 3-164 所示。

（2）选择工具箱中的"减淡"工具，在工具选项栏中设置"范围"为"中间调"，"曝光度"为 50%。

（3）将光标放置在图像需要减淡的区域处，这里选择树叶部分，单击鼠标左键拖动或者多次单击鼠标左键，被拖动的图像区域加亮了，效果如图 3-165 所示。

图 3-164　原图像

图 3-165　"减淡"后的效果

2．使用"加深"工具

使用"加深"工具可以改变图像特定区域的曝光度，使图像颜色变暗，以达到不同的图像效果。此工具的操作方法与"减淡"工具一样。在选项栏中进行适当设置后，使用"加深"工具在图像中来回拖动，图像的颜色就会变暗。

3．使用"海绵"工具

使用"海绵"工具可以精细地提高或降低图像的色彩饱和度。当图像为灰度模式，增加图像的饱和度，将使图像越来越接近于中灰度色调；当减少饱和度时，将使图像趋向于黑白分明的效果。选择工具箱中的"海绵"工具，其选项栏如图 3-166 所示。

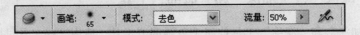

图 3-166 "海绵"工具选项栏

- 模式：该选项包含两种模式，分别为"加色"和"去色"。"加色"用来增加饱和度；"去色"用来减少饱和度。
- 流量：该选项控制图像饱和度的大小，数值越大，饱和度效果越明显。

"海绵"工具的使用方法和"减淡"工具的使用一样，这是不再举例。

3.3.6 其他辅助工具

"抓手"工具和"缩放"工具便于查看图像及工作环境；在图像描绘过程中，"注释"工具可辅助于对图像的修改。

1．使用"抓手"工具

"抓手"工具主要用来移动图像。它与移动工具的区别在于只有当图像窗口出现位置调节滑块时，"抓手"工具才可以使用，否则该工具不起作用。在工具箱中选择"抓手"工具，其选项栏如图 3-167 所示。

图 3-167 "抓手"工具选项栏

- 实际像素：单击该按钮，图像以实际像素尺寸显示图像。
- 适合屏幕：单击该按钮，图像将以合适的缩放比例满画布显示在工作区域中。
- 打印尺寸：单击该按钮，图像以打印尺寸显示。

提示：当使用其他工具时，如果需要使用"抓手"工具，可以按住空格键进行切换。在工具箱中双击"抓手"工具，系统将自动调整图像的幅面大小以适合屏幕的显示范围。

2．使用"缩放"工具

"缩放"工具主要用于对图像进行放大缩小操作。在工具箱中选择"缩放"工具，其选项栏如图 3-168 所示。

图 3-168 "缩放"工具属性栏

- "忽略调板"复选框：选择该复选框，将忽略面板。
- "缩放所有窗口"复选框：选择该复选框，将使图像窗口在一定范围内与图像大小保持一致。

为了便于观察图像，通常需要将其放大或缩小。选择"缩放"工具后单击鼠标，图像将被放大一倍；按住【Alt】键同时单击鼠标，图像将被缩小一半。

3. 使用"注释"工具

在进行图像描绘过程中，为了便于修改，经常会运用许多图层，这样在再次打开图像进行编辑时，可能由于没有对图层进行命名，而导致需要花费许多时间来弄明白各图层之间的关系和作用。因此，为了便于编辑，Photoshop CS2 为用户提供了两个注释工具，它们分别是："文本注释"工具和"语音注释"工具。

在工具箱中选择"文本注释"工具，其选项栏如图 3-169 所示。在其选项栏中，可以设置"作者"、"大小"以及"颜色"等选项，如果对所设置的不满意，可以单击"清除全部"按钮，删除所有设置。

图 3-169 "文本注释"选项属性栏

在工具箱中选择"语音注释"工具，其选项栏显示如图 3-170 所示。

选择"语音注释"工具，在图像中单击，将弹出"语音注释"对话框，如图 3-171 所示。单击"开始"按钮开始录音，录音完毕后单击"停止"按钮即可。此时图像中将出现一个小喇叭的图标，双击该图标开始播放录音。

图 3-170 "语音注释"工具选项栏　　　　图 3-171 "语音注释"对话框

3.4 应 用 实 例

本节通过两个应用实例的介绍，使读者进一步掌握图像的选取和绘制等操作方法，以巩固本章所学的知识。

3.4.1 绘制奥运五环

本实例通过运用选区的创建、收缩、填充及选区间的结合使用等知识，绘制奥运五环效果图，绘制效果如图 3-178 所示。其具体操作步骤如下：

（1）新建一个 600 像素 × 600 像素的图像文件，颜色模式为 RGB 模式。

（2）新建"图层 1"，在工具箱中选择"椭圆选框"工具，画出一
个正圆选区。

（3）选择"油漆桶"工具，将前景色定义为淡蓝色，填充圆形选
区。选择"选择"→"修改"→"收缩"命令，设置"收缩量"为 9，
然后单击"确定"按钮。按【Del】键，对选区内容进行删除，得到圆
环效果，如图 3-172 所示。

图 3-172　淡蓝色圆环

（4）使用"魔棒"工具，在蓝色圆环上单击，得到环形选区。新建"图层 2"，移动环形选
区到新的位置，如图 3-173 所示。

（5）设置前景色为黑色，对选区进行填充，效果如图 3-174 所示。

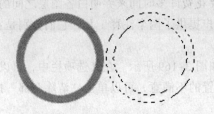

图 3-173　移动选区

图 3-174　填充选区

（6）新建"图层 3"、"图层 4"和"图层 5"，分别移动环形选区到新的位置，并分别在各
图层中用红色、黄色和淡绿色填充选区，得到了奥运五环效果图，如图 3-175 所示。

（7）保留环形选区不动，选中第三个圆环所有的图层，也就是红色圆环所在图层。选择"魔
棒"工具，并在其选项栏中单击"与选区交叉"按钮，在红色与绿色圆环交界处单击，得到了
如图 3-176 所示的选区。

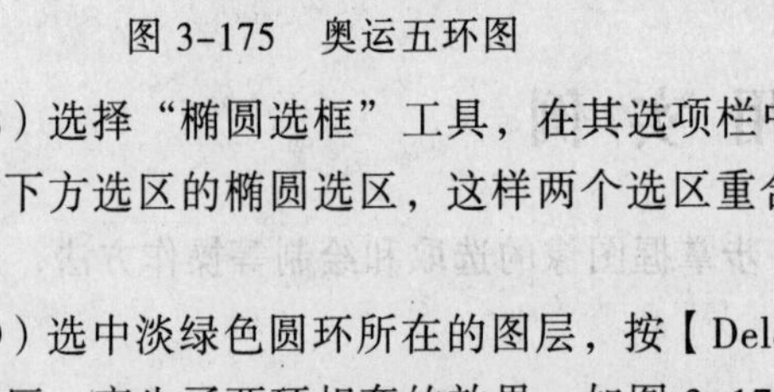

图 3-175　奥运五环图

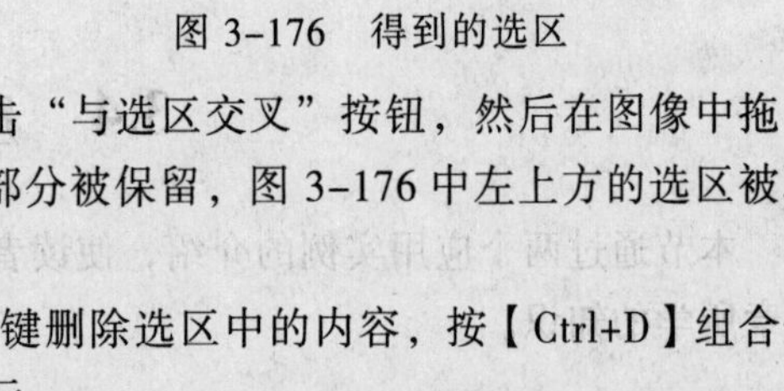

图 3-176　得到的选区

（8）选择"椭圆选框"工具，在其选项栏中单击"与选区交叉"按钮，然后在图像中拖出
包含右下方选区的椭圆选区，这样两个选区重合的部分被保留，图 3-176 中左上方的选区被取
消掉。

（9）选中淡绿色圆环所在的图层，按【Delete】键删除选区中的内容，按【Ctrl+D】组合键
取消选区，产生了两环相套的效果，如图 3-177 所示。

（10）利用相同的方法，把其他圆环相交处作相套处理，得到奥运五环最终效果，如图 3-178
所示。

图 3-177　两环相套效果　　　　　　　　图 3-178　奥运五环效果图

3.4.2　制作砖墙效果

本实例主要运用了设置颜色、定义图案、填充图案、"添加杂色"滤镜、"喷溅"滤镜和"龟裂缝"滤镜等知识制作砖墙效果，效果如图 3-186 所示。具体操作如下：

（1）新建一个 RGB 模式的图像文件。

（2）在工具箱的下方将前景色设为淡灰色（R:184,G:181,B:181），将背景色设为白色，用前景色填充画布。选择"滤镜"→"杂色"→"添加杂色"命令，在弹出的"添加杂色"对话框中，将"数量"选项设为 14，选择"高斯分布"单选按钮和"单色"复选框，如图 3-179 所示，设置完成后单击"确定"按钮。

（3）在"图层"面板下方单击"创建新图层"按钮，生成新的"图层 1"。选择工具箱中的"矩形选框"工具，在文件窗口中拖出一个小的矩形选区，在工具箱的下方将前景色设为红褐色，然后填充选区，如图 3-180 所示。

图 3-179　"添加杂色"对话框　　　　　　图 3-180　填充选区

（4）选择"编辑"→"描边"命令，在弹出的"描边"对话框中，将"宽度"选项设为 5，"颜色"设为中灰色，选择"居外"单选按钮，其他为默认设置，然后单击"确定"按钮，效果如图 3-181 所示。

（5）按【Ctrl+D】组合键取消选区。选择"滤镜"→"画笔描边"→"喷溅"命令，在弹出的"喷溅"对话框中，将"喷色半径"选项设为 5、"平滑度"设为 5，设置完成后单击"确定"按钮，效果如图 3-182 所示。

图 3-181 为路径描边

图 3-182 应用喷溅滤镜

（6）按【Ctrl+Alt】组合键，鼠标的光标变为双箭头，拖动矩形块，将复制矩形块，如图 3-183 所示。

（7）按【Ctrl+E】组合键，向下合并图层到"图层 1"。

（8）选择工具箱中的"矩形选框"工具，在文件窗口中拖出一个矩形选区，效果如图 3-184 所示。

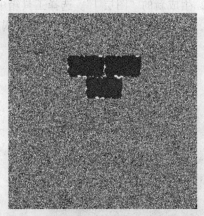
图 3-183 复制矩形块

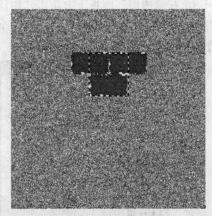
图 3-184 创建矩形选区

（9）选择"编辑"→"定义图案"命令，在弹出的"图案名称"对话框中，为定义的图案命名为"砖墙"，单击"确定"按钮，然后取消选区。

（10）新建宽度为 10cm，高度为 10cm，分辨率为 300 像素，模式为 RGB，背景为白色的图像文件。

（11）选择"编辑"→"填充"命令，在弹出的"填充"对话框中，从"使用"下拉列表框中选择"图案"选项，在"自定图案"下拉列表框中选择刚才定义的"砖墙"图案，然后单击"确定"按钮，填充效果如图 3-185 所示。

（12）选择"滤镜"→"纹理"→"龟裂缝"命令，在弹出的"龟裂缝"对话框中，将"裂缝间距"设为 28，"裂缝深度"设为 5，"裂缝亮度"设为 8，然后单击"确定"按钮。至此砖墙效果制作完成，如图 3-186 所示。

图 3-185　填充画布　　　　　　　　　　　　　图 3-186　砖墙效果

3.5　实　训

一、实训目的

- 掌握创建规则选择区域和不规则选择区域的方法
- 掌握对选择区域的编辑、保存和载入
- 掌握图像的绘制与编辑方法
- 掌握修复与修饰工具的使用方法、技巧及应用

二、实训内容

1. 使用选取工具的不同选择方式，创建如图 3-187（a）和 3-187（b）所示的选区。

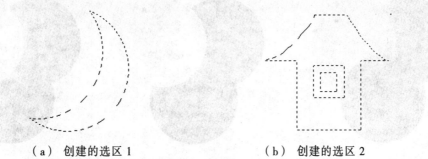

（a）创建的选区 1　　　　　　　　　　（b）创建的选区 2

图 3-187　创建选区

2. 打开一幅图像文件，练习用"套索"工具和"魔棒"工具选取图像中的部分图像，并对两种工具的使用效果进行总结。

3. 打开一幅图像文件，选择"矩形选框"工具，并设置其羽化值为 20，在图像中创建一个矩形选区，按【Delete】键将图像删除，观察产生的效果。

4. 创建一个自定义的颜色渐变样式，要求是红—白—蓝—白—绿—白的渐变色。使用定义的渐变色填充创建的正圆选区。

5. 新建一幅图像文件，使用绘图工具绘制任意图形，然后将绘制的图形定义成图案，使用定义的图案填充创建的矩形选区。

6. 绘制三原色盘。主要应用到选区的保存、载入和填充。

提示：新建图层 1，创建一个正圆选区，在图层 1 中为正圆选区填充红色，然后将正圆选区存储为 "01"。新建图层 2，用同样的方法在红色圆的右侧绘制绿色正圆，并将绿色正圆的选区存储为 "02"。新建图层 3，用同样的方法，绘制蓝色正圆并保存选区为 "03"。注意，此时，不要取消蓝色圆的选区。绘制的三个圆如图 3-188 所示。按 "与选区交叉" 的方式载入 "01" 选区，得到如图 3-189 所示的选区。新建图层 4，为选区填充洋红色（R:255,G:0,B:255）。载入 "03" 选区，按 "与选区交叉" 的方式载入 "02" 选区，得到 "03" 选区与 "02" 选区的相交部分，如图 3-190 所示的选区。新建图层 5，为其填充青色（R:0,G:255,B:255）。新建图层 6，载入 "02" 选区并与 "01" 选区相交，为其填充黄色（R:255,G:255,B:0），效果如图 3-191 所示。最后编辑白色色块，确保当前选区不被取消，按 "与选区交叉" 的方式载入 "03" 选区，得到洋红色、青色和黄色色块共有的部分，新建图层 7，为其填充白色（R:255,G:255,B:255），至此，三原色盘制作完成，效果如图 3-192 所示。

图 3-188　绘制的三色圆

图 3-189　得到的相交选区

图 3-190　相交选区

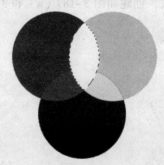

图 3-191　为相交选区填充黄色

图 3-192　三原色盘效果图

7. 打开一幅老照片，如图 3-193 所示，使用修补工具得到如图 3-194 所示的效果。

图 3-193　引用素材

图 3-194　修补后的效果

8. 绘制如图 3-195 所示的圆柱体、如图 3-196 所示的圆堆体。

图 3-195 圆柱体   图 3-196 圆堆体

9. 绘制主题为"吸烟有害健康"的招贴画，效果如图 3-197 所示。

提示：使用选取工具和绘图工具绘制香烟，复制香烟并排列成不同样式的图形；然后，使用绘图工具绘制受损的肺。

10. 绘制纸手提袋，绘制效果如图 3-198 所示。

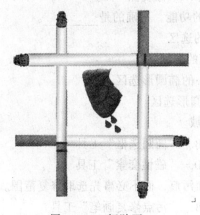 

图 3-197 招贴画   图 3-198 纸手提袋

习   题

一、填空题

1. 利用_____工具可以选择图像中颜色相近的区域。

2. "套索"工具包括_____工具、_____工具和_____工具。利用它们可以对不规则区域进行选择。

3. 单击"选择"菜单下的"修改"命令，可以编辑已经创建的选取范围。其中包括_____、_____、_____和_____四种方法。

4. "变换"选区命令可以对选择范围进行_____、_____和_____三种编辑。

5. 填充工具组包括_____工具和_____工具，它们都是用来_____的。

6. 使用_____工具可以使图像变暗。

7. Photoshop CS2 的修补工具，包括_____工具、_____工具、_____工具和_____工具。

8. 使用"矩形选框"工具时，按住_____键的同时，用鼠标左键在图像上拖动，可以得到正方形选区。选择"选择"→"取消选择"命令或者按_____组合键均可取消选区。

9. 移动选取范围时按_____键，将按垂直、水平和 45°角的方向移动。

10. 使用_____功能，可以使选取范围的边缘部分产生渐变晕开的柔和效果。

11. 在 Photoshop CS2 中，可以通过四种方法选取颜色，它们是：_____、_____、_____和_____。

12. Photoshop CS2 提供了三种擦除工具，它们分别是_____、_____、_____。

13. 在使用其他工具时，如果需要使用"抓手"工具，可以按住_____键进行切换。

14. 使用_____能方便地把人物照片中的"红眼"去掉。

二、选择题

1. 下列工具中，_____不能设置不透明度。
   A. "画笔"工具　　　　　　　　　　　B. "铅笔"工具
   C. "涂抹"工具　　　　　　　　　　　D. "橡皮擦"工具

2. 下面是使用"椭圆选框"工具创建选区时常用到的功能，正确的是_____。
   A. 按住【Alt】键的同时拖动鼠标可得到正圆形的选区。
   B. 按住【Shift】键的同时拖动鼠标可得到正圆形的选区。
   C. 按住【Ctrl +Shift】键可形成以鼠标起点为中心的椭圆形选区。
   D. 按住【Ctrl】键可形成以鼠标起点为中心的椭圆形选区。

3. _____可以方便地选择连续的、颜色相似的区域。
   A. "矩形选框"工具　　　　　　　　　B. "椭圆选框"工具
   C. "魔棒"工具　　　　　　　　　　　D. "磁性套索"工具

4. 使用_____工具可以快速消除照片中的斑点和污痕，而不必事先选取修复范围。
   A. "仿制图章"工具　　　　　　　　　B. "污点修复画笔"工具
   C. "图案图章"工具　　　　　　　　　D. "颜色替换"工具

5. 使用"背景橡皮擦"工具擦除图像后，其背景色呈现_____。
   A. 白色　　　　　　　　　　　　　　B. 前景色
   C. 透明色　　　　　　　　　　　　　D. 与当前图像所设的背景色相同

6. 使用图像修补工具修复图像时，_____工具开始使用时需要按住【Alt】键，以定义复制的源点。
   A. "污点修复画笔"工具　　　　　　　B. "修复画笔"工具
   C. "修补"工具　　　　　　　　　　　D. "红眼"工具

7. 下列工具中，不能绘制图形的工具是_____。
   A. "颜色替换"工具　　　　　　　　　B. "画笔"工具
   C. "文本"工具　　　　　　　　　　　D. "橡皮擦"工具

8. ＿＿＿＿＿＿＿用于调整图像的饱和度。

    A. "涂抹"工具　　　　B. "加深"工具　　　　C. "减淡"工具　　　　D. "海绵"工具

三、简答题

1. 在编辑图像过程中，如何存储和载入创建的选区？

2. 绘图工具的操作步骤基本相似，一般经过哪几个步骤？

3. 如何定义画笔和图案？

4. 如何对选取范围进行描边和填充？

5. 对选区变换和对选取的图像进行变换有何不同？

第 4 章　图像色彩的调整

色彩是图像构成的重要元素之一，图像色彩调整是 Photoshop 的关键技术。Photoshop CS2 提供了很多色彩调整命令，使用这些命令可以校正图像的明暗度、饱和度、亮度、对比度和色相，从而使图像发生根本性的变化。

本章要点：

- 色彩基础知识
- 图像色彩调整依据
- 图像的色调调整
- 图像的色彩调整
- 特殊色调调整

4.1　图像色彩调整必备知识

获取一些原始图片的方法通常使用扫描仪、数码照相机及数字录像机等工具。无论是通过哪种途径获取的图片，这些图片在色调和色彩等方面或多或少都有些问题，Photoshop 提供了很多解决办法，最终可以将获取的图片处理成具有艺术美感的作品。

4.1.1　色彩基础知识

色彩不仅是点缀生活的重要角色，也是一门学问。若在设计作品过程中灵活、巧妙地运用色彩，使作品达到各种精彩效果，就必须仔细地研究色彩。

1. 颜色传达的信息

在现实生活中，颜色传达的信息在整个视觉信息中占有很大的成分，下面了解几种常用颜色所传达的信息。

- 黑色和白色：黑色与白色的亮度对比值最高，它们本身清晰鲜明，能够吸收所有的其他颜色，常常把它们和其他颜色混合起来，以表达更强的视觉效果。
- 灰色：灰色有很多种，从总体上来说，灰色给人的感觉是柔和与安详。在设计过程中，成功地运用灰色可以提高设计作品的档次。灰色和白色比较类似，在不需要清晰线条分隔的部分常常用灰色来调和。

- 红色：红色的视觉刺激非常强烈，表现出热情洋溢的特点，给人以温暖的感觉。在设计表现充满活力、生机的气氛时，运用红色效果最好。
- 绿色：是一种与红色具有强烈对比的颜色，它充满了生命力，是一种环保颜色，所以在表现环保主题的公益广告及海报中经常会看到绿色的颜色。绿色也给人以安宁祥和的感觉。
- 蓝色：是一种冷色，但它看上去一点也不消极，它代表了挑战精神，所以，企业往往用蓝色作为企业形象宣传的标准色，从而表现企业勇于创建、开拓进取的企业精神。
- 橙色：是有味觉感受的颜色，给人以温暖的感觉，也常常激起人的食欲。所以，许多食品包装常用橙色作为主色调。灰色与橙的搭配效果最好，在许多标志或包装设计中经常运用到这两种颜色的搭配。
- 紫色：葡萄酒的紫色代表纯洁、高雅的气质，极具韵味，但是对于色彩知识不太了解的用户最好不要使用这种颜色，因为这种颜色如果运用不当会显得非常肤浅。

2．颜色的组成要素

颜色由色相、亮度和饱和度三个要素组成，这三个要素相互联系，不可分割。

- 色相：是由光谱中显示出来的除黑、白、灰等非彩色的能被人眼识别的其他颜色。这种颜色之所以能被看到，是因为颜色本身包含亮度和对比度。
- 亮度：是指颜色的明亮和灰暗的程序。亮度最高的是白色，最低的是黑色。
- 饱和度：是指色相的浓度。

3．颜色的对比

若让图像调整出更理想的色彩效果，就需要了解色彩三要素的对比。对比就是把两个性质截然相反的事物放在一起进行比较，产生强烈反差，从而把另一事物衬托得更加突出。

- 色相对比：色相对比就是把两种不同的颜色叠加在一起时会变成另一种颜色。在整个色环中，相隔越远的两种颜色叠加，色相反差就越明显。
- 亮度对比：就是提高或降低两个图像颜色的亮度以形成反差。如果两个图像颜色的亮度值接近，图像整体效果就会显得暗淡；如果亮度反差较大，图像效果就会很鲜亮。
- 饱和度对比：与亮度对比一样，饱和度对比就是通过提高或降低两个图像颜色的饱和度来形成反差。当背景色的饱和度较高时，几乎接近纯色时，其中的图像颜色饱和度就显得比原值要低。若想突出背景中的图像，可以降低背景色的饱和度，把它调节成黑色、白色或灰色等。

一幅图像中有两种以上的颜色时，可以表现出很多不同的效果，如果两种颜色的亮度相同，其分隔线就变得模糊，两种互为补色的颜色放在一起就会产生强烈的对比。

4.1.2　图像色彩调整依据

对一个没有经过色彩训练的用户来说，很难正确地判断出图像出现的色彩问题（色彩的明暗、色相和饱和度）。在 Photoshop 中有一个用于测试图像色彩质量的面板——"直方图"面板，通过它可以测试图像的色彩质量。

（1）打开一幅图像文件，如图 4-1 所示。

（2）选择"窗口"→"直方图"命令，打开"直方图"面板，如图 4-2 所示。其中各项含义如下：

- 通道：在其右侧的下拉列表框中可以选择每一个单色通道图像中的明暗分布状态，通常情况下选择 RGB 通道。
- 平均值：显示图像像素亮度的平均值。
- 标准偏差：显示图像像素颜色值的变化范围。
- 中间值：显示图像像素亮度的中间值。
- 像素：显示图像中总的像素数量。
- 色阶：显示光标所在位置的灰度色阶值。
- 数量：显示光标所在位置的像素数量。
- 百分位：显示光标所有位置的像素数量占图像总像素数量的百分位数。
- 高级缓存级别：显示图像高速缓存的设置。

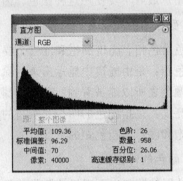

图 4-1　打开的图像　　　　　　　　　图 4-2　"直方图"面板

提示：在"直方图"面板的峰值显示区域，如果峰形偏左，表明当前图像的暗区较多；如果峰形偏右，表明图像的亮区较多；如果峰形集中分布在中间，表明图像的中间色调较多，缺乏明显的对比；如果峰形中间存在间隔，说明图像色阶不连续，图像像素颜色缺乏柔和性。

（3）从直方图中可见，峰形偏左，说明图像的暗区较多，需要调整图像的亮度。选择"图像"→"调整"→"亮度/对比度"命令，打开"亮度/对比度"对话框，从中设置亮度值，如图 4-3 所示。

（4）调整后的图像有了明亮的色彩效果，如图 4-4 所示。

图 4-3　"亮度/对比度"对话框　　　　　图 4-4　调整后的图像效果

提示：通常情况下，在进行色彩调整之前，需要校正显示器的色彩，这样会使显示效果与打印效果区别不大。另外，色彩调整命令只对当前的图层或当前选区中的图像起作用，其他图层中的图像不受影响。为了让用户学到更多有关色彩方面的知识，向用户推荐一个专门讲解色彩知识的网站—— 中国色彩图（http://www.cnclr.com），希望用户从中学到更丰富的色彩知识。

4.2　图像色调调整

对图像的色调进行控制主要是对图像亮度和对比度的调整，通过修改图像中像素的分布，达到在一定精度范围内调整色调的目的。当一幅图像比较暗淡时，可以通过此类命令使图像变亮；反之，一幅图像颜色过亮，可以通过此类命令使之变暗。因此，色调调整是用户经常要用到的图像操作。

使用本节所介绍的色彩和色调调整命令，有以下共同的特点：

- 先对图像进行预览显示，最好用直方图显示像素在图像中的分布情况，以便有针对性地调整图像。
- 打开需要的调整命令对话框，进行适当的调整。若取消调整效果，可以按【Alt】键，此时，对话框中的"取消"按钮变成"复位"按钮，单击"复位"按钮可以取消本次设置的调整。
- 可以打开"信息"面板来显示图像色彩的数据信息。

4.2.1　色阶

使用"色阶"命令可以精确地调整图像的暗调、中间调和亮调等强度级别，从而达到校正图像色调范围的目的。当图像偏暗或偏亮时，可以使用"色阶"命令来调整图像的明暗度。该功能不仅可以对整个图像进行，也可以对图像的某个选取范围、某个图层或某个颜色通道进行。下面通过具体操作来介绍"色阶"命令的使用方法。

（1）打开一幅图像文件，如图 4-5 所示。

（2）选择"图像"→"调整"→"色阶"命令，或按【Ctrl+L】组合键，打开"色阶"对话框，如图 4-6 所示。

图 4-5　打开一幅图像

图 4-6　"色阶"对话框

（3）在"色阶"对话框中，通过拖动滑块或输入数值，来调整输入或输出的"色阶"值，从而对指定通道中的图像的明暗度进行调整。

- 通道：用于选择要调整色调的通道，在同一张图像中，在不同的通道中都可能有不同的色阶分布，可以针对不同的通道进行不同的设置。如果要同时调整两个通道，首先按住【Shift】键在"通道"面板中选择两个通道，然后再选择"色阶"命令。
- 预览：确定是否在图像窗口预览调整后的图像效果。
- 输入色阶：通过输入三个数值或者拖动黑、白、灰三个三角滑块来设定输入的色阶，以改变图像的高光区、中间色调区域以及暗调区域的色调和对比度。此项包括三个文本框，最左侧的文本框用于调整图像的暗部色调，可以在文本框中输入 0～253 的数值或者拖动下方的黑色三角滑块，设置暗部的色阶；中间文本框用于调整图像的中间色调，即灰度，其取值范围为 0.10～9.99，可以在文本框中输入数值或者拖动下方的灰色三角滑块，设置中间色调的色阶；最右侧的文本框用于设置图像亮部色调，其取值范围为 0～255，可输入数值或者拖动下方的白色三角滑块，设置亮部的色阶。
- 输出色阶：利用输出色阶调整图像，可使较暗的像素更亮，较亮的像素变暗。通过在文本框中输入两个数值（范围为 0～255）或者拖动黑、白两个三角滑块来设定输出的色阶。黑色三角滑块控制图像暗部的对比度，白色三角滑块控制图像亮部的对比度。
- 对话框中的三个吸管工具，从左到右依次为黑色吸管、灰色吸管和白色吸管，单击其中任何一个吸管，然后将鼠标指针移到图像窗口中，鼠标指针变成相应的吸管形状，此时单击即可完成色调调整。三个吸管的功能分别是：
    - 黑色吸管：用该吸管在图像中单击，图像中所有像素的亮度值将减去吸管单击处像素的亮度值，从而使图像变暗。
    - 白色吸管：与黑色吸管相反，Photoshop CS2 将所有像素的亮度值加上吸管单击处像素的亮度值，从而提高图像的亮度。
    - 灰色吸管：该吸管所点中的像素的亮度值可以用来调整图像的色彩分布。
- "自动"按钮：单击该按钮，Photoshop CS2 将以 0.5% 的比例调整图像的亮度，它把最亮的像素变为白色，把最暗的像素变为黑色，执行此命令的主要目的是为了使图像亮度分布更均匀，消除图像中不正常的亮度。
- 预览：选择该复选框可以在调整的同时观察生成的效果。
- "存储"按钮：可将目前的色阶设置保存为一个单独的文件。
- "载入"按钮：如果调用相同的设置可以通过"载入"按钮载入存储的文件。

（4）按图 4-7 设置完成后，单击"确定"按钮确认设置，效果如图 4-8 所示。

图 4-7　设置"色阶"对话框

图 4-8　调整后的效果图

提示：选择"图像"→"调整"→"自动色阶"命令，系统会以默认的值来调整图像颜色的亮度，与"色阶"对话框中的"自动"按钮功能相同。它调整的过程是自动找出各颜色通道中最暗的像素和最亮的像素，然后按比例重新分配像素的亮度值。对于像素亮度值分布不够均匀和整体存在色偏的图像，自动色阶命令能够取得较好的效果。

4.2.2　曲线

"曲线"命令是图像颜色调整中功能最强大的命令，是非常灵活的色调控制方式。它的功能和"色阶"命令基本相同，只不过它比"色阶"命令可以进行更细腻、更精确的设置。

"曲线"命令除可以调整图像的亮度以外，还可以调整图像的对比度，控制图像色彩。使用"曲线"命令调整图像色调的操作步骤如下：

（1）打开一幅图像文件，如图 4-9 所示。

（2）选择"图像"→"调整"→"曲线"命令，或者按【Ctrl+M】组合键，打开"曲线"对话框，如图 4-10 所示。

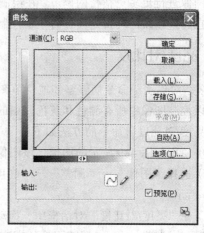

图 4-9　打开的图像　　　　　　　　　　图 4-10　"曲线"对话框

（3）在曲线上单击即添加一个控制点，然后在这个控制点上，按住鼠标不放并往上或往下拖动即可调整图像的色调，如图 4-11 所示，调整后的效果如图 4-12 所示。

图 4-11　在曲线表格中调整曲线　　　　　　图 4-12　调整后效果图

通过调整"曲线"对话框表格中的曲线形状,可以调整图像的亮度、对比度和色彩等。"曲线"对话框中的横坐标类似"色阶"对话框中的输入色阶,代表原图像中像素的亮度分布。纵坐标类似色阶对话框中的输出色阶,从下到上亮度值逐渐增加,其取值范围均在 0~255 之间。默认的曲线形状是一条从左下到右上的 45° 的斜线,通过调节曲线形状,来改变图像的色调。

可以增加多个控制点,只要继续在曲线上单击即可。如果想删除某个控制点,则只要将这个控制点往曲线以外的地方拖动即可。曲线越向左上角弯曲,图像色调越亮;越向右下角弯曲,图像越暗。

在曲线表格的下方有一个亮度杆,单击该亮度杆也可以调整色调。其特点是将曲线转换成以百分比为单位显示输入输出的坐标值。转换数值显示方式的同时将改变亮度的变化方向,在默认状态下,亮度杆表示的颜色是从黑到白,从左到右输出值逐渐增加,从下到上输入值逐渐增加。当切换为百分比显示时,则黑白互换位置,变化方向与原来相反,即曲线越向左上角弯曲,图像色调越暗;曲线越向右下角弯曲,图像色调越亮。

如果在对话框中单击"铅笔" ,在曲线表格上可画出各种随心所欲的曲线,这样就可以直接对图像进行更多更精密的调节。在绘制完曲线后,单击"平滑" 按钮,使曲线变得平滑,这时会在这条曲线的转折处增加若干个控制点,用户还可以对这些控制点再重新调整。

4.2.3 亮度/对比度

"亮度/对比度"命令能够整体地调节图像的亮度和对比度,对图像的单个通道不起作用。亮度可以控制图像中所有颜色和灰色调中的白色成分,对比度能够改变图像中各颜色的对比度。使用"亮度/对比度"命令的方法如下:

(1)使用如图 4-9 所示的图像,该图像的亮度较低,对比度不鲜明,整体色调偏灰。

(2)选择"图像"→"调整"→"亮度/对比度"命令,打开"亮度/对比度"对话框,如图 4-13 所示。

(3)在"亮度/对比度"对话框中,拖动"亮度"滑杆上的滑块或者在其文本框中输入数值(取值范围为-100~100),调整图像的亮度;拖动"对比度"滑杆上的滑块或者在其文本框中输入数值(取值范围为-100~100),调整图像的对比度,调整后的效果如图 4-14 所示。

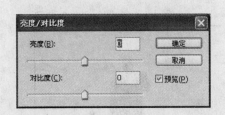

图 4-13 "亮度/对比度"对话框   图 4-14 使用"亮度/对比度"命令后的效果

当亮度和对比度的值为负值时,图像的亮度和对比度下降;反之,当亮度和对比度的数值为正值时,则图像的亮度和对比度增加;当值为 0 时,图像不发生变化。

提示：选择"图像"→"调整"→"自动对比度"命令，可以自动将图像中最亮和最暗部分变成白色和黑色，从而使亮部变得更亮，暗部变得更暗，扩大了整个图像的对比度。默认情况下，在标识图像中的最亮和最暗像素时，"自动对比度"将剪切白色和黑色像素的 0.5%，也就是说，忽略两个极端像素值的前 0.5%。该命令可以很好地改进旧照片的灰暗效果，使其更加清晰。用户可以试着使用该命令来调整图像，体会自动对比度的效果。

4.3　图像色彩调整

在 Photoshop CS2 中提供了多个图像色彩控制命令，通过这些命令，可以轻松快捷地改变图像的色相、饱和度、亮度和对比度，从而创作出丰富多彩的图像。

注意：使用这些命令，或多或少都要丢失一些颜色数据，因为所有色彩调整的操作都是在原图基础上进行的，因而不可能产生比原图更多的色彩，尽管在屏幕上不会直接反映出来。

4.3.1　色相和饱和度

色相、饱和度和明度是色彩的三要素。"色相/饱和度"命令主要调整整个图像或图像中单个颜色的色相、饱和度和明度，该命令可以用于给黑白照片上色。下面通过具体操作介绍用"色相/饱和度"命令调整图像的方法。

（1）打开一幅图像文件，如图 4-15 所示，图像中遍山都是绿色的树，呈现出春天的景色。

（2）选择"图像"→"调整"→"色相/饱和度"命令，打开"色相/饱和度"对话框，如图 4-16 所示。

　　　图 4-15　打开的图像

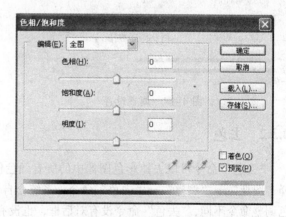
图 4-16　"色相/饱和度"对话框

对话框中各选项含义如下：

- 编辑：指定颜色调整范围，其下拉列表框中选择要调整的颜色范围。若选择"全图"选项，则是调整整个图像的色相、饱和度和明度；如果选择某一项单色，则只调整图像中的指定的单色像素。
- 色相：用来控制颜色的色相变化。

- 饱和度：用来控制图像颜色的饱和度。通过拖动滑块或输入数字来调节饱和度，取值范围在-100～+100之间，向左拖动降低饱和度，向右拖动提高饱和度。
- 明度：指颜色的明暗程度，通过拖动滑块或输入数字来调节，取值范围在-100～+100之间，向左拖动降低明度，向右拖动增加明度。
- 着色：选择"着色"复选框可将一幅彩色或灰色图像调整为单一色调。
- "吸管"工具 ：只有在"编辑"下拉列表框中选择单色项（除"全图"之外）时才被激活，移动到图像窗口单击，可选中一种颜色作为色彩变化的基本范围。
- "添加到取样" ：只有在"编辑"下拉列表框中选择单色项（除"全图"之外）时才被激活，移动到图像窗口单击，可在原有色彩变化范围内加上当前单击的颜色范围。
- "添加到取样" ：只有在"编辑"下拉列表框中选择单色项（除"全图"之外）时才被激活，移动到图像窗口单击，可在原有色彩变化范围内减去当前单击的颜色范围。

（3）这里从"编辑"下拉列表框中选择"绿色"选项，然后分别拖动"色相"、"饱和度"和"明度"的滑块，使图像中的绿树变为黄褐色，设置情况如图4-17所示。

（4）完成设置后，单击"确定"按钮确认设置，调整后的图像呈现出一幅秋天的景象，如图4-18所示。

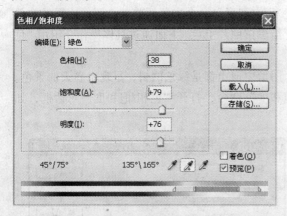

图4-17　调整设置　　　　　　　　　　图4-18　调整后的图像效果

4.3.2　去色

"去色"命令可以去掉彩色图像中的所有颜色值，并转换为相同颜色模式的灰度图像。选择"图像"→"调整"→"去色"命令，系统会自动将彩色图像转换为灰度图像。与其他的颜色调整命令不同，"去色"命令没有对话框，也没有其他的选项。

需要注意的是，"去色"命令与"灰度"命令不同，"灰度"命令是将彩色图像模式转换成灰度图像模式。而"去色"命令处理后的图像不会改变颜色的模式，只是失去了图像的颜色。图4-19是打开的原图像，图4-20是去色后的图像效果。

提示：位图和灰度模式的图像不能使用"色相/饱和度"命令，使用前应先将其转化为RGB颜色模式或其他颜色模式。

图 4-19　打开的图像

图 4-20　去色后的图像

4.3.3　替换颜色

"替换颜色"命令能够在图像中基于特定的颜色创建一个临时蒙版，允许用户在指定的蒙版范围内对颜色的色相、饱和度和明度值进行调整，替换图像中相应的颜色。

（1）打开一幅需要处理的图像，如图 4-21 所示。

（2）选择"图像"→"调整"→"替换颜色"命令，打开"替换颜色"对话框，如图 4-22 所示。

图 4-21　打开的图像

图 4-22　"替换颜色"对话框

（3）在"替换"选项区可以拖动"色相"、"饱和度"和"明度"滑块，来更改所选区域的颜色。

（4）单击"确定"按钮，即可替换选定颜色。如图 4-23 所示是将"色相"设置为 118、"饱和度"设置为 31、"明度"设置为 15 后的效果图。

4.3.4　可选颜色

可选颜色校正是高端扫描仪和分色程序使用的一种技术，用于在图像中的每个主要原色成分中更改印刷色数量。在 Photoshop CS2 中，"可选颜色"命令可对 RGB、CMYK 和灰度等色彩模式的图像进行分通道调整颜色，在不影响其他原色的情况下，修改图像中的某种彩色的数量，可以用来校正色彩不平衡问题和调整颜色。

（1）打开一幅图像文件，如图 4-24 所示。

图 4-23 "替换颜色"后效果图 　　　　　　　　图 4-24 原图花为红色

（2）选择"图像"→"调整"→"可选颜色"命令，打开"可选颜色"对话框，如图 4-25 所示。在"颜色"下拉列表框中选择要修改的颜色通道。

- 颜色：选择一种要进行校正的主色调，包括九种颜色：红、黄、绿、青、蓝、洋红、白、灰和黑色等。
- 方法：包括"相对"和"绝对"两个单选按钮。"相对"表示按照当前颜色所包含的每种基本色的百分比来调整新的百分比含量。"绝对"表示按照该颜色的绝对值来调整。

（3）通过拖动"青色"、"洋红"、"黄色"和"黑色"这四个滑杆上的滑块，可以针对选定的颜色调整 CMYK 的比重，来修正各原色的网点增益和色偏。各滑杆的变化范围都为 -100%～100%。

（4）设置完成后，单击"确定"按钮，效果如图 4-26 所示。

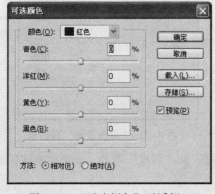

图 4-25 "可选颜色"对话框 　　　　　　　　图 4-26 调整后花为黄色

提示：使用"可选颜色"命令要确保在"通道"面板中选中主通道，只有查看主通道时，"可选颜色"命令才可用。

4.3.5　色彩平衡

"色彩平衡"命令的作用就是分别在图像的暗调区、中间调区和高光区通过控制各单色的成分来消除颜色的偏差,使图像中的每种颜色都比较均衡的分布。

（1）打开一幅图片,如图 4-27 所示。

（2）选择"图像"→"调整"→"色彩平衡"命令,打开"色彩平衡"对话框,如图 4-28 所示。

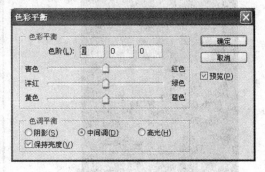

图 4-27　打开的原图　　　　　　　　　　图 4-28　"色彩平衡"对话框

对话框中各参数的含义如下:

- 色彩平衡:三个色阶文本框分别对应下面的颜色滑块,拖动颜色滑块就会改变相应文本框的数值。三个颜色滑块分别是青色与红色、洋红与绿色、黄色与蓝色三组对比色。通过调节来改变各颜色的比重,实现色彩平衡。

- 色调平衡:用于指定色调调整的范围,分别是阴影、中间调和高光三个单选按钮。

- 保持亮度:选择该复选框,指在调整各色彩比重的同时保持原图像的亮度不变。

（3）拖动滑块,为原图中的水果增加红色,使其更加诱人了。设置完成后,单击"确定"按钮,效果如图 4-29 所示。

提示:"色彩平衡"命令也可以给黑白图像上色。另外,"色彩平衡"命令一般只用于对图像粗略的调整,如果进行精确的调整还要用"色阶"和"曲线"来实现。

图 4-29　"色彩平衡"后效果

4.3.6　通道混合器

"通道混合器"命令用于控制当前各颜色通道的输出颜色。应用"通道混合器"命令不但可以创建品质较高的单色调图像,还可以实现特殊的黑白效果。使用该命令可以很方便地实现如下功能:

- 选取每种颜色通道一定的百分比创建高品质的灰度图像。

- 创建高品质色调的图像。

● 将图像转换为替代色彩空间，或从该色彩空间转换图像。

● 交换或复制通道。

下面介绍"通道混合器"命令的具体使用方法。

（1）打开一幅图像，如图 4-30 所示。

（2）选择"图像"→"调整"→"通道混合器"命令，打开"通道混合器"对话框，如图 4-31 所示。

图 4-30　打开的原图　　　　　　　　　图 4-31　"通道混合器"对话框

对话框中各参数的含义如下：

● 输出通道：在其下拉列表框中选择要混合的颜色通道。

● 源通道：调节各单色通道对输出通道的颜色混合比，数值在-200～+200 之间。

● 常数：用于调节输出通道的不透明度，取值范围在-200～+200 之间。

● 单色：用于保留各通道的亮度信息不变，使图像成为具有丰富灰度的黑白图像。

（3）向右拖动"红色"通道对应的滑块，图像效果如图 4-32 所示。

（4）在"通道混合器"对话框中选择"单色"复选框，通过调整相当参数也可以实现特殊的黑白效果，如图 4-33 所示。

图 4-32　改变红色通道效果　　　　　　　图 4-33　特殊黑白效果

4.3.7　照片滤镜

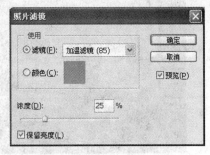

"照片滤镜"命令支持多款数码相机的 raw 图像模式。使用"照片滤镜"命令可以模仿在相机镜头前面加彩色滤镜，以便调整通过镜头传输的光的色彩平衡和色温，使胶片曝光，获得各种丰富的滤色效果；"照片滤镜"命令还允许选择预设的颜色，以便向图像应用色相调整。

选择"图像"→"调整"→"照片滤镜"命令，打开"照片滤镜"对话框，如图 4-34 所示。

图 4-34　"照片滤镜"对话框

对话框中各选项的含义如下：

- 滤镜：其下拉列表框中有各种滤镜类型，选择某一种滤镜，就相当于给照片加上一种滤光镜的效果。
- 颜色：用于在拾色器中选择要加入的单色。
- 浓度：用于调节加入颜色的强度百分比。
- 保留亮度：选择复选框可以保持图像亮度。如果不希望通过添加颜色滤镜来使图像变暗，则确保选择"保留亮度"复选框。

打开一幅图像，如图 4-35 所示，选择"照片滤镜"→"加温滤镜（85）"命令后，产生夕阳映照的效果，如图 4-36 所示。

图 4-35　打开的原图

图 4-36　使用"照片滤镜"命令后

4.3.8　阴影高光

"阴影/高光"命令适用于校正由强逆光而形成剪影的照片，或者校正由于太接近相机闪光灯而有些发白的焦点。在用其他方式采光的图像中，这种调整也可用于使阴影区域变亮。"阴影/高光"命令不是简单地使图像变亮或变暗，它基于阴影或高光中的周围像素（局部相邻像素）增亮或变暗。正因为如此，阴影和高光都有各自的控制选项。默认值设置为修复具有逆光问题的图像。

下面通过具体操作介绍"阴影/高光"命令的使用方法。

（1）打开一幅图像文件，如图 4-37 所示。

（2）选择"图像"→"调整"→"阴影/高光"命令，打开"阴影/高光"对话框，如图 4-38 所示。

图 4-37 打开一幅图像

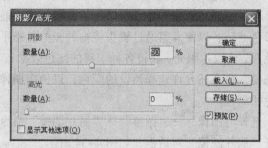

图 4-38 "阴影/高光"对话框

（3）拖动"数量"滑块或者在"阴影"、"高光"的百分比文本框中输入一个值来调整光照校正量。调整完成，单击"确定"按钮，效果如图 4-39 所示。

图 4-39 应用"阴影/高光"命令后

4.3.9 变化

"变化"命令通过显示调整效果的缩览图来调整图像的色彩平衡、饱和度和对比度。其功能就相当于"色彩平衡"命令再增加"色相/饱和度"命令的功能。但是，它可以更直观、更方便地调节图像。该命令主要应用于不需要精确色彩调整的平均色调图像，但它不能应用于索引颜色图像或 16 位/通道图像。

使用此命令时，可以对整个图像进行调整，也可以只对选取范围和层中的内容进行调整。选择"图像"→"调整"→"变化"命令，打开"变化"对话框，如图 4-40 所示。

"变化"对话框左上角的两个缩略图分别表示原始图像和当前所选择的图像。左图显示原图像，右图显示调整后的图像效果，便于用户在调节过程中，很直观地对比调整前与调整后的图像。单击"原稿"缩略图，可将"当前挑选"缩略图恢复为与原图像一样的效果。

对话框左下方有七个缩略图，中间的"当前挑选"缩略图用于显示调整后的图像效果。另外六个缩略图可以分别用来改变图像的红、绿、蓝、黄、青、洋红六种颜色，单击其中任一缩略图，都可增加与该缩略图相对应的颜色。

对话框右下方的三个缩略图用于调节图像的明暗度，单击"较亮"缩略图，图像变亮；单击"较暗"缩略图，图像变暗，调整后的效果将显示在"当前挑选"缩略图中。在调整过程中，可以随时单击原稿图将所有的调整恢复原状。

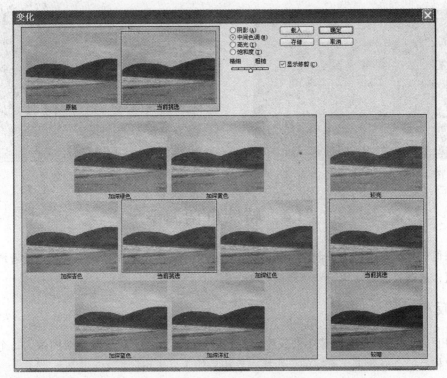

图 4-40 "变化"对话框

在对话框右上角有四个单选按钮,上面三个与"色彩平衡"对话框中的"暗调"、"中间调"和"高光"单选按钮意义相同,分别调节暗色调、中间色调和亮色调。

"饱和度"单选按钮用于控制图像的饱和度。选择该单选按钮时,Photoshop 就自动将对话框刷新为调整饱和度的对话框,此时,在对话框左下方只显示三个缩略图,单击"减少饱和度"和"增加饱和度"缩略图分别可以减少和增加饱和度。

"精细/粗糙"滑杆,可以用来控制调整色彩时的幅度,将滑块移动一格可使调整量双倍增加。

滑杆右侧的"显示修剪"复选框可显示图像中将由调整功能剪切(转换为纯白或纯黑)的区域的预览效果。

"变化"命令在实例制作中往往起到至关重要的作用,下面以制作"木纹"效果来体会"变化"命令在其中的重要性。

操作步骤如下:

(1)新建一幅 450 像素×300 像素、RGB 模式的白色图像。

(2)设置前景色为 R:98, G:62, B:10,背景色为 R:180, G:143, B:54。

(3)新建"图层 1",填充前景色,选择"滤镜"→"渲染"→"纤维"命令,在打开的"纤维"对话框中,设置"差异"为 16、"强度"为 64,反复单击"随机化"按钮,直到获得较好的效果。单击"确定"按钮,图像效果如图 4-41 所示。

(4)选择"变化"命令将灰色的木纹调整成暗红色。选择"图像"→"调整"→"变化"命令,在打开的"变化"对话框中单击"加深红色"缩略图,并单击"较暗"缩略图,调整完毕,单击"确定"按钮,图像效果如图 4-42 所示。

图 4-41　应用"纤维"滤镜　　　　　　　　图 4-42　木纹效果

4.4　特殊色调调整

在图像处理过程中，为了创建特殊的图像效果，较大幅度地调整图像的颜色或者增强图像的亮度值，这时就需要使用特殊色调调整命令。

4.4.1　反相

"反相"命令可以反转图像中的颜色，使其出现底片效果。该效果是对图像的每个颜色通道进行反相后的合成效果，不同的色彩模式反相后的效果也不同。

将图像反相时，通道中每个像素的亮度值被转化为 256 级灰度颜色刻度上的相反值，例如，原亮度值为 50 的像素，经过反相之后其亮度值就变为 205(255-50=205)。使用"反相"命令的方法如下：

（1）打开一幅图像文件，如图 4-43 所示。

（2）选择"图像"→"调整"→"反相"命令，对图像进行了反相处理，效果如图 4-44 所示。

图 4-43　打开一幅图像　　　　　　　　图 4-44　选择"反相"命令后

4.4.2　色调均化

选择"图像"→"调整"→"色调均化"命令，可以重新分布图像中像素的亮度值，使黑白色值分散到图像的整个色调范围（0～255），以便它们更均匀地呈现所有图像范围的亮度级。使用此命令时，Photoshop CS2 会查找图像中的最亮点和最暗点的亮度值，以使最暗值表示黑色，最亮值表示白色。之后，Photoshop CS2 将对亮度进行色调均化，即将亮度级别均匀分配给中间色调的像素。

如果只调整图像选定区域的色调，选择"色调均化"命令时，将打开"色调均化"对话框，如图 4-45 所示。

图 4-45　"色调均化"对话框

选择对话框中的"仅色调均化所选区域"单选按钮，只在选区内均匀分布像素；若选择"基于所选区域色调均化整个图像"单选按钮，则基于选区中的像素均匀分布所有图像的像素。使用"色调均化"命令的方法如下：

（1）打开一幅图像，如图 4-46 所示。

（2）选择"图像"→"调整"→"色调均化"命令，对图像执行了"色调均化"处理，效果如图 4-47 所示。

图 4-46　打开的原图　　　　图 4-47　选择"色调均化"命令后

4.4.3　阈值

"阈值"命令可以将彩色或灰度图像转变为高对比度的黑白图像，此命令可指定某个色阶作为阈值。所有比阈值亮的像素转换为白色；所有比阈值暗的像素转换为黑色。使用"阈值"命令的方法如下：

（1）打开一幅图像，如图 4-48 所示。

（2）选择"图像"→"调整"→"阈值"命令，打开"阈值"对话框，该对话框显示了当前选区中像素亮度级的直方图。

（3）拖动直方图下方的滑块，或在"阈值"对话框顶部的"阈值色阶"文本框里直接输入数值（其取值范围在 1～255 之间）。数值越大，黑色像素分布越广；反之，数值越小，白色像素分布越广。

（4）调整完毕，单击"确定"按钮，效果如图 4-49 所示。

提示："阈值"命令对确定图像的最亮和最暗区域很有作用。若要识别图像中的高光部分，先将滑块向右端拖动到图像变成黑色，然后再将滑块缓慢向中心移动直到一些纯白区域出现在图像中，这些纯白色区域就是图像的高光。要识别图像中的阴影部分，先将滑块向左端拖动到图像变成纯白色，然后再将滑块慢慢的向中心移动直到一些纯黑色区域出现在图像中，这些纯黑色区域就是图像的阴影部分。

图 4-48　打开的原图

图 4-49　调整后效果图

4.4.4　色调分离

"色调分离"命令可以调整图像中每个通道的色调级（或亮度值）的阶数，在图像中产生跳阶的效果。使用"色调分离"命令的方法如下：

（1）打开一幅图像文件，如图 4-50 所示。

（2）选择"图像"→"调整"→"色调分离"命令，打开"色调分离"对话框，用户可以在"色阶"文本框内输入需要分离的色阶数目，数值越小，图像色彩变化越激烈；反之，数值越大，色彩变化越轻微。

（3）这里设置"色阶"为 4，图像效果如图 4-51 所示。

图 4-50　打开的原图

图 4-51　"色调分离"后效果图

提示：在照片中创建特殊效果，如创建大的单调区域时，此命令非常有用。当减少灰色图像中的灰阶数量时，它的效果最为明显，但它也会在彩色图像中产生有趣的效果。

4.5　应 用 实 例

本节通过两个应用实例的介绍，使用户进一步掌握图像和色彩调整的方法和技巧，以巩固本章所学的知识。

4.5.1　给黑白照片上色

利用 Photoshop CS2 强大的色彩调整功能，可以对照片进行特效处理。给黑白照片上色，使之成为彩色照片，是一种常用的处理技术。其具体步骤如下：

（1）打开一张黑白照片，如图 4-52 所示。如果照片为灰度模式，请先选择"图像"→"模式"→"RGB 颜色"命令，将图像转换为彩色模式。

提示：先分析照片，将照片大致分为几个不同的颜色区域，利用各种选取方法，选取不同的颜色区域，再对图像进行各部位的上色处理，颜色恰当合理，就可达到最终的效果。

（2）使用"磁性套索"工具精确地选择图像中的衣服部分，选择"选择"→"存储选区"命令，将选区存储到 Alpha 1 通道中，选取效果如图 4-53 所示。

图 4-52　打开一幅黑白照片　　　　　　　图 4-53　选择衣服部分

提示：保存选区为 Alpha 通道的目的是，方便以后修改图像时，能直接得到选取范围。

（3）选择"图像"→"调整"→"色相/饱和度"命令，打开"色相/饱和度"对话框，选择"着色"复选框。在"色相/饱和度"对话框中设置色相、饱和度和明度参数，如图 4-54 所示，单击"确定"按钮，为衣服上色。

（4）使用"磁性套索"工具选择图像中的脸部和手部，并将选区存储到 Alpha 2 通道中，选取范围如图 4-55 所示。

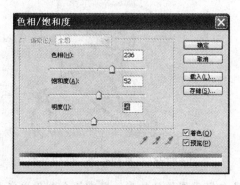

图 4-54　"色相/饱和度"对话框　　　　　图 4-55　选择图像中的脸部和手部

（5）打开"色相/饱和度"对话框，从中设置"色相"为 25、"饱和度"为 53、"明度"为 12，单击"确定"按钮，为人物皮肤上色。

（6）使用"魔棒"工具选择图像的背景部分，打开"色相/饱和度"对话框，从中设置参数如图 4-56 所示。

（7）设置完成，单击"确定"按钮，图像最终效果如图 4-57 所示。

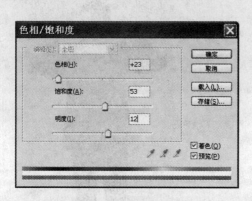

图 4-56　调整背景色　　　　　　　　　　　　　图 4-57　上色后的照片

4.5.2　制作木版画效果

木版画效果主要是通过线条来表现物体的轮廓，关键要找出图像清晰的轮廓线。本实例主要应用到"查找边缘"滤镜、"色调分离"命令、"色阶"命令和"纹理"滤镜等。操作步骤如下：

（1）打开一幅图像，如图 4-58 所示。

（2）选择"滤镜"→"风格化"→"查找边缘"命令，滤镜应用效果如图 4-59 所示。

图 4-58　打开的图像　　　　　　　　　　　　　图 4-59　"查找边缘"应用效果

提示："查找边缘"滤镜可以查找并用线条勾勒出图像的轮廓，非常适合制作木版画效果。

（3）打开"通道"面板，依次查看各个单色通道，并选择一个线条最清晰，层次细节最少的通道（本例中选择的是绿色通道），如图 4-60 所示，按【Ctrl+A】组合键选择通道中的所有内容，按【Ctrl+C】组合键将所选内容复制到剪贴板中。

（4）新建一幅图像文件，按【Ctrl+V】组合键将复制的内容粘贴在新建的文件中。

提示：将需要的图像复制到剪贴板上以后，再执行新建文件操作时，新文件的默认幅面大小与剪贴板中的图像幅面大小一样。

（5）选择"图像"→"调整"→"色调分离"命令，打开"色调分离"对话框，输入"色阶"的数量为 6，对图像进行色调分离，去除图像多余的细节层次，为制作最后效果奠定清晰的轮廓基础，图像效果如图 4-61 所示。

图 4-60 "通道"面板   图 4-61 "色调分离"后效果

（6）选择"图像"→"调整"→"色阶"命令，打开"色阶"对话框，调整"输入色阶"参考值为（40,1,215），图像效果如图 4-62 所示。

（7）全选图像，选择"编辑"→"描边"命令，打开"描边"对话框，设置"宽度"为 15 像素，"位置"为居内，对图像边缘进行描边处理，效果如图 4-63 所示。

（8）选择"文件"→"存储"命令，打开"存储为"对话框，将文件存储为"木版画.PSD"。

提示：必须将图像保存为 PSD 格式才能作为纹理载入。

（9）打开一幅木纹图像，或者直接打开前面制作过的木纹图（如图 4-42 所示的木纹效果图），并根据木版画原图尺寸调整木纹图尺寸。

（10）选择"滤镜"→"纹理"→"纹理化"命令，打开"纹理化"对话框，载入版画并设置适当的参数，效果如图 4-64 所示。

（11）选择"文件"→"存储"命令将制作好的木版面以"木版画"为文件名存储起来。

图 4-62 "色阶"调整效果

图 4-63 "描边"图像

图 4-64 木版画效果图

4.6 实　　训

一、实训目的

- 掌握图像和色彩调整命令的基本功能
- 掌握图像亮度、对比度、饱和、色相等方面的调整方法
- 能运用图像和色彩调整命令创作较复杂的图像作品

二、实训内容

1. 打开一幅图像文件，使用"替换颜色"命令将选中部分的颜色替换成其他颜色。参考原图如图 4-65 所示，图中是黄花，选择"替换颜色"命令后的黄花变成了红花，参考效果如图 4-66 所示。

　　提示：先选取黄花部分，然后选择"替换颜色"命令。

图 4-65 原图

图 4-66 效果图

2. 利用"匹配颜色"命令调整图像颜色

　　提示：打开源图像及目标图像文件，参考图分别如图 4-67 和图 4-68 所示。使用选取工具选中"花"部分，然后选择"图像"→"调整"→"匹配颜色"命令，在打开的"匹配颜色"对话框中设置参数，单击"确定"按钮，效果参考如图 4-69 所示。

　　图 4-67　源图像

　　图 4-68　目标图像

　　图 4-69　最终效果图

3. 制作晚霞映照效果。

　　提示：在 Photoshop CS2 中，选择"曲线"命令，单独调整图像的通道，可以制作出晚霞映照的图像效果。

4. 打开一幅图像文件，选择"阈值"命令对其进行调整。参考原图像如图 4-70 所示，选择"阈值"命令调整后的图像效果如图 4-71 所示。

　　图 4-70　原图

　　图 4-71　设置"阈值"为 128 时

5. 在摄影过程中由于光线原因，会产生照片亮度不匀称的现象，练习使用"亮度/对比度"命令调整这类照片。

6. 制作雪景效果。参考效果如图 4-72 所示。

　　提示：参考操作步骤：打开一幅图像，复制背景图层，选中复制的图层，按【D】键恢复默认的前景色和背景色，选择"滤镜"→"像素化"→"点状化"命令，在打开的"点状化"对话框中设"单元格大小"为 5，选择"滤镜"→"模糊"→"动感模糊"命令，打开"动感模糊"对话框，设置"角度"为 60°、"距离"为 16 像素，选择"去色"命令，最后把复制的图层的混合模式改为"滤色"，雪景效果制作完成。

7. 制作雨景效果，参考效果如图 4-73 所示。

　　提示：参考操作步骤：打开一幅图像，按【D】键恢复默认的前景色和背景色，复制背景图层，选中复制的图层，应用"点状化"滤镜（设"单元格大小"为 3），选择"阈值"命令（"阈值"的设置主要是为了制作雨景中雨点的效果，因此设置"阈值色阶"的大小应该根据图像来定），将复制的图层的混合模式改为滤色，选择"动感模糊"命令（设置"角度"为 60°、"距离"为 14），执行"USM 锐化"滤镜（设置"数量"为 500%，"半径"为 1.0 像素），"雨景"效果制作完成。

图 4-72 雪景效果

图 4-73 雨景效果

习　题

一、填空题

1. 在色彩和色调调整命令的对话框中，按【Alt】键，则对话框中"取消"按钮会变成_____按钮。

2. 在调节图像中间色调时不管是增加还是减少数值，图像的对比度都会被_____。

3. "色彩平衡"命令一般只用于对图像进行粗略的调整，如果要进行精确的调整还要用到_____和_____来实现。

4. "亮度/对比度"命令可一次性调整图像中的所有像素，包括_____、_____和中间调。

5. _____命令适用于校正由强逆光而形成剪影的照片。

二、选择题

1. 颜色参数为（R:201,G:234,B:106），选择"反相"命令后，颜色参数为_____。

   A. R54, G21, B106   B. R201, G21, B149

   C. R54, G21, B149   D. R54, G234, B149

2. 按【Ctrl+M】快捷键，可以打开_____对话框。

   A. 色相/饱和度   B. 色彩平衡   C. 色阶   D. 曲线

3. 使用"自动色阶"命令时，可以同时按_____组合键。

   A. 【Ctrl+L】   B. 【Ctrl+Shift+L】

   C. 【Ctrl+Shift+Alt+L】   D. 【Ctrl+Alt+L】

4. 下列哪个不属于调整图像对比度的命令_____。

   A. 自动对比度   B. 色阶   C. 曲线   D. 色调分离

5. 利用_____命令可以为黑白图像上色。

   A. 阈值   B. 自动色阶   C. 色相/饱和度   D. 色调均化

6. 既能调整图像的对比度，又可调整图像的亮度，还能调整图像色彩的命令是_____。

　　A. 反相　　　　　　　　B. 曲线　　　　　　　　C. 色彩平衡　　　D. 渐变映射

7. 替换颜色命令实际上是综合了_____和色相/饱和度命令的功能。

　　A. 色彩范围　　　　　　B. 亮度　　　　　　　　C. 对比度　　　　D. 色阶

8. "色彩平衡"对话框包括色彩平衡和_____两个选项区域。

　　A. 色相/饱和度　　　　B. 去色　　　　　　　　C. 色调平衡　　　D. 亮度/对比度

三、问答题

1. 什么是亮度，其含义是什么？

2. "色相／饱和度"命令的作用是什么？如何调整色相？

3. 可以使用哪几个调整命令调整图像的明暗度？

第5章 文字设计

文字是构成图像的重要因素之一，使用 Photoshop CS2 制作广告、海报和封面等作品时，适当地使用文字能更加突出作品的主题，给人留下深刻的印象。Photoshop CS2 提供了强大的文字编辑功能。用户可以直接在图像中输入、编辑和修改文字，也可以方便地对文字进行字符格式和段落格式的设置，还可以对文字执行弯曲变形和转换为选取范围和路径等操作。

本章要点：

- 文字的输入与设置
- 文字的变形操作
- 制作文字效果

5.1 文字工具

在 Photoshop CS2 中输入文本是通过"文字"工具来实现的。用户可使用"文字"工具在图像中的任何位置创建横排或竖排文字。工具箱中的"文字"工具如图 5-1 所示。

- 横排文字工具：可以沿水平方向输入文字。
- 直排文字工具：可以沿垂直方向输入文字。
- 横排文字蒙版工具：可以沿水平方向输入文字并最终生成文字选区。
- 直排文字蒙版工具：可以沿垂直方向输入文字并最终生成文字选区。

下面通过具体操作介绍"文字"工具的使用方法。

（1）新建或打开一幅图像文件，这里打开一幅图像文件，如图 5-2 所示。

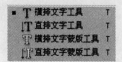

图 5-1 "文字"工具

图 5-2 打开的图像

（2）单击工具箱中的"文字"工具按钮，其对应的工具选项栏如图 5-3 所示。

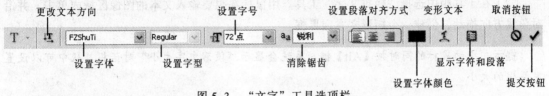

图 5-3　"文字"工具选项栏

（3）在工具选项栏中设置文字属性（例如：文字的字体、字号、字体颜色等等）后，在图像窗口中单击鼠标，定位文字的输入位置，图像窗口中出现闪动的插入点，此时可直接输入文字，如图 5-4 所示。若需要换行，需要按【Enter】键。输入文字后，"图层"面板中会自动生成一个新的文字图层，如图 5-5 所示。

图 5-4　输入文字

图 5-5　文字图层

（4）输入文字后，按以下方法之一完成输入：

- 单击工具选项栏中的提交按钮。
- 按【Enter】键。
- 按【Ctrl+Enter】组合键。
- 选择工具箱中的其他工具。

单击工具选项栏中的取消按钮或按【Esc】键，将取消当前的输入操作。

提示：确定文字输入后，依然可以在选项栏中重新设置文字的字体、大小、颜色等，还可以使用"移动"工具移动文字的位置。输入文字后会在"图层"面板中生成一个文字图层，对于文字图层，系统提供的许多菜单命令（如滤镜命令）或工具（如绘图工具）不能被使用，必须将文字图层转换成普通图层。方法：在"图层"面板中选中文字图层，选择"图层"→"栅格化"→"文字"命令即可。转换后，图层中的文本不再具有文本属性，不能再对其进行字符格式的设置。

在 Photoshop 中有两种输入文字的方式：一种是如前面所讲的，输入少量文字、一个字或一行字符，被称为"点文字"；另一种是输入大量的需要换行或分段的文字，被称为"段落文字"。

点文字是不会自动换行的，可按回车键使之进入下一行。段落文字具备自动换行的功能。用户可以根据需要自由调整定界框大小，使文字在调整后的矩形框中重新排列。也可以在输入文字时或创建文字图层后调整定界框，甚至还可以使用定界框旋转、缩放和斜切文字。具体方法如下：

（1）新建一幅图像文件。

（2）在工具箱中选择"横排文字"工具。用鼠标在想要输入文本的图像区域内单击，并沿对角线方向拖动，创建一个矩形文本定界框。

提示：拖动鼠标的同时按【Alt】键，系统会显示"段落文字大小"对话框，从中可以设置定界框的大小。

（3）在矩形文本定界框内输入文字。由于受到定界框的限制，不用按【Enter】键就可以自动换行。当然，用户可以根据段落文字的内容按【Enter】键进行分段操作，输入的段落文字如图 5-6 所示。

（4）完成输入后，单击选项栏中的提交按钮✔确认输入。

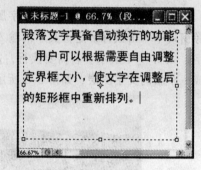

图 5-6　输入段落文字

提示：输入文字后，使用菜单命令可以完成点文字与段落文字的相互转换。将点文字转换为段落文字时，每一行的文字会被作为一个段落。方法是：选择"图层"→"文字"→"转换为段落文本"命令，即可将点文字转换为段落文字。将段落文字转换为点文字时，系统会在每一行文字的末尾添加一个回车符。方法是：选择"图层"→"文字"→"转换为点文字"命令，可以将点文字转换为段落文字。

5.2　设置文本格式

在 Photoshop CS2 中，不管输入点文字还是段落文字，都可以使用文字格式选项来精确地控制文字图层中的个别字符，其中包括字体、字形、大小、颜色、消除锯齿及对齐方式。用户可以在输入字符之前就将文字属性设置好，也可以对文字图层中选择的字符重新设置属性，更改它们的外观。

5.2.1　设置字符格式

设置文字格式之前，首先要选取文字。选取方法主要有以下几种：

- 在"图层"面板中，双击文字图层上的图标Ｔ，即可选中文字。
- 选择"文字"工具，按住鼠标左键并拖动，选取需要编辑的文字，选取的文字将高亮显示。

选中文字后，使用"文字"工具选项栏设置文字的格式。除此之外，使用"字符"面板会更加全面地设置的文字属性。

在默认设置下，Photoshop CS2 工作区内不显示"字符"面板，选择"窗口"→"字符"命令，或在"文字"工具选项栏中单击🗐按钮，均可打开"字符"面板，如图 5-7 所示。

"字符"面板中各选项的含义如下：

- 设置字体▉▉▉：用于设置输入文字的字体。

图 5-7　"字符"面板

提示：在 Photoshop CS2 中，字体系列和字体样式菜单能够显示出字体的预览效果，并且可以在"文字"首选项中指定预览的大小，这是 Photoshop CS2 新增加的一项功能。

- 设置字体样式 ▭ ：专用于设置英文和数字字体的字体样式，如斜体、粗体等。
- 设置字体大小 ▭ ：用于设置文本的字号大小，可以从下拉列表框中选择字号的大小，也可以直接在此下拉列表框中输入一个数值来设置文本字号的大小。
- 设置行距 ▭ ：用于设置多行文本行与行之间的距离。可以直接在下拉列表框中输入数值，也可以单击下三角按钮，在弹出的下拉列表中直接选择设定好的行距。
- 垂直缩放 ▭ ：用于调整字符的高度百分比。取值范围为 0%～100%。
- 水平缩放 ▭ ：用于调整字符的宽度百分比。取值范围为 0%～100%。

如图 5-8 所示显示出水平缩放和垂直缩放文字后的效果。

- 调整比例间距 ▭ ：用于调整所选取的文本字符之间的间距。取值范围为 0%～100%，比例值越大，字符之间的间距就越小，比例值越小，字符之间的间距就越大。
- 字距调整 ▭ ：用于调整所选取的文本字符之间的间距。正值使字符间距加大，负值使字符间距减小。
- 字距微调 ▭ ：用于精确调整两个字符间的距离，范围在 -100～200。
- 设置基线偏移 ▭ ：其中的数字控制文字与文字基线的距离，可以使选择的文字随设定的数值上下移动。升高或降低选中的文字，可以用来创建上标或下标。正值使水平文字上移，使直排文字移向基线右侧；负值使水平文字下移，使直排文字移向基线左侧，如图 5-9 所示。

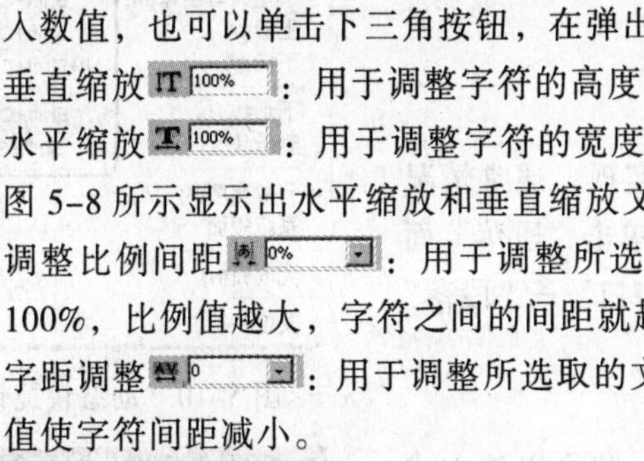

book 原文字

book 水平缩放 60%

book 垂直缩放 60%

H_2O

$X^2 + Y^2 = Z^2$

图 5-8　水缩放和垂直缩放　　　　　图 5-9　基线偏移效果

- 设置文本颜色 颜色▭ ：用于设置所选文本的字体颜色。文字不能被填入渐变或图案。
- 设定字典 美国英语▭ ：可在弹出菜单中选择不同语种的字典。主要用于连字的设定（换行的时候在何处用分隔符），并可进行拼写检查。
- 消除锯齿 锐利▭ ：在其下拉列表中，可选择不同的消除字体的锯齿边缘的方法。消除锯齿会在文字边缘自动填充一些像素，使之溶入文字的背景色中。
- 文字字符样式：单击 **T** 图标可将所选文字加粗；单击 *T* 图标可将所选文字倾斜；单击 **TT** 图标可将所有小写字母全部大写；单击 **Tr** 图标可将所有小写字母全部转换为小一号的大写文字；单击 **T'** 图标可将所选字符转换为上标字；单击 **T.** 图标可将所选字符转换为下标字；

单击 ⊤图标可将所选横排文字的下方、直排文字的左侧
应用下划线；单击 ₮ 图标可为所选文字加上删除线。

当输入点文字或段落文字、选中文字或文本中出现 I 型光
标时可访问"动态快捷键"。打开"字符"面板菜单，可以看到
它们。"动态快捷键"可用于"仿粗体"、"仿斜体"、"全部大写
字母"、"小型大写字母"、"上标"、"下标"、"下画线"和"删
除线"等文字选项，如图 5-10 所示。

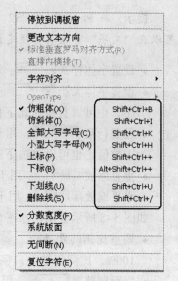

图 5-10　动态快捷键

5.2.2　设置段落格式

段落格式的设置主要通过"段落"面板来实现。通常情况
下，"字符"面板和"段落"面板是在一起的，单击"段落"面
板上方的标签使之显示在前面。也可以选择"窗口"→"段落"
命令打开"段落"面板，如图 5-11 所示。

"段落"面板中各选项的含义如下：

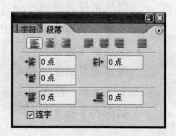

图 5-11　"段落"面板

- 对齐方式：单击任意一个对齐方式图标，将会以该方式
  对齐段落中的文本。对齐方式从左至右分别为：左对齐
  文本、居中文本、右对齐文本、最后一行左边对齐、最
  后一行居中对齐、最后一行右对齐和全部对齐等。
- 左缩进 ：用于设定文字段落左侧向内缩进的距离。
- 右缩进 ：用于设定文字段落右侧向内缩进的距离。
- 首行缩进 ：用于设定文字段落第一行向内缩进的距
  离。
- 段前间距 ：用于设定该段落与前一段落的距离。
- 段后间距 ：用于设定该段落与后一段落的距离。

下面通过具体操作介绍设置段落格式的方法。

（1）新建一幅图像文件。

（2）选择"横排文字"工具，在其选项栏中设置"字体"为楷体、"字号"为 18、"颜色"
为黑色，在图像窗口中拖动鼠标形成定界框，然后在定界框中输入文字。

（3）在"图层"面板中双击文字图层的"缩览图"将文本全部选中。

（4）选择"窗口"→"段落"命令打开"段落"面板，在"左缩进"文本框中输入 20 点，
"右缩进"文本框中输入 20 点，段落缩进后的效果如图 5-12 所示。

（5）选中第二段文字，在"段落"面板的"段前间距"文本框中输入 20 ，在"首行缩进"
文本框中输入 40 点，设置文字效果如图 5-13 所示。

提示：当文字转成直排的时候，表示段落排列的图标也变成直排。各项的设定和横排文字
类似。

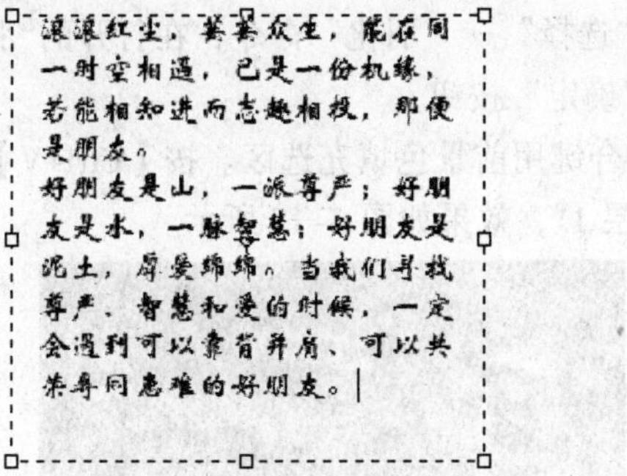

图 5-12　设置左右缩进 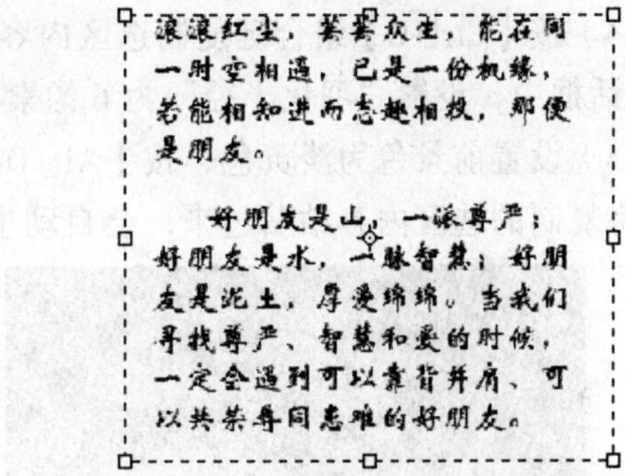　　　　　　　　　图 5-13　设置首行缩进和段落间距

5.3　创建文字蒙版

文字蒙版工具包括："横排文字蒙版"工具和"直排文字蒙版"工具。使用文字蒙版工具可以在图像中创建一个文字形状的选区，文字选区出现在当前图层中，像任何其他选区一样，可以对文字形状选区进行执行移动、复制、填充或描边等操作，从而创造出一些特殊效果。创建文字蒙版的具体操作步骤如下：

（1）在工具箱中选择"横排文字蒙版"工具或者"直排文字蒙版"工具。在其选项栏中设置文字属性，然后在图像窗口中单击并输入文字。

提示： 使用文字蒙版工具输入文字时，图像窗口将出现一个红色的蒙版，其中的文字将被显示为白色，如图 5-14 所示。

（2）输入完毕后，单击工具选项栏右侧的提交按钮，文字蒙版出现在图像窗口中，如图 5-15 所示。

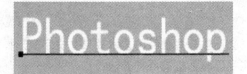
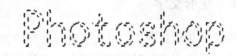

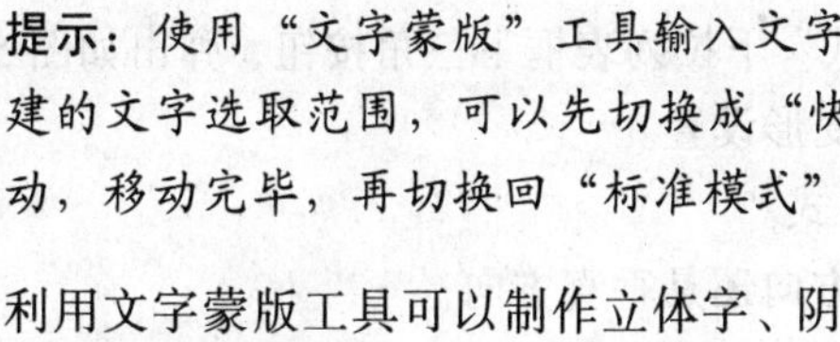

图 5-14　使用文字蒙版工具输入文字 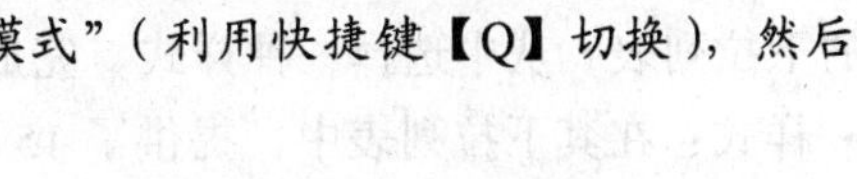　　　　　图 5-15　创建的文字选区

提示： 使用"文字蒙版"工具输入文字时，不会生成新图层。若移动使用"文字蒙版"工具创建的文字选取范围，可以先切换成"快速蒙版模式"（利用快捷键【Q】切换），然后再进行移动，移动完毕，再切换回"标准模式"即可。

利用文字蒙版工具可以制作立体字、阴影字等特殊效果。下面通过"发光文字"实例制作，进一步掌握文字蒙版工具的应用。

（1）新建一幅 RGB 模式的白色图像文件。

（2）将前景色设为黑色，按【Alt+Delete】组合键为背景层填充黑色。

（3）使用"横排文字蒙版"工具在图像窗口中输入 adobe 文字，文字提交后在图像窗口出现文字选区，如图 5-16 所示。

（4）按【Ctrl+C】组合键复制选区内容，选择"选择"→"羽化"命令，在打开的"羽化选区"对话框中，设置"羽化半径"为 6 像素，单击"确定"按钮。

（5）设置前景色为淡黄色，按【Alt+Delete】组合键用前景色填充选区。按【Ctrl+V】组合键，将复制的选区内容粘贴过来，会自动生成"图层 1"，效果如图 5-17 所示。

图 5-16　创建文字选区　　　　　　　　　图 5-17　粘贴选区内容

（6）按住【Ctrl】键并单击"图层 1"，载入文字选区。设前景色为蓝色，按【Alt+Delete】组合键用前景色填充选区。至此，发光文字制作完成，效果如图 5-18 所示。

图 5-18　发光文字效果图

5.4　编 辑 文 字

在创作平面设计作品时，只使用单纯的文字，会使版面显得非常单调。Photoshop CS2 "文字"工具为用户提供了十分广阔的文字设计空间，尤其是它的文字变形功能，可以使用户轻松地创建出丰富的文字扭曲形状。

5.4.1　变形文字

在文字编辑过程中，对文字进行适当的变形，会产生一些独特的艺术效果。文字变形操作需要在"变形文字"对话框中完成，打开"变形文字"对话框的两种方法：

- 单击工具选项栏中的"创建文字变形"按钮。
- 选择"图层"→"文字"→"文字变形"命令。

"变形文字"对话框如图 5-19 所示，单击"样式"下拉列表框下三角按钮，弹出如图 5-20 所示的下拉列表，从中选择一种样式，完成文字的变形设置。

- 样式：在其下拉列表中，提供了 15 种效果样式。
- 水平和垂直：用来设定弯曲的中心轴是水平方向还是垂直方向。
- 弯曲：用来设定文本的弯曲程度，数值越大，文字弯曲程度也越大。
- 水平扭曲：用来设定文本在水平方向产生扭曲变形的程度。
- 垂直扭曲：用来设定文本在垂直方向产生扭曲变形的程度。

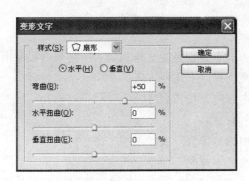

图 5-19 "变形文字"对话框   图 5-20 "样式"列表

下面通过制作"旗帜字"来介绍文本变形的应用方法。

（1）新建一幅图像文件，使用"横排文字"工具输入文字"旗帜字"，如图 5-21 所示。

（2）选择"图层"→"文字"→"文字变形"命令，打开"变形文字"对话框。

（3）选择"垂直"单选按钮，调节"弯曲"值为+17%，"水平扭曲"和"垂直扭曲"值不变，输入的文字变形为如图 5-22 所示的效果。

（4）设定完成后，单击"确定"按钮，为文字应用变形效果。

如果在"样式"下拉列表中选择"无"选项，将取消对文字的样式设置。

图 5-21 输入的文字   图 5-22 变形文字

提示： 执行了弯曲变形后的文字仍然可以进行文字的各项编辑，如改变字体、字号等。变形操作对文字图层中所有的字符有效，不能只对选中的字符执行"弯曲变形"。另外，不能对包含"仿粗体"格式和位图性质的文字图层应用变形效果。

在编辑段落文字时，用户还可以对文字进行旋转、翻转和斜切等多种操作。方法是：把鼠标指针移至文字框的控制点上，根据鼠标不同的形状对段落文字进行缩放、旋转、倾斜等变形操作，其中：

- 当鼠标指针变为 ↖ 形状时，可对文字框进行缩放。需要注意的是，缩放文字框时，文字大小并不随文字框缩放。

提示： 如果希望文字大小随着文字框的缩放而变化，只要在缩放文字框的同时按【Ctrl】键即可。

- 当鼠标指针变为 ↰ 形状时，可对文字框进行旋转。
- 按【Ctrl+Shift】组合键，将鼠标指针移到控制点上，此时鼠标指针变成 ⬚ 形状，拖动控制点即可使文字框产生斜切效果。

提示：除上述文字变形方法以外，用户还可以通过选择"编辑"→"自由变换"命令或者"编辑"→"变换"子菜单中的命令，对文字进行缩放、旋转、斜切、拉伸和翻转等操作。

5.4.2　更改文字排列方式

Photoshop CS2 提供了两种文字排列方式，分别是垂直排列和水平排列。如果用户需要在水平排列方式和垂直排列方式之间进行转换，有以下几种方式：

- 单击工具选项栏左端的"更改文本方向"按钮 ⏻。
- 在菜单中选择"垂直"或"水平"命令。
- 选择"图层"→"文字"子菜单中的"垂直"或"水平"命令。
- 在"字符"面板菜单中选择"更改文本方向"命令。

使用"直排文字"工具输入英文后，如图 5-23 所示，从"字符"面板菜单中选择"标准垂直罗马对齐方式"命令，可以将字符方向旋转 90°，旋转后的字符是直立的，如图 5-24 所示。

提示：如果旋转直排文本中的字符，可使用直排内横排。从"字符"面板菜单中选择"直排内横排"命令，效果如图 5-25 所示。

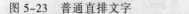

　图 5-23　普通直排文字　　　　图 5-24　标准垂直罗马对齐方式　　图 5-25　直排内横排

另外，Photoshop CS2 虽然提供了很多默认字体，有时可能不一定完全符合用户的需求，这时可以在某个默认字体基础上进行修改、变化和编辑，创造出各种各样特殊的文字变形。将文字转换为路径，然后编辑路径，可以实现上述目的。具体方法是：选中输入的文字，选择"图层"→"文字"→"创建工作路径"命令，将沿文字的轮廓出现一条工作路径。隐藏文字图层，使用"直接选择"工具 调整路径，然后对路径进行编辑、填充或描边，从而产生各种特殊效果的文字。也可以将文字转换为形状，文字图层被转换为形状图层，形状图层中的文字不再是字符，不可再用文字工具对其进行修改。但是，作为形状，可以用路径工具对其进行灵活的变形。有关路径方面的知识将在后继章节中作详细介绍。

提示：基于文字图层创建工作路径之后，就可以像处理任何其他路径一样存储和处理该路径。用户无法以文本形式编辑路径中的字符，但原文字图层保持不变并可编辑。

5.5　拼写检查

Photoshop CS2 可以像文字处理软件 Word 一样对文本进行拼写检查，以确保文字的拼写正确。在检查文档的拼写时，Photoshop CS2 对其词典中没有的任何字进行询问。如果被询问字的拼写正确，则可以通过将该字添加到词典中来确认其拼写；如果被询问字的拼写错误，则可以更正它。下面通过具体操作来介绍拼写检查的使用方法。

（1）新建一幅 RGB 模式的白色图像。

（2）选择"横排文字"工具，在图像窗口中输入一段英文，如图 5-26 所示。

（3）选择文字图层，选择"编辑"→"拼写检查"命令，打开"拼写检查"对话框，如图 5-27 所示。

"拼写检查"对话框中各项的含义如下：

- "不在词典中"文本框：显示检查出的错误。
- "更改为"文本框：显示建议替换的正确单词。
- "建议"列表框：显示一系列与此单词相似的单词，以便用户选择替换。
- 忽略：不更改当前检查到的单词。
- 全部忽略：不更改当前检查到的单词，在下文中也不再检查此单词。
- 更改：用"更改为"文本框中输入的单词替代"不在词典中"文本框的单词。
- 更改全部：用"更改为"文本框中输入的单词替代下文中所有与"不在词典中"文本框拼写相同的单词。
- 添加：把当前检查到的单词视为拼写正确，并将此单词作为新词添加到词典中。
- 检查所有图层：如果选择了一个文字图层并且只想检查该图层的拼写，那么可取消选择复选框。

（4）完成拼写检查后，单击"完成"按钮结束，执行"拼写检查"后的文字如图 5-28 所示。

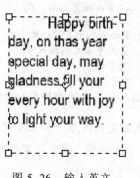

图 5-26 输入英文

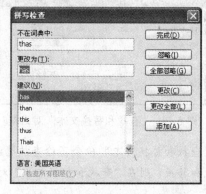

图 5-27 "拼写检查"对话框

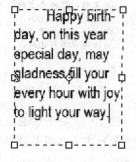

图 5-28 拼写检查后

5.6 查找和替换文本

在 Photoshop CS2 中，处理文本内容较多的图像时，使用查找功能可以快速定位到指定文字内容，使用替换功能可以快速修改指定的文本，从而完成对特定文字的删除和修改。下面通过具体操作介绍查找和替换文字的方法。

（1）新建一幅 RGB 模式的白色图像。

（2）使用"横排文字工具"在图像窗口中输入点文字（多行），如图 5-29 所示。

（3）选择"编辑"→"查找和替换文本"命令，打开"查找和替换文本"对话框，在"查找内容"文本框中输入 Photoshop，在"更改为"文本框中输入 Photoshop CS2，如图 5–30 所示。

"查找和替换文本"对话框中各项含义如下：

- 查找内容：输入要查找的内容。
- 更改为：输入要替换的内容，如果此处文本框为空白，则只查找不替换。
- 完成：完成查找，关闭对话框。
- 查找下一个：单击该按钮继续查找。
- 更改：替换当前查找到的内容。
- 更改全部：查找并替换所有匹配项。
- 更改/查找：用修改后的文本替换找到的文本，然后搜索下一个匹配项。
- 搜索所有图层：搜索文档中的所有图层。只有在"图层"面板中选择了非文字图层时该复选框才可用。
- 向前：从文本中的插入点向前搜索。若取消选择该复选框，将搜索图层中的整个文本，而不考虑插入点的位置。
- 区分大小写：搜索与所查文本大小写完全匹配的一个或多个字。
- 全字匹配：表示是否以整个单词作为搜索的对象。例如，若选此复选框，在查找 good 时，不会查找 goodbye 等单词。

（4）查找/替换完毕，单击"完成"按钮。替换后的文本显示如图 5–31 所示。

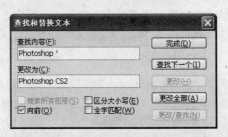

图 5–29　输入文字　　　图 5–30　"查找和替换文本"对话框　　　图 5–31　查找/替换后的文字

提示：　"拼写检查"和"查找和替换文本"命令不检查被隐藏或锁定的图层。如果要对图像内的所有文本图层进行查找和替换，则在"查找和替换文本"对话框中选择"搜索所有图层"复选框。

5.7　制作特效文字

文字是图像编辑处理过程中的重要组成部分，尤其是在书刊封面、产品外包装等设计中，精美恰当的文字特效往往是整个设计作品中的画龙点睛之处。

Photoshop CS2 提供了多种制作文字特效的方法，通常从两个方面来实现：一是通过图层样式，二是通过滤镜效果。

5.7.1　通过图层样式制作特效文字

使用图层样式可以创建很多优美的效果，例如，描边字、投影字、内发光和外发光字、斜面和浮雕字等。而且，通过图层样式对文字添加多种效果后，仍可以对文字进行编辑。

制作浮雕字操作步骤如下：

（1）选择"文件"→"新建"命令，新建一幅图像文件。

（2）选择"横排文字"工具，并打开"字符"面板，设置合适的字体，"字号"为90，"颜色"为黑色，然后在图像窗口中输入"浮雕字"。

（3）单击"图层"面板底部的"添加图层样式"按钮，从弹出的菜单中选择"斜面与浮雕"选项，打开"图层样式"对话框，从中设置"样式"为浮雕效果，"方法"为平滑，将"深度"值设置的大些，其他选项为默认值，如图 5-32 所示

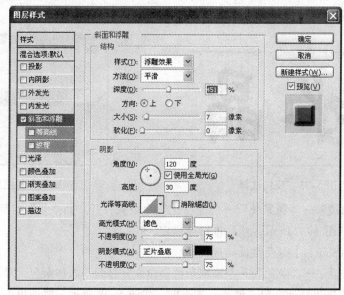

图 5-32　"图层样式"对话框

（4）设置完成后单击"确定"按钮，添加图层样式后的文字效果如图 5-33 所示。

（5）接下来可以为浮雕字增加投影或其他的效果。双击文字层，再次打开"图层样式"对话框，在左侧的"样式"列表中选中并双击"投影"选项，设置"混合模式"为正片叠底，"不透明度"为40%，"距离"为10像素，"大小"为4，单击"确定"按钮，添加图层样式后的文字效果如图 5-34 所示。

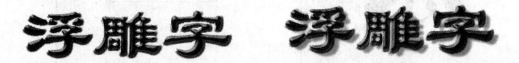

　　图 5-33　"斜面和浮雕"效果　　　　　　　　　　图 5-34　"投影"效果

5.7.2 使用滤镜制作冰晶字

滤镜是 Photoshop CS2 中数量最多、功能最丰富、效果最神奇的工具，利用它处理文字，能产生意想不到的效果。对文字图层使用滤镜时必须先将文字图层栅格化。

制作冰晶文字主要应用到"晶格化"、"添加杂色"、"高斯模糊"和"风"等滤镜。

（1）新建一个 RGB 模式的图像文件。

（2）将前景色设为黑色，背景色设为白色，使用文字工具输入"冰晶"文字。

（3）打开"图层"面板，按住【Ctrl】键的同时用鼠标单击"文字"图层的缩览图，创建文字选区。

（4）选择"选择"→"反向"或按【Ctrl+Shift+I】组合反向选择，如图 5-35 所示。

（5）保留选区，选择"图层"→"向下合并"命令或按【Ctrl+E】组合键合并图层，"图层"面板如图 5-36 所示。

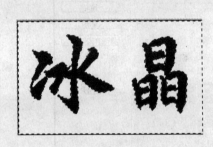

图 5-35 反向选择　　　　　　　　　　图 5-36 合并图层

（6）选择"滤镜"→"像素化"→"晶格化"命令，打开"晶格化"对话框，设置"单元格大小"为 15，如图 5-37 所示，然后单击"确定"按钮。

（7）按【Ctrl+Shift+I】组合键反向选择。

（8）选择"滤镜"→"杂色"→"添加杂色"命令，打开"添加杂色"对话框，"数量"设为 70%，并选择"高斯分布"和"单色"复选框，如图 5-38 所示，然后单击"确定"按钮。

图 5-37 "晶格化"滤镜　　　　　　　图 5-38 "添加杂色"滤镜

（9）选择"滤镜"→"模糊"→"高斯模糊"命令，"半径"设为 2.0，如图 5-39 所示，单击"确定"按钮。

（10）按【Ctrl+D】组合键取消选取范围。

（11）选择"图像"→"调整"→"反相"命令或按【Ctrl+I】组合键使图像出现负片效果，如图 5-40 所示。

图 5-39 "高斯模糊"滤镜　　　　　　　　图 5-40 反相效果

（12）选择"图像"→"旋转画布"→"90 度〔顺时针〕"命令，将图像顺时针旋转 90 度。

（13）选择"滤镜"→"风格化"→"风"命令，打开"风"对话框，"方法"选择"风"，"方向"选择"从右"，使文字产生风吹效果，然后单击"确定"按钮。

（14）选择"图像"→"旋转画布"→"90 度〔逆时针〕"命令，将图像逆时针旋转 90 度。

（15）选择"滤镜"→"扭曲"→"波纹"命令，打开"波纹"对话框，"大小"设为"中"，"数量"设为 45%，单击"确定"按钮。

（16）选择"图像"→"调整"→"色相/饱和度"命令，打开"色相/饱和度"对话框，选中"着色"复选框，并适当设置其他值，如图 5-41 所示，单击"确定"按钮。

（17）选择"图像"→"调整"→"色彩平衡"命令对图像进一步修饰，效果如图 5-42 所示。

（18）合并图层，将其保存为"冰晶字"。

图 5-41 "色相/饱和度"对话框　　　　　　图 5-42 冰晶字效果

5.8　应　用　实　例

本节介绍一款特效字和一款贺卡的设计与制作方法。通过这两个实例的学习，进一步提高用户制作特效文字和设计贺卡的能力。

5.8.1 制作金制字

本节以制作"金制字"为例，使用户进一步掌握特效文字的制作方法。

操作步骤如下：

（1）新建一幅 RGB 模式的黑色图像文件。

（2）选择"横排文字"工具，并在其选项栏中设置"字体"为隶书，"字号"为 90，"颜色"为白色，然后在图像窗口中输入"金制字"，如图 5-43 所示。

（3）选择"图层"→"栅格化"→"文字"命令，将文字图层转换为普通图层。

（4）按【Ctrl】键的同时单击"图层"面板中的文字图层，载入文字形状选区。

（5）单击"通道"面板底部的"将选区存储通道"按钮，将当前文字形状的选区保存为 Alpha1 通道，此时的"通道"面板如图 5-44 所示。

图 5-43　输入文字

图 5-44　"通道"面板

（6）选中 Alpha1 通道，按【Ctrl+D】组合键取消选区。选择"滤镜"→"模糊"→"高斯模糊"命令，在打开的"高斯模糊"对话框中设置"半径"为 3 像素，单击"确定"按钮。此时的 Alpha1 通道效果如图 5-45 所示。

（7）选择"图像"→"调整"→"曲线"命令，在打开的"曲线"对话框中，调整曲线形状如图 5-46 所示，然后单击"确定"按钮。

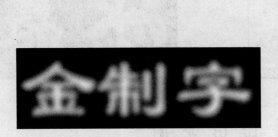

图 5-45　应用"高斯模糊"滤镜

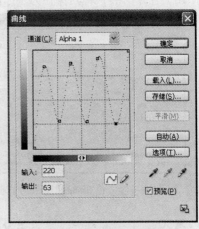

图 5-46　设置曲线

（8）在"图层"面板中选中文字所在层，选择"滤镜"→"渲染"→"光照效果"命令，打开"光照效果"对话框，在"纹理通道"列表中选择 Alpha1，适当旋转光照方向，其他设置不变，单击"确定"按钮。至此，金制字制作完成，效果如图 5-47 所示。

图 5-47　金制字效果

5.8.2　设计节日贺卡

操作步骤如下：

（1）新建一个大小为 300×500 像素、分辨率为 150、背景为白色的图像文件。

（2）选择"渐变"工具，并将渐变色设置为橙、黄、浅黄，采用线性渐变，在背景层中添加渐变效果，方向是从左下部至右上部。

（3）选择"柔角 200 像素"的画笔，颜色使用白色，在背景层上添加一些笔触效果，如图 5-48 所示。

（4）使用文字工具，设置"字体"为华文行楷，"颜色"为浅红色，"大小"为 500 点，在背景层的右侧输入一个"贺"字，文字可稍微超出边界，然后，将文字层的透明度设为 10%。

（5）合并图层。选择"滤镜"→"渲染"→"镜头光晕"命令，增加光照效果，如图 5-49 所示。

（6）使用文字工具输入"年"字，"字体"为华文行楷，"颜色"为红色，"大小"为 60 点。

（7）选择"图层"→"图层样式"→"斜面和浮雕"命令，打开"斜面和浮雕"对话框，从中设置文字的浮雕效果。

图 5-48　背景层笔触效果

图 5-49　背景层效果

（8）使用"自定义形状"工具，在其选项栏中的"形状"列表中，选择边框样式，制作成文字边框效果，如图 5-50 所示。

（9）设置文字"大小"为 30 点，使用"直排文字"工具添加新年祝福语。

（10）选择"图层"→"图层样式"→"外发光"命令，打开"外发光"对话框，为文字添加外发光效果，如图 5-51 所示。

图 5-50 为"年"字添加边框

图 5-51 发光的祝福文字

（11）新建图层，使用"矩形选框"工具创建正方形选区，变换选区使其旋转 45 度成菱形，然后为选区填充红色。

（12）选择"编辑"→"描边"命令，设置"宽度"为 4 像素，"颜色"为白色，"位置"为内部，单击"确定"按钮为选区描边。

（13）用同样的方法为选区描红色边，这次描边"位置"选用居外，效果如图 5-52 所示。

（14）使用文字工具输入黄色的"福"字，并对文字旋转 180 度。

（15）用上面介绍的方法为"福"字添加浮雕效果，如图 5-53 所示。

图 5-52 菱形边框

图 5-53 "福"字效果

（16）打开一幅生肖图像，将其拖进贺卡图像窗口中，使用"魔棒"工具选中生肖图像的背景，按【Delete】键删除背景。

（17）适当调整生肖图像的大小和位置，并将其所在图层的透明度设为 30%，效果如图 5-54 所示。

（18）最后，利用前面所学的知识，给贺卡增加一个合适的边框，至此，节日贺卡制作完成，效果如图 5-55 所示。

图 5-54 生肖图像效果

图 5-55 节日贺卡效果图

5.9 实 训

一、实训目的

- 掌握文字工具的使用方法
- 掌握字符格式和段落格式的设置方法
- 掌握特效文字的制作方法

二、实训内容

1. 打开一幅图像文件，练习输入点文字和段落文字，并设置字符格式和段落格式。
2. 制作多彩文字。参考效果如图 5-56 所示。

提示：使用文字工具输入紫色文字"多彩文字"，栅格化文字图层，并将文字选区载入，使用"画笔"工具用不同的颜色在文字选区中绘制，形成多彩文字。

3. 制作光芒字。参考效果如图 5-57 所示。

提示：光芒字的实现主要通过平面坐标与极坐标之间的变换。使用了"横排文字蒙版"工具、变形文字、"高斯模糊"滤镜、"极坐标"滤镜、"风格化"滤镜和"渐变"工具等。

图 5-56 多彩文字　　　　　　　　　　图 5-57 光芒字

4. 使用本章所学知识制作鱼形文字。参考效果如图 5-58 所示。
5. 应用图层样式制作立体字符。参考效果如图 5-59 所示。

提示：先输入大写字母 G，再输入小写英文 raphic。主要运用的图层样式：投影、斜面与浮雕、颜色叠加、渐变叠加、图案叠加以及描边等。

图 5-58 鱼形文字　　　　　　　　　　图 5-59 立体字符

6. 制作花布字。参考效果如图 5-60 所示。

　　提示：在制作过程中，主要运用了"拼贴"滤镜、"碎片"滤镜、"色相/饱和度"命令等。

7. 在图像中输入一段英文，练习"拼写检查"命令的使用。

8. 设计一张生日贺卡，参考效果如图 5-61 所示。

　　提示：主要运用文字变形、图层样式、"渐变"工具和"画笔"工具等。

图 5-60　花布字效果　　　　　　　图 5-61　生日贺卡效果图

习　题

一、填空题

1. 在 Photoshop CS2 中，文字分为两类，一类叫做点文字，另一类称作_____文字。

2. 使用█工具在图像中单击，图像会被蒙上一层半透明的红色，相当于_____状态，此状态下编辑的文字相当于创建_____。

3. 要将段落文字转换为点文字，可以先选中文字图层，然后选择_____命令。

4. 利用 Photoshop CS2 所提供的_____面板和_____面板，可以方便地设置文字属性和段落对齐方式。

5. 对文字图层使用"滤镜"时，首先要将文字图层_____为普通图层。

二、选择题

1. 若要移动文本定界框，可以按住_____键不放，然后将鼠标指针置于文本框内，当鼠标指针会变成▶形状时，拖动鼠标即可移动该定界框。

　　A.【Ctrl】　　　　B.【Alt】　　　　C.【Shift】　　　　D.【Tab】

2. Photoshop CS2 中的段落对齐方式有：左对齐、居中、右对齐和末行右对齐等多种，█代表的是_____。

　　A. 左对齐　　　　B. 居中　　　　C. 右对齐　　　　D. 全部对齐

3. 要将文字图层转换为选取范围，可以在按住_____键的同时，单击"图层"面板中的文字图层。

　　A.【Ctrl】　　　　B.【Alt】　　　　C.【Shift】　　　　D.【Tab】

4. "段落"面板中的 ▉ 0点 ▉ 文本框用于设置。

    A. 左缩进   B. 右缩进   C. 首行缩进   D. 以上都不对

5. 在_____菜单中可以找到"拼写检查"命令。

    A. 文件   B. 编辑   C. 图像   D. 图层

三、简答题

1. 点文字和段落文字各有什么特点？主要区别是什么？

2. 在 Photoshop CS2 中如何设置上标和下标？

3. 要选取文字图层中的某几个字符，应如何操作？

4. 如何转换文字的方向？

5. 制作特效文字有哪些方法？简单说明它们各自的特点。

第6章 图 层

图层是 Photoshop 最重要的组成部分，Photoshop 很多功能效果都是基于图层产生的。使用图层不但可以简化复杂的图像处理操作，而且还可以创作出丰富多彩的艺术效果，特别是图层和蒙版结合的填充图层，以及类似色调调节图层等特殊图层。本章主要介绍图层的基本操作、高级编辑操作和应用范围。

本章要点：

- 图层的基本概念和操作
- 图层样式
- 图层的混合模式
- 填充图层和调节图层
- 蒙版层

6.1 图 层 概 述

图层可以理解为一张张叠放起来的透明胶片，每一个图层中都包含着各种各样的图像。当这些图层重叠在一起时，图层中的图像也将会一起显示出来（位于下面的图层中的内容也有可能被上面的图层中的内容挡住）。通过改变图层的叠放顺序、透明度和混合方式，可以实现许多不同的图像效果。

合理引用图层功能，处理一幅较为复杂的图像将变得不再艰难。因为用户可以把不同的图像内容放置在不同的图层中，需要调整图像局部时，不用担心图像的其他部分被破坏，对其中一层进行编辑不会影响到其他的图层，这样用户就可以轻松地处理好一幅幅复杂的图像。

Photoshop CS2 包括以下几种图层：

- 普通图层：是最常见的图层类型，这种图层为无色透明，好像一张透明纸，可以显示出下面图层的内容。在普通图层状态下可以设置图层的混合模式和不透明度，还可以对图层顺序进行调整、复制和删除等操作以及使用滤镜。
- 背景图层：是一种不透明的、用作图像背景的特殊图层。背景层是以白色或当前背景色为底色，并被锁定在"图层"面板的最底层。用户无法改变背景图层的排列顺序，同时也不能修改它的不透明度或混合模式。建立新文件时，如果以透明背景方式创建，图像就没有背景图层。

- 文字图层：专门用于存放图像中的文字，当用户使用文字工具在图像中输入文字时，"图层"面板中会自动生成文字图层。文字图层的缩略图前有一个"T"字标志。在文字图层状态下，可以通过文字工具选项栏对文字进行再编辑，

- 形状图层：主要是由钢笔工具和矢量绘图工具在其工具选项栏中单击 按钮时创建的，其特点与文字图层类似。形状图层的构成原理是，形状图层实际上是图层蒙版的一种，它是在图层中填充适当的颜色并创建一个图形区域，只有图层蒙版区域才会显示出填充到图层中的颜色。另外，用户可以对图层蒙版设置相应的混合模式，还可以像编辑一般路径那样，调整其节点的位置和平滑效果，从而改变图层蒙版的形状。需要说明的是，在图像处理过程中，形状图层不常用，在这里只作简单的了解。

- 调整图层：调整图层是在图层上自带一个图层蒙版，用于调整图像的色彩、色调。该图层上只包含一些色彩、色调信息，而不保存任何图像，通过创建或编辑调整图层，用户可以在不改变原图像的前提下任意调整图像的色彩、色调。如果用户感到不满意可以直接将调整图层删除，不会破坏原图像效果。

- 填充图层：填充图层是一种由纯色、渐变效果以及图案填充的图层，其中不包含任何图像。和调整图层一样，如果用户感到不满意可以直接将填充图层删除，不会破坏原图像效果。

提示：不同类型的图层可以相互转换。背景图层与普通图层之间的转换方法，选中背景图层，选择"图层"→"新建"→"背景图层"命令，将把背景图转换为普通图层；选中普通图层，选择"图层"→"新建"→"图层背景"命令，将把普通图层转换为背景图层。将文字图层转换为普通图层，选中文字图层，选择"图层"→"栅格化"→"图层"命令，可将文字图层转换为普通图层。将形状图层转换为普通图层，选中形状图层，选择"图层"→"栅格化"→"形状"命令，可将形状图层转换为普通图层。

6.2 图层的基本操作

图层的基本操作主要包括创建、复制、删除、查看、编辑、链接和合并等，可以通过"图层"面板或"图层"菜单来完成这些操作。

6.2.1 图层面板与图层菜单

"图层"面板和"图层"菜单是处理图像必不可少的工具，几乎所有的图层操作都离不开它们。"图层"面板和"图层"菜单中的许多功能都是相通的，比如，为某一图像添加图层样式，可以通过"图层"面板来实现，也可以选择"图层"菜单中的相关命令来实现。

1. 图层面板

在 Photoshop CS2 中，"图层"面板在默认状态下处于显示状态，并显示当前打开图像的图层信息。如果"图层"面板被隐藏了，用户可通过选择"窗口"→"图层"命令或按【F7】键，

打开"图层"面板，如图 6-1 所示。"图层"面板中各组成部分的名称及功能如下：

- 设置图层的混合模式 正常 ▼：在其下拉列表中选择不同的色彩混合模式。
- 不透明度：用于设定图层的不透明度，常用于多图层混合效果的制作。
- 锁定透明像素 ▣：其作用是禁止用户修改图层的透明度。
- 锁定图像像素 ✐：其作用是禁止用户对当前图层进行任何编辑与修改。
- 锁定位置 ✛：其作用是禁止用户在图像中移动当前图层。
- 锁定全部 🔒：其作用是在当前图层上应用所有锁定功能。

图 6-1 "图层"面板

- 指示图层可视性 👁：用于显示或者隐藏图层，当不显示该图标时表示该图层中的图像被隐藏，反之则显示该图层中的图像。
- 链接图层 🔗：表示该图层与活动图层链接在一起。此时链接的图层将和活动图层一起被移动、旋转或缩放等。
- 图层缩览图：用于预览图层中的图像。
- 活动图层：在"图层"面板中，以蓝色显示的图层称为活动图层。该图层的左端显示一个画笔图标 ✐，表示该图层正在被编辑。
- "添加图层样式"按钮：单击该按钮，将弹出一个菜单，选择其中的样式命令，打开"图层样式"对话框进行样式设置并对当前图层应用样式。
- "添加图层蒙版"按钮 ▣：单击该按钮可以为当前图层添加一个图层蒙版。
- "创建新组"按钮 🗀：单击该按钮可创建一个新的图层组，图层组主要用来管理图层。在图像处理过程中，可以把属于同一类型的图层放置在同一个图层组中。
- "创建新的调整或填充图层"按钮 ◑：单击该按钮，将弹出一个菜单，从中可以选择新调节选项和新填充选项。
- "创建新的图层"按钮 🗍：单击该按钮可以建立一个新的图层。如果将原有的图层拖到该按钮上，可以得到该图层的副本。
- "删除图层"按钮 🗑：单击该按钮，可以删除选中的图层。将选中的图层拖动到该按钮上，也可以快速删除该图层。

2. 图层菜单

使用"图层"菜单可以完成有关图层的所有操作。选择"图层"命令，在弹出的下拉菜单中可以看到用于编辑图层的各种命令选项。在图层操作的过程中，也可以使用"图层"面板控制菜单中的命令来完成。单击"图层"面板右上角的黑色三角按钮，打开面板控制菜单，如图 6-2 所示，从中选择相关命令项完成对图层的操作。

图 6-2 "图层"面板菜单

6.2.2 创建图层

处理一幅较为复杂的图像需要创建多个图层，把不同的图像内容放置在不同的图层中，用户就可以轻松地处理好比较复杂的图像了。

1．创建普通图层

创建普通图层常用的方法有：

- 单击"图层"面板底部的"创建新图层"按钮。
- 选择"图层"→"新建"→"图层"命令。

下面通过具体操作介绍创建普通图层的方法。

（1）打开一幅图像文件，如图 6-3 所示。

（2）选择"图层"→"新建"→"图层"命令，打开"新建图层"对话框，在"名称"文本框中输入"气泡"，如图 6-4 所示。单击"确定"按钮即可在背景图层的上面创建一个以"气泡"为名字的普通图层。

图 6-3 打开的图像

图 6-4 "新建图层"对话框

"新建图层"对话框中各选项含义如下：

- 名称：用于输入新图层的名称，默认的图层名称为图层 1、图层 2、……

- 颜色：用于选择图层的显示颜色。
- 模式：用于选择图层的混合模式。
- 不透明度：用于设置图层的不透明度，范围在 0%～100% 之间，其中，0% 为完全透明，100% 为完全不透明。

（3）选中"气泡"图层，使用"椭圆选框"工具在图层中创建一个圆形选区。

（4）使用"渐变"工具在选区中填充由淡灰色至白色的径向渐变，效果如图 6-5 所示。

（5）选择"图层"→"新建"→"通过拷贝的图层"命令，在"图层"面板中出现一个新的普通层，其中复制了"气泡"层中的内容，调整该层中气泡到新的位置。

（6）也可以将"气泡"层直接拖到"创建新图层"按钮上，在"图层"面板中出现了"气泡副本"层，然后调整该层中渐变圆到新的位置，如图 6-6 所示。

2．创建文字图层

使用"文字"工具在图像窗口中输入文字时，系统会自动在"图层"面板中生成文字图层。接着上面的具体操作完成文字图层的创建。

图 6-5　填充的渐变圆

图 6-6　气泡效果

（1）选择"横排文字"工具，在图像上侧输入文本"休闲的鱼儿"，此时，在"图层"面板中自动生成一个文字层。

（2）选中文字层，单击"图层"面板下侧的"添加图层样式"按钮，可以从中选择需要的图层样式。图 6-7 是添加"斜面与浮雕"样式后的文字效果，图 6-8 是当前的"图层"面板。

图 6-7　添加文字

图 6-8　创建的普通图层和文字图层

3．创建背景图层

在建立图像文件时，如果用户以白色或者以当前背景色为背景方式新建文件，则在新建的图像文件中会自动生成背景图层，如图 6-9 所示。如果用户以透明背景方式新建文件，图像就没有背景图层，如图 6-10 所示。

图 6-9　白色背景层　　　　　　　　　　　　图 6-10　透明图层

4．创建图层组

在"图层"面板中，图层组的作用是便于用户组织和管理图层，使用图层组可以将图层作为一组移动，便于有效控制图层。创建图层组有两种方法：

- 单击"图层"面板底部的"创建新组"按钮创建图层组。
- 选择"图层"→"新建"→"组"命令创建图层组。

下面通过具体操作来介绍创建图层组的方法。

（1）新建一幅背景为白色的图像文件。

（2）选择"图层"→"新建"→"组"命令，打开如图 6-11 所示的"新建组"对话框，其中各项的功能如下：

- 名称：用于输入图层组名称。系统默认的图层组名称为"组 1"、"组 2"，……
- 颜色：用于选择新建图层组的颜色，便于识别图层。
- 模式：用于设置图层的混合模式。
- 不透明度：用于设置图层的不透明度。

（3）在"名称"文本框中输入"天空效果"，单击"确定"按钮，即在"图层"面板中出现一个图层组。

（4）选中图层组，单击"图层"面板下侧的"创建新图层"按钮，新建的图层 1 自动成为"天空效果"图层组的子图层，如图 6-12 所示。

图 6-11　"新建组"对话框　　　　　　　　图 6-12　新建的图层 1

6.2.3 填充图层和调整图层

调整图层和填充图层是对图像色彩优化的高级操作。新调整图层用来调整图像整体的色彩，新填充图层则使用单一颜色、渐变色或图案填充图层。无论是新调整图层还是新填充图层，都会在一个新的图层上进行调整或填充。如果用户感到不满意可以直接将其删除，不会破坏原图像效果。

1. 填充图层

填充图层分为三种，分别是纯色填充、渐变填充和图案填充。在填充图层中不包含任何图像，通常与其他图层结合使用，可以产生一些特殊效果。这个图层非常灵活，可以随时显示或隐藏其效果。

创建填充图层有以下两种方法：

- 单击"图层"面板底部的"创建新的填充或调整图层"按钮 ⊘，并选择要创建的图层类型。
- 选择"图层"→"新建填充图层"命令，并从子菜单中选择选项。

下面通过实例制作来介绍创建填充图层的具体方法。

操作步骤如下：

（1）打开一幅图像文件"岛上的女孩"，如图 6-13 所示。

（2）使用"套索"工具选中女孩的上衣，如图 6-14 所示。

图 6-13　打开的图像　　　　　　　　图 6-14　选中女孩的上衣

（3）选择"图层"→"新建"→"通过拷贝的图层"命令，将选区中的上衣复制到新的图层"图层 1"中。

（4）按【Ctrl】键的同时单击"图层 1"中的缩览图，将"图层 1"中的上衣选中。

（5）单击"图层"面板下方的"创建新的填充或调整图层"按钮，在弹出的菜单中选择"纯色"命令后，将弹出"拾色器"对话框，从中设置颜色为橙色（R:224,G:152,B:50），确认后在"图层"面板中会自动生成一个新的填充图层，此时的图像效果如图 6-15 所示，"图层"面板如图 6-16 所示。

图 6-15 填充纯色效果

图 6-16 创建的填充图层

也可以为选中的上衣添加渐变填充或图案填充，方法同添加纯色填充相似，不再一一介绍，这里只列出效果图。图 6-17 是添加渐变填充后的效果图，图 6-18 是添加图案填充后的效果图。

图 6-17 渐变填充效果图

图 6-18 图案填充效果图

提示：如果对填充后的图像效果不满意，可以直接将该填充图层删除，不会影响其他图层中的图像效果。

2. 调整图层

使用调整图层可以对图像进行颜色或色调的调整，颜色或色调的更改位于调整图层内，而不会修改图像中的像素。下面通过具体操作介绍调整图层的使用方法。

操作步骤如下：

（1）打开一幅色彩较暗的、以蓝色为主调的图像文件，如图 6-19 所示。

（2）选择"图层"→"新建调整图层"→"色相/饱和度"命令（也可以选择其他调整选项），打开"新建图层"对话框，单击"确定"按钮，弹出"色相/饱和度"对话框。如同前面介绍的"色相/饱和度"命令一样，在弹出的对话框中设置各项参数，如图 6-20 所示。

（3）单击"确定"按钮后，产生色彩较亮、以红色为主调的图像效果，如图 6-21 所示。同时，在"图层"面板中会自动生成新的调整图层，如图 6-22 所示。

图 6-19 打开的图像文件

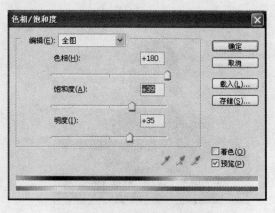

图 6-20 "色相/饱和度"对话框

图 6-21 调整后的图像效果

图 6-22 新调整图层

（4）在当前图像中创建羽化值为 0px 的椭圆选区，使用"油漆桶"工具为选区填充黑色，此时黑色遮盖了图像的调整效果，如图 6-23 所示。此时，在调整层的"新图层蒙版缩览图"中出现了椭圆区域，如图 6-24 所示。用户可以使用"画笔"工具及相关的滤镜命令对其进行编辑。

（5）如果向新调整图层中填充白色，可还原图像调整效果。

图 6-23 被遮盖的调整效果

图 6-24 出现的椭圆区域

提示：运用新调整图层调整图像色彩不会像普通的色彩调整命令那样，运用完成"消失"了，而是保存着以前所设定的参数，这样对于今后的修改提供了很好的参照。如果要调出以前的设置参数，方法有两种：一是快速双击新调整图层缩览图；二是选择"图层"→"图层内容选项"菜单命令。

6.2.4 编辑图层

在绘制和处理图像过程中，往往需要对图层进行编辑，编辑图层包括复制图层、删除图层、调整图层的叠放顺序及合并图层等操作。

1. 复制图层

复制图层操作可以在同一图像文件内或图像文件间完成。复制图层的方法有三种：

- 在"图层"面板中选中要复制的图层，将其拖到面板底部的【创建新图层】按钮上。
- 在"图层"面板中选中要复制的图层，然后选择"图层"→"复制图层"命令。
- 在"图层"面板中选中要复制的图层，然后单击"图层"面板右上角的小三角按钮，从弹出的面板菜单中选择"复制图层"命令。

下面通过实例介绍复制图层的具体方法。

操作步骤如下：

（1）新建大小 300 像素 × 200 像素、RGB 模式、背景色为淡蓝色的图像文件。

（2）设置前景色为黄色，选择"自定形状"工具，在其对应的选项工具栏中，单击"形状"下拉列表按钮，从列表框中选择"画框 4"，然后在图像窗口中拖动鼠标，绘制画框如图 6-25 所示。

（3）选中画框所在的形状层，单击鼠标右键，在弹出菜单中选择"栅格化图层"命令，将形状层转换为普通层。

（4）将前景色设为红色，选择"自定形状"工具，在其"形状"下拉列表框中选择"鱼" 形状:🐟 形状，然后在图像窗口中拖动鼠标绘制形状，选中"鱼"形状图层，将其转换为普通层。图像效果如图 6-26 所示。

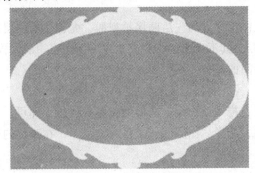

图 6-25　绘制的画框

图 6-26　绘制的鱼

（5）在"图层"面板中选中"鱼"所在的图层，选择"图层"→"复制图层"命令，在弹出的"复制图层"对话框中直接单击"确定"按钮，在"图层"面板中出现一个副本图层。

（6）选中副本图层中的鱼，使用"移动"工具将其调整到合适的位置，效果如图 6-27 所示。

（7）使用同样的方法，对鱼所在层进行复制，并将各层中的鱼调整到合适位置，也可以适当调整它们的大小，效果如图 6-28 所示，此时的"图层"面板如图 6-29 所示。

（8）选择"文件"→"存储"命令，将图像文件以"复制图层"为文件名进行存储。

图 6-27 复制的鱼

图 6-28 复制的多条鱼

提示：也可以直接将需要复制的图层拖到"图层"面板底部的"创建新图层"按钮上，同样完成图层的复制。

2. 删除图层

在图层编辑的过程中，对于一些不需要的图层，用户可以直接将其删除掉。具体方法：选中要删除的图层，执行以下操作之一：

- 单击"图层"面板底部的"删除图层"按钮。
- 选择"图层"→"删除图层"命令，直接删除选中的图层。
- 单击"图层"面板右上角的三角按钮，弹出面板菜单，从中选择"删除图层"命令。
- 将被删除的图层拖动到"图层"面板底部的"删除图层"按钮上，可直接删除图层。

提示：执行删除图层操作时，该图层中的图像内容被一起删除掉，所以删除图层时一定要慎重。

3. 调整图层的叠放顺序

在"图层"面板中，图层的叠放顺序是按照图层建立的先后顺序排列的，先创建的图层排在下面，后创建的图层排在上面，位于上面的图层，其不透明区域将遮盖住下面图层中的图像，根据需要可通过调整图层的叠放顺序来改变图层间的遮盖关系。

调整图层叠放顺序的操作方法如下：

- 选中"图层"面板中需要调整顺序的图层，拖动该图层到需要的位置释放鼠标即可。
- 选中"图层"面板中需要调整顺序的图层，选择"图层"→"排列"命令，在弹出的子菜单中选择需要的菜单命令。

"排列"子菜单中的选项含义如下：

- 置为顶层：将选中的图层移动到整个图像的顶层。
- 前移一层：将选中的图层向上移动一层。
- 后移一层：将选中的图层向下移动一层。
- 置为底层：将选中的图层移动到整个图像的底层，但在背景层之上。

比如，选中如图 6-29 所示中的"形状 1"层，选择"图层"→"排列"命令，在弹出的子菜单中选择"置为顶层"命令，选中的图层将移动到最顶层，如图 6-30 所示。需要注意的是，默认情况下，不能移动"图层"面板中的背景图层，除非先将其转换为普通图层。

4．合并图层

在图像处理过程中，图像的各个部分是分别存放于不同的图层中的，如果某些图层中的图像不再需要修改，可将它们合并成一个图层。合并图层不仅可以简化图像管理，还可以节约空间，提高程序运行速度。

合并图层操作可以通过"图层"菜单或者单击"图层"面板右上角的小三角按钮，从弹出的快捷菜单中选择相关菜单命令。常用命令的含义如下：

- 向下合并：可将当前选中的图层合并到下面紧邻的一个图层中。
- 合并可见图层：除被隐藏的图层之外，将所有可见的图层进行合并。
- 拼合图像：将当前所有图层合并到背景图层中。

拼合图像时，如果存在不可见图层，则会弹出警告对话框，提示用户是否将隐藏图层扔掉，如果单击"取消"按钮，将取消拼合图像操作。如图 6-31 所示是拼合图像后的"图层"面板。

图 6-29 复制的图层

图 6-30 移动图层

图 6-31 拼合图层

6.3 图层混合模式

图层混合模式与"画笔"工具选项栏中的混合模式相类似，主要用来混合图像效果。使用混合模式可以创建各种特殊效果。下面通过小实例来介绍部分混合模式的应用效果。

操作步骤如下：

（1）打开两幅图像文件，如图 6-32 和图 6-33 所示。

图 6-32 打开的第一幅图像

图 6-33 打开的第二幅图像

（2）选择"选择"→"全部"命令将第一幅图像全部选中，按【Ctrl+C】组合键复制选中的图像。选中第二幅图像文件，按【Ctrl+V】组合键，将复制的图像粘贴到第二幅画像文件中，自动生成"图层 1"。

提示：也可以使用"移动"工具直接把第一幅图像拖动到第二幅图像中。

（3）在"图层"面板的"混合模式"下拉列表中可以随意设置合成模式选项。这里选择"变亮"方式，可以看到两幅图像混合在一起的效果，如图 6-34 所示。

（4）用同样的方法，设置"混合模式"为"叠加"，用户可以看到两幅图像混合在一起的另一种效果，如图 6-35 所示。

图 6-34 "变亮"模式混合效果

图 6-35 "叠加"模式混合效果

用户可以尝试设置其他的"混合模式"，将会得到不同的合成效果。

提示：图层混合模式效果不仅与图层顺序有关，而且与文件的色彩模式也有关系。色彩模式不同，图像的合成效果也不同，所以，在使用图层混合模式时要注意图层的选择和图像色彩模式的设置。

6.4 图 层 样 式

在 Photoshop CS2 中，图层样式在不破坏图层像素的基础上，赋予图像各种特殊效果。它虽然不属于图层本身的内容，但是也出现在"图层"面板中，并且具有与滤镜相媲美的魅力，为艺术创作提供更加广阔的空间。

添加图层模式的方法：
- 选择"图层"→"图层样式"命令，在弹出的级联式子菜单中选择相应的选项。
- 单击"图层"面板下方的 按钮，在弹出的菜单中选择相应选项。
- 在"图层"面板中快速双击要添加图层样式的图层，在弹出的"图层样式"对话框中选择相应选项。

6.4.1 添加投影效果

在图像处理过程中，通常需要给文字、边框等内容添加投影效果，使其产生层次和立体感。

在 Photoshop 中制作投影效果，可以使用"图层样式"中的"投影"或"内阴影"效果，两者的区别在于："投影"是指为图层内容添加投射的阴影；"内阴影"是在图层内容的边缘内形成阴影。这两种图层效果的参数设置基本一样。下面通过实例介绍添加投影效果的具体方法。

其操作步骤：

（1）打开一幅图像文件，如图 6-36 所示。

（2）选择"横排文字"工具，并在其选项栏中设"字体"为楷体、"字号"为 48、"字体颜色"为绿色，然后在图像窗口中输入文字"蝴蝶"。

（3）在"图层"面板中选中文字图层，单击"图层"面板底部的"添加图层样式"按钮，从弹出的菜单中选择"投影"命令，在弹出的"图层样式"对话框中设置"投影"选项的各项参数，如图 6-37 所示。

图 6-36　打开的图像　　　　　图 6-37　"投影"选项设置

"投影"选项组中各选项含义如下：

● 混合模式：用于设置投影的色彩混合模式。默认状态下阴影颜色为黑色，混合模式为正片叠底，这样会有好的效果。单击混合模式右侧的颜色框可以设置投影的颜色。

● 不透明度：用于调整投影的不透明度，值越大投影的颜色越深。

● 角度：用于设置光线的照射角度，投影的方向会随着角度的变化而变化。

● 距离：用于设置投影与图层内容之间的距离，值越大投影距离越远。

● 扩展：用于设置投影的大小，其值越大，投影的边缘显得越模糊；值越小，投影的边缘越清晰。

● 大小：用来控制投影像素边缘的模糊程度，数值越大，其模糊的程度就越大。

● 等高线：该选项存在于各种图层样式中，其主要作用是加强投影的不同立体效果。

● 杂色：用来设置投影的颗粒化效果。数值越大，投影中出现的颗粒越多。

● 图层挖空投影：此复选框用于指定生成的投影是否与当前图像所在的图层相分离。在默认情况下，这一项是被选中的，而且只有在降低图层的填充不透明度时才有意义，否则当前图层会遮住其下面的投影。

（4）设置完成后，单击对话框中的"确定"按钮，为图像添加投影效果，如图 6-38 所示。此时的"图层"面板如图 6-39 所示。

图 6-38　添加投影效果　　　　　　　图 6-39　"图层"面板

提示:"内阴影"的选项设置与"投影"的选项设置非常相似,只是投影效果中的"扩展"选项变成了"阻塞",它们的工作原理都是相同的,不同的是"扩展"选项起扩大投影作用,而"阻塞"选项起收缩投影作用。如果将两者结合起来使用,图像的立体效果就会更加生动。

在"图层"面板中,应用了图层样式的图层,其名称右边会出现图标 ⏺,如图 6-39 所示。在图标⏺左侧有一个三角形标记,单击该标记可在图层下显示或隐藏应用的图层样式,还可以根据需要对添加的图层样式进行重新设置。

6.4.2　添加发光效果

在 Photoshop CS2 中,制作发光效果可以使用"图层样式"中的"外发光"或"内发光"图层样式。其中,"外发光"是在图层内容的边缘外部添加发光效果;"内发光"是在图层内容的边缘内部添加发光效果。下面通过具体操作介绍添加发光效果的方法。

操作步骤如下:

(1)新建一幅大小为 300 像素×200 像素、RGB 模式、背景色为黑色的图像文件。

(2)选择"横排文字"工具,在其选项栏中设置文字属性,然后输入如图 6-40 所示的文字。

(3)在"图层"面板中选中文字图层,选择"图层"→"图层样式"→"外发光"命令或者单击"图层"面板底部的"添加图层样式"按钮,从弹出的菜单中选择"外发光"命令,在打开的"图层样式"对话框中设置相关选项,如图 6-41 所示。

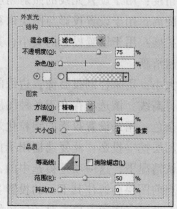

图 6-40　输入的文字　　　　　　　图 6-41　"外发光"选项设置

"外发光"对应的有些选项和"投影"中的部分选项含义相似，这里只介绍不同的选项含义：

- 方法：在此列表中包含"柔和"和"精确"两个选项。选择"柔和"会创建柔和的发光边缘，但在发光值较大时不能很好地保留对象边缘细节；选择"精确"选项会更贴合对象边缘，比较适合对文字的处理。
- 范围：用于确定等高线作用范围。
- 抖动：相当于对渐变色添加杂色。

（4）设置完成后，单击对话框中的"确定"按钮，为图像添加外发光效果，如图 6-42 所示。

（5）在"图层样式"对话框中选择"外发光"复选框，单击"内发光"选项，在弹出的对话框中设置各种参数，其中，"源"用来设置发光的位置，包括"居中"和"边缘"两个选项。设置内发光参数后的文字效果如图 6-43 所示。

图 6-42　添加"外发光"效果　　　　图 6-43　添加"内发光"效果

提示："内发光"效果设置方法与"外发光"效果设置方法相似，它们对话框中的选项内容也非常相似，这里不再一一重述。

6.4.3　添加斜面和浮雕效果

为文字或图像添加斜面和浮雕，可以制作出立体感很强的图像效果。下面通过具体操作介绍添加斜面和浮雕效果的方法。

（1）新建一幅大小为 380 像素 × 200 像素、RGB 模式、背景色为黑色的图像文件。

（2）选择"横排文字"工具，在其选项栏中设置文字属性，然后输入文字"斜面与浮雕"。

（3）在"图层"面板中选中文字图层，选择"图层"→"图层样式"→"斜面与浮雕"命令或者单击"图层"面板底部的"添加图层样式"按钮，从弹出的菜单中选择"斜面与浮雕"选项，在打开的"图层样式"对话框中设置相关选项，如图 6-44 所示。

"斜面与浮雕"选项框中各选项含义如下：

- 样式：用来设置浮雕的类型。在其下拉列表框中包括：内斜面、外斜面、浮雕、枕形浮雕和描边浮雕五种类型。其中"内斜面"是最常用的类型，该类型从图层对象的边缘向内创建斜面，立体感最强。"外斜面"模式从边缘向外创建斜面。"浮雕"使图层对象相对于下层图层呈浮雕状。"枕状浮雕"可以创建图像嵌入效果。"描边浮雕"只针对图层对象的描边，没有描边，这种浮雕就不能显现。
- 方法：用来设置斜面与浮雕的方法，包括平滑、雕刻清晰、雕刻柔和三个选项。
- 深度：用于调整斜面或浮雕效果凸起或凹陷的深浅程度。
- 大小：用于设置斜面或浮雕的作用范围，值越大，范围越大。
- 软化：用于调整浮雕图像边缘的平滑程度。
- 角度和高度：用于控制光源的角度和高度。

- 光泽等高线：用于创建类似金属表面的光泽外观，它既影响图层效果，也会影响图层内容本身。
- 高光模式：用来设置浮雕效果高光部分的合成模式和颜色。
- 阴影模式：用来设置浮雕效果暗部的合成模式和颜色。

（4）设置完成后，单击对话框中的"确定"按钮，为图像添加斜面和浮雕效果，如图 6-45 所示。

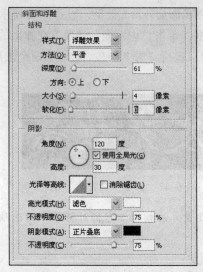

图 6-44 "斜面和浮雕"选项设置　　　　　图 6-45 添加"斜面和浮雕"效果

（5）在"图层"面板中快速双击添加图层样式的图层，会弹出上一次的"图层样式"对话框，选择"等高线"复选框，在弹出的对话框中设置各项参数，如图 6-46 所示。

- 等高线：设置各种样式的等高线效果。
- 范围：设置等高线的影响范围。

（6）设置完成后，单击"确定"按钮，此时的图像效果如图 6-47 所示。

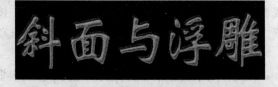

图 6-46 "等高线"选项设置　　　　　图 6-47 添加"等高线"效果

（7）在"图层样式"对话框中选择"纹理"复选框，在弹出的对话框中设置各项参数，如图 6-48 所示。

- 图案：用来设置添加的纹理图案。
- 缩放：用来控制所选图案的缩放比例。
- 深度：用来控制添加图案的浮雕程度。

（8）设置完成后，单击"确定"按钮，此时的图像效果如图 6-49 所示。

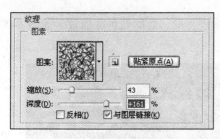
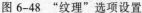

图 6-48 "纹理"选项设置　　　　　　　　图 6-49 添加"纹理"效果

提示：在"纹理"选项组中，可以用鼠标拖动改变纹理的缩放比例和深度，如果对改变的位置不满意时，可以单击"贴紧原点"按钮，来恢复图案原点与文档原点的对齐状态。如果选择"与图层链接"复选框，则控制图案原点与图层左上角的对齐。另外，纹理选项所添加的纹理都以灰色显示。

6.4.4　添加光泽效果

"光泽"样式是根据图层的形状应用阴影，通过控制阴影的混合模式、颜色、角度、距离、大小等属性，在图层中形成各种光泽。下面通过具体操作介绍添加"光泽"效果的方法。

（1）新建一幅大小为 300×200 像素、RGB 模式、背景色为黑色的图像文件。

（2）选择"横排文字"工具，在其选项栏中设置文字属性，然后输入文字"光泽效果"。

（3）打开"图层样式"对话框，单击"光泽"选项，并设置各项参数，如图 6-50 所示。

（4）"光泽"选项和前面介绍的其他选项的设置相似，这里不再一一讲述。设置完毕，单击"确定"按钮，此时的图像效果如图 6-51 所示。

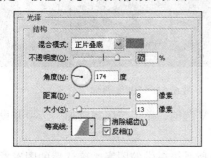

图 6-50 "光泽"选项设置　　　　　　　　图 6-51 添加"光泽"效果

提示：适当的光泽配合斜面和浮雕效果会使图像呈现出更加奇妙的效果。

6.4.5　添加叠加效果

叠加样式有颜色叠加、渐变叠加和图案叠加，是用纯色、渐变色和图案填充图层内容。下面通过具体操作介绍添加"叠加"效果的方法。

（1）新建一幅大小为 300×200 像素、RGB 模式、背景色为黑色的图像文件。

（2）选择"横排文字"工具，在其选项栏中设置文字属性，然后输入文字"叠加效果"。

（3）打开"图层样式"对话框，单击"颜色叠加"选项，并设置各项参数如图 6-52 所示。

（4）在"颜色叠加"选项组中设置混合模式和不透明度，确认后的颜色叠加效果如图6-53所示。

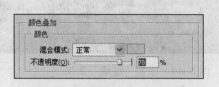

图6-52　"颜色叠加"选项设置　　　　　　　　图6-53　"颜色叠加"效果

（5）在"图层样式"对话框中，选择"颜色叠加"复选框，单击"渐变叠加"选项并设置其中的参数，如图6-54所示。

- 渐变：用来设置渐变颜色。
- 样式：用来设置渐变的类型。
- 角度：用来设置渐变颜色的角度。
- 范围：用来设置渐变颜色的填充范围。
- 反向：选择该复选框，可以使设置的渐变产生反向设置效果。

（6）确认后的渐变叠加效果如图6-55所示。

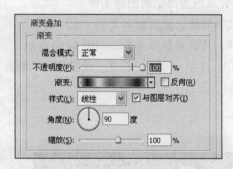

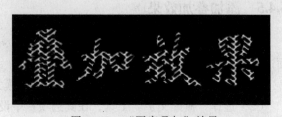

图6-54　"渐变叠加"选项设置　　　　　　　　图6-55　"渐变叠加"效果

（7）在"图层样式"对话框中，选择"渐变叠加"复选框，单击"图案叠加"选项并设置其中的参数，如图6-56所示。

（8）在"图案"选项组中选择自己定义的图案或选择系统提供的图案，确认后的图案叠加效果如图6-57所示。

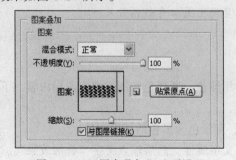

图6-56　"图案叠加"选项设置　　　　　　　　图6-57　"图案叠加"效果

6.4.6 添加描边效果

描边效果是指使用纯色、渐变色、图案在当前图层上描画对象的轮廓。下面通过具体操作介绍这几种图层效果的使用方法。

操作步骤如下：

（1）新建一幅大小为 300 像素 × 200 像素、RGB 模式、背景色为黑色的图像文件。

（2）选择"横排文字"工具，在其选项栏中设置文字属性，然后输入文字"描边效果"。

（3）打开"图层样式"对话框，单击"描边"选项，并设置各项参数如图 6-58 所示。

"描边"选项组中各选项含义如下：

● 大小：设置描绘的边缘的宽度。

● 位置：设置描边的位置。

● 填充类型：在此下拉列表中可以选择填充的方式，包括"颜色"、"渐变"和"图案"三个选项。

（4）设置完毕，单击"确定"按钮，描边效果如图 6-59 所示。

图 6-58 "描边"选项设置　　　　　　　　图 6-59 "描边"效果

提示："图层模式"中的"描边"效果要与"编辑"菜单中的"描边"命令有区别。它们虽然都可以描绘图像，但是"图层样式"中的"描边"效果可以使用纯色、渐变色和图案进行描绘，而"编辑"菜单中的"描边"命令只能使用纯色描绘。

对于背景图层、锁定的图层或图层组不能应用图层效果和样式。

6.5 蒙 版 层

图层蒙版是 Photoshop 图层的精华，使用图层蒙版可以创建出多种梦幻的图像效果。图层蒙版的原理是使用一幅具有 256 级色阶的灰度图来屏蔽图像，灰度图中的黑色区域将隐藏其相对应的本层图像，从而达到显示下层图像的目的，而图中的白色区域则能够显示本层图像且隐藏下层图像，由于灰度图具有 256 级灰度，因此能够创建过渡非常细腻、逼真的混合效果，因此，蒙版是制作图像混合效果时应用最为频繁的技术之一。

由于蒙版的实质是一幅灰度图，因此可以采用任何作图或编辑类方法调整蒙版，从而得到需要的效果。而且由于所有显示、隐藏图层的效果操作均在蒙版中进行，因此能够保护图像的像素不被编辑，从而使工作具有很大的弹性。

6.5.1　添加图层蒙版

根据当前操作状态，可以添加显示或隐藏整个图层中图像的蒙版，也可以添加显示或隐藏选区的蒙版。其具体方法如下：

（1）打开大小相等的两幅图像文件，如图 6-60 和图 6-61 所示。

图 6-60　打开的图像文件 1　　　　　　　　图 6-61　打开的图像文件 2

（2）将图像文件 1 拖动到图像文件 2 中去，会在图像文件 2 中产生一个新的图层 1，图层 1 中的内容把其下面图层中的内容遮盖住了。

（3）选中需要增加蒙版的图层 1，单击"图层"面板下方的"添加图层蒙版"按钮，或选择"图层"→"图层蒙版"→"显示全部"命令，即添加了显示整个图层中图像的蒙版，"图层"面板如图 6-62 所示。这种蒙版效果对图像的整个外观没有影响。

（4）若要添加隐藏整个图层的蒙版，选中需要增加隐藏蒙版的图层 1，按住【Alt】键单击"图层"面板下方的"添加图层蒙版"按钮，或选择"图层"→"图层蒙版"→"隐藏全部"命令，即为图层 1 添加了隐藏整个图层中图像的蒙版，此时图层 1 中的内容全部被隐藏起来，"图层"面板如图 6-63 所示。

（5）选中增加隐藏蒙版的图层 1，使用"椭圆选框"工具绘制椭圆形选区，如图 6-64 所示。

图 6-62　添加显示蒙版　　　图 6-63　添加隐藏蒙版　　　　图 6-64　绘制选区

（6）将前景色设置为白色，使用"油漆桶"工具填充选区，选区中的蒙版变为可显示状态，透过它可以看到下面图层中的内容，如图 6-65 所示。此时的图层面板如图 6-66 所示。

图 6-65 显示的部分图像

图 6-66 填充的蒙版

如果图层中存在选区，可以创建显示或隐藏选区的蒙版。具体方法是：选中存在选区的图层，单击"图层"面板下方的"添加图层蒙版"按钮，或选择"图层"→"图层蒙版"→"显示选择"命令，即添加了一个显示图像所选选区而隐藏图层其余部分的蒙版。如果添加一个隐藏所选选区并显示图层其余部分的蒙版，可按住【Alt】键单击"图层"面板下方的"添加图层蒙版"按钮，或选择"图层"→"图层蒙版"→"隐藏选择"命令。

6.5.2 编辑图层蒙版

为图层添加蒙版之后，根据需要可以对其进行编辑。编辑图层蒙版可参考如下步骤：

（1）打开一幅图像文件，选中需要添加图层蒙版的图层，使用"椭圆选框"工具创建选区，如图 6-67 所示。

（2）选择"图层"→"图层蒙版"→"显示选择"命令，即添加了一个显示图像所选选区而隐藏图层其余部分的蒙版，如图 6-68 所示。

图 6-67 创建椭圆选区

图 6-68 添加图层蒙版

（3）单击"图层"面板中的图层蒙版缩览图，将其激活。

（4）选择任何一种编辑或绘图工具，对图层蒙版进行编辑。需要把握的操作准则是：

- 如果要增加隐藏当前图层内容，可用黑色在蒙版中绘图，效果如图 6-69 所示。
- 如果要增加显示当前图层内容，可用白色在蒙版中绘图，效果如图 6-70 所示。
- 如果要使当前图层产生朦胧效果，可用灰色在蒙版中绘图，效果如图 6-71 所示。

图 6-69　增加蒙版区域　　　图 6-70　减少蒙版区域　　　图 6-71　朦胧效果

　　如果隐藏图层蒙版效果，可按住【Shift】键并单击"图层"面板中的图层蒙版缩览图，或选择"图层"→"图层蒙版"→"停用"命令，暂时屏蔽图层蒙版效果，此时的图层蒙版缩览图将显示一个红色的"×"号。再次按住【Shift】键并单击"图层"面板中的图层蒙版缩览图，或选择"图层"→"图层蒙版"→"启用"命令，可以再次启用图层蒙版。

　　在默认情况下，图层与其蒙版是处于链接状态的，在"图层"面板中的图层缩览图和图层蒙版缩览图之间有个连接图标。在这种状态下，如果用"移动"工具移动图层图像或图层蒙版中任何一者，图层中的图像与图层蒙版将一起移动。若要改变这种状态，可以取消图层蒙版与图像间的链接关系，方法是：单击链接图标即可取消图层和图层蒙版间的链接。如果再次建立链接，单击图层缩览图和图层蒙版缩览图之间的链接图标即可。

　　图层蒙版实质上是以 Alpha 通道的状态存在的，因此删除没有用的蒙版有助于减小文件大小。删除图层蒙版的方法：

- 激活图层蒙版缩览图，单击"图层"面板下方的"删除图层"按钮 🗑，在弹出的对话框中单击"删除"按钮。
- 选择"图层"→"图层蒙版"→"删除"命令。

6.6　应 用 实 例

　　本节介绍两个具体的实例制作，通过本节的学习，使用户进一步掌握图层的基本操作及为图层添加样式的方法。

6.6.1　制作动物巧克力

　　本实例主要应用到形状、图层样式及"点状化"、"撕边"、"极坐标"等滤镜。实例效果如图 6-81 所示。制作过程如下：

　　（1）新建一个大小为 300 像素 × 300 像素、RGB 模式的图像文件。

　　（2）单击"图层"面板底部的"创建新图层"按钮，新建"图层 1"。

　　（3）在工具箱中选择"自定义形状"工具，在其选项栏中单击"填充像素"按钮，指定在形状中填充像素，然后单击"形状"按钮，并在弹出的形状面板中单击兔形状。

　　提示：如果面板中没有兔形状，可单击面板右上角的 ▶ 按钮，在弹出的面板菜单中选择"全部"命令显示所有的形状。

（4）将前景色设置为深咖啡色，然后在图像窗口中拖动鼠标光标绘制一个兔形。

（5）将"图层 1"拖动到"创建新图层"按钮上，在"图层"面板中出现"图层 1 副本"，然后将"图层 1 副本"先隐藏起来。

（6）选中"图层 1"，单击"图层"面板下方的"添加图层样式"按钮，在弹出的菜单中选择"斜面和浮雕"命令，从中选择"内斜面"命令，将"大小"选项设为 16，"软化"选项设为 3，其他为默认设置，单击"确定"按钮，效果如图 6-72 所示。

（7）单击"图层 1 副本"层使其显示。选择"滤镜"→"像素化"→"点状化"命令，在弹出的"点状化"对话框中，将"单元格"设为 5，单击"确定"按钮，效果如图 6-73 所示。

图 6-72　添加"斜面和浮雕"效果　　　　图 6-73　应用"点状化"滤镜

（8）设置前景色为橙色，背景色为白色，选择"滤镜"→"素描"→"撕边"命令，在弹出的"撕边"对话框中，设置"图像平衡"设为 22，"平滑度"设置为 13，"对比度"设置为 1，单击"确定"按钮，效果如图 6-74 所示。

（9）选择工具箱中的"魔棒"工具，在图像上单击白色部分，按【Delete】键将白色部分删除掉，按【Ctrl+D】组合键取消选区，效果如图 6-75 所示。

图 6-74　应用"撕边"滤镜　　　　图 6-75　删除白色部分后效果

（10）单击"图层"面板下方的"添加图层样式"按钮，在弹出的菜单中选择"斜面和浮雕"命令，在弹出的"斜面和浮雕"对话框中，"样式"选择"浮雕效果"选项，适当设置"大小"和"软化"的值，"阴影模式"选择"叠加"选项，其他为默认设置，单击"确定"按钮，效果如图 6-76 所示。

（11）将前景色设置为黄色，使用"文字"工具在图像中输入 happy，单击"图层"面板下方的"添加图层样式"按钮，在弹出的菜单中选择"斜面和浮雕"命令，在"斜面和浮雕"对话框中，"样式"选择"枕状浮雕"选项，适当设置"大小"和"软化"值，其他为默认设置；单击"确定"按钮，效果如图 6-77 所示。

图 6-76　应用"浮雕效果"

图 6-77　为文字应用"枕状浮雕"

（12）选中"背景"层，在"背景"层上新建"图层 3"选择工具箱中的"矩形选框"工具，按【Shift】键在图像中拖出长方形选区，效果如图 6-78 所示。

（13）设置前景色为橙色，填充选区，将选区反选，再将前景色设置为黄色，填充选区，按【Ctrl+D】组合键取消选区，效果如图 6-79 所示

图 6-78　创建选区

图 6-79　填充橙色和黄色

（14）选择"滤镜"→"扭曲"→"极坐标"命令，在弹出的"极坐标"对话框中，选择"平面坐标到极坐标"单选按钮，单击"确定"按钮，效果如图 6-80 所示。

（15）将前景色设置为白色，新建"图层 4"，选择"椭圆选框"工具，绘制椭圆并填充白色作为餐巾纸。

（16）使用"画笔"工具在白色椭圆的边缘点出白色的小圆形作为餐巾纸的花边。

（17）新建"图层5"，用"画笔"工具在花边周围绘制黑色小圆点。

（18）按【Ctrl】键，单击"图层5"添加选区，然后将"图层5"删除。

（19）选中"图层4"，按【Delete】键将小圆点内的图形删除掉，这样一块放在餐巾纸上的动物巧克力制作完成，效果如图6-81所示。

图 6-80　应用"极坐标"滤镜

图 6-81　最终效果

6.6.2　制作透明塑料质感效果的文字

本节介绍一种光滑的透明塑料质感效果的文字，该文字比较适合应用于网页。制作过程如下：

（1）新建一个大小为600×200像素、RGB模式的白色画布。

（2）使用文字工具在画布中输入Adobe，如图6-82所示。

（3）单击"图层"面板底部的"添加图层样式"按钮，在弹出的菜单中选择"渐变叠加"命令，选取橙色—黄色—橙色"渐变"、"角度"设置为90度、"样式"为线性，其他为默认设置，单击"确定"按钮，效果如图6-83所示。

Adobe　**Adobe**

图 6-82　输入的文字 　　　　　　　　图 6-83　添加渐变样式

（4）双击文字图，在弹出的"图层样式"对话框中选择"投影"复选框，设置投影颜色为黄灰色，其他参数设置如图6-84所示，然后单击"确定"按钮。

（5）再次双击文字层，在弹出的"图层样式"对话框中选择"内阴影"复选框，设置内阴影颜色为浅玫红色，其他参数设置如图6-85所示。

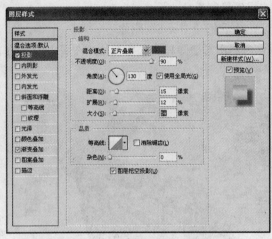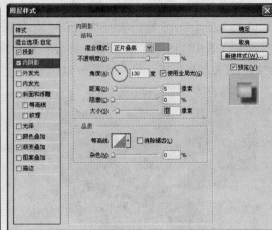

图 6-84　"图层样式"对话框　　　　　图 6-85　　"内阴影"设置参数

（6）在图 6-85 所示的对话框中，选择"外发光"复选框，并设置"不透明度"为 60%，颜色为黄色，"方法"为柔和，"扩展"为 5%，"大小"为 23 像素，然后单击"确定"按钮，文字效果如图 6-86 所示。

（7）再次打开"图层样式"对话框，选择"内发光"复选框，设置"混合模式"为"正常"，"不透明度"为 75%，颜色为玫红色，"方法"为"柔和"，"源"选择"居中"单选按钮，"阻塞"为 3%，"大小"为 50 像素。

（8）选择"斜面和浮雕"复选框，设置"样式"为"内斜面"，"方向"为"上"，"深度"为 160%，"大小"为 25 像素，"软化"为 5 像素，"高光模式"为"滤色"，"不透明度"为 90%，"阴影模式"为"正片叠底"，"不透明度"为 0%。然后单击"确定"按钮，文字效果如图 6-87 所示。

图 6-86　添加外发光效果　　　　　图 6-87　添加内发光、斜面和浮雕效果

（9）按住【Ctrl】键，单击文字层的缩览图，添加文字选区，选择"选择"→"修改"→"收缩"命令，适当设置"收缩量"，使选区缩小到如图 6-88 所示的效果。

（10）新建"图层 1"，为选区填充白色，然后取消选取范围。

（11）选择"滤镜"→"模糊"→"高斯模糊"命令，在弹出的"高斯模糊"对话框中设置"半径"为 2 像素，单击"确定"按钮。

（12）将"图层 1"的不透明度设置为 60%，至此，透明塑料质感效果的文字制作完成，如图 6-89 所示。

图 6-88　缩小选区　　　　　　　　图 6-89　透明塑料质感效果的文字

6.7 实　　训

一、实训目的

- 理解图层的概念、分类及功能
- 掌握"图层"面板的使用方法
- 掌握各种图层的基本操作
- 掌握图层样式的使用方法
- 熟练运用调整层、填充层以及图层样式创作有特色的图像作品

二、实训内容

1. 打开一幅图像文件，将背景层转换为普通图层，并对普通图层进行重命名。新建一个图层，将其转换为背景图层。
2. 打开两幅图像文件，将其中一幅图像的背景图层内容复制到另一幅图像文件中。
3. 打开一幅图像文件，新建"图层 1"，使用"渐变"工具对其进行填充，设置"图层 1"的不透明度及混合模式，查看不同的图像效果。
4. 打开一幅图像文件，使用调整层调整图像的色彩效果。
5. 新建一幅图像文件，在图层中输入文字"图层样式"，使用不同的图层样式对文字进行设置，并分析产生的不同文字效果。
6. 根据本章所学内容，制作一个立体透明按钮。
7. 制作个性书签，效果如图 6-90 所示。

　　提示：本例主要使用到"图层样式"中的"投影"、"斜面和浮雕"等效果。

8. 制作钻石镶边文字，效果如图 6-91 所示。

图 6-90　个性书签　　　　　　　　图 6-91　钻石镶边文字

提示：本例主要使用"图层样式"中的"投影"、"斜面和浮雕"、"颜色叠加"等样式；设置画笔属性并对文字描边；使用"自定义形状"工具添加星光，并对图像应用光照效果滤镜。

习　　题

一、填空题

1. 选择_____菜单中的_____命令，或者按_____键可以显示"图层"面板。

2. 背景图层是一个_____的图层，它位于"图层"面板的_____。

3. 在"图层"面板中，被选中的图层以较深的颜色显示，这个图层称为_____。

4. 调整图层是一种比较特殊的图层,主要用于控制_____和_____的调整。

5. Photoshop CS2 中提供了多种图层样式,其中最基本的几种是_____、_____、_____、_____及_____等。

二、选择题

1. 当使用形状工具在图像中绘制图形时，就会在"图层"面板中自动产生一个_____。
   A. 文本图层　　　　　B. 背景图层　　　　　C. 普通图层　　　　　D. 形状图层

2. 无法复制图层的方法是_____。
   A. 在"图层"面板中选中要复制的图层，将其拖到面板底部的"创建新图层"按钮上。
   B. 在"图层"面板中选中要复制的图层，然后选择"图层"→"复制图层"命令。
   C. 在"图层"面板中选中要复制的图层，然后单击"图层"面板右上角的小三角按钮，从弹出的面板菜单中选择"复制图层"命令。
   D. 在"图层"面板中选中要复制的图层，将其拖到面板底部的"删除"按钮上。

3. _____可以在当前图层中填入一种颜色或图案，并结合图层蒙版的功能，从而产生一种遮盖特效。
   A. 填充图层　　　　　B. 背景图层　　　　　C. 普通图层　　　　　D. 文本图层

4. 下列文字图层中_____不能进行修改和编辑。
   A. 文字颜色　　　　　B. 文字内容
   C. 文字大小　　　　　D. 将文字图层转换为普通图层后文字的排列方式

5. _____图层样式，可以在图层内容上填充一种渐变颜色。
   A. 颜色叠加　　　　　B. 图案叠加　　　　　C. 渐变叠加　　　　　D. 以上都不对

三、简答题

1. 简述 Photoshop CS2 中图层的概念、图层的分类及各自的特点。

2. 图层的基本操作有哪些?

3. 简述应用图层样式的几种方法。

4. 简述合并图层的几种方式，合并图层有何意义。

第7章 通道和蒙版

在 Photoshop 中，通道和蒙版是进行图像处理的主要工具，运用它们可以用更加多变、更加灵活的方式来编辑图像。本章将结合实例讲述如何理解和运用 Photoshop 中的通道和蒙版。

本章要点：

- 通道的编辑与应用
- 蒙版的编辑与应用
- 图像混合运算

7.1 通道的编辑与应用

通道是用来存储图层选取信息的，在通道上可以进行一些绘图、编辑和滤镜处理。Photoshop 采用特殊灰度通道存储图像颜色信息和专色信息。图像通道的数量取决于图像的颜色模式，而非包含的图层的数量。

7.1.1 通道概述

通道（Channels）是 Photoshop CS2 中一个非常重要的概念，是进行图像制作及处理过程中不可缺少的工具。什么是通道？这是初学者困惑的问题。其实，Photoshop 通道是独立的平面原色图像。通道有两种，一种是颜色通道，用于存储图像颜色信息；另一种是特殊的通道——Alpha 通道，用于存储和修改选定的区域。

"通道"面板是 Photoshop CS2 用来查看和编辑通道的面板，面板下方有四个功能按钮，如图 7-1 所示。打开一幅图像文件，会在"通道"面板中显示图像的颜色信息，颜色信息的数量取决于图像的颜色模式。在进行图像编辑时，单独创建的新通道称为 Alpha 通道。用户也可以创建专色通道，专色通道是一种特殊的颜色通道，它一般很少使用，且多与打印相关。

选择"窗口"→"通道"命令，可以显示或隐藏"通道"面板。

提示：在"通道"面板中单击某个原色通道，会隐蔽其他原色通道，单击最上面的复合通道，将显示所有的原色通道。

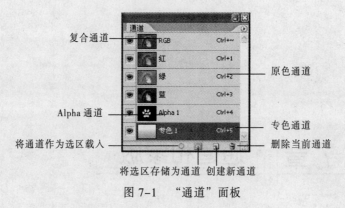

复合通道
Alpha 通道
将通道作为选区载入

原色通道
专色通道
删除当前通道

将选区存储为通道 创建新通道

图 7-1 "通道"面板

在 Photoshop 中涉及的通道类型主要有以下几种：

1. 颜色通道

在 Photoshop CS2 中，一幅彩色图像其实是由几个彩色通道内的灰阶图组成的，比如 RGB、CMYK 和 Lab 模式的彩色图像，每一个彩色通道内都是一幅灰阶图，从 0（黑）到 255（白）有 256 个灰度级，不同彩色通道内的灰阶图其层次分布各不相同，从而组成层次及色彩变化丰富的彩色图像。RGB 模式的图像在"通道"面板中有三个分别代表红、绿、蓝颜色的原色通道和一个用于编辑图像的复合通道，如图 7-2 所示。CMYK 模式的图像在"通道"面板中有四个分别代表青色、洋红色、黄色和黑色的原色通道和一个复合通道，如图 7-3 所示。Lab 模式的图像由 L、a、b 和 Lab 四个通道；灰度模式的图像由一个通道组成；位图模式的图像也由一个通道组成，通道中只有黑白两个色阶。复合通道实际上只是同时预览并编辑所有颜色通道的一个快捷方式，它通常被用来在单独编辑完一个或多个颜色通道后，使"通道"面板返回到它的默认状态。

图 7-2 RGB 模式

图 7-3 CMYK 模式

2. Alpha 通道

Alpha 通道是计算机图形学中的专用术语，指的是特别的通道。Alpha 通道存储的不是图像的色彩，而是用于存储和修改选定的区域。它可以将选区变为蒙版或将蒙版变为选区。它是通道类型中变化最丰富、运用最广泛的一种。在 Photoshop CS2 中制作出的各种特殊效果都离不开 Alpha 通道。"通道"面板中的大多数操作也是针对 Alpha 通道而设置的。

3. 专色通道

专色通道是一种特殊的颜色通道，用于制作印刷时的彩色效果，通常彩色印刷品是通过使用青色、洋红色、黄色、黑色四种原色油墨印制而成。但当需要印刷大面积的纯色时会出现一些色差，因此需要单独加印一种颜色，以便更好的再现其中的纯色信息，这些加印的颜色就是印刷时的专色。当一个包含有专色通道的图像进行输出时，这个专色通道会作为一张单独的胶片输出。因为专色通道一般很少使用，且多与打印相关，所以用户只需要了解即可。

7.1.2　通道的编辑

通道的编辑主要是通过"通道"面板来完成的。单击"通道"面板右上角的小三角按钮，弹出如图 7-4 所示的面板菜单，该菜单中包含所有用于通道操作的命令。

1．新建、复制和删除通道

通道的新建、复制和删除可以选择"通道"面板控制菜单中的相关命令，也可以在"通道"面板中单击相应的按钮。下面通过制作立方体实例讲解通道的新建、复制和删除。需要说明的是，制作立方体的方法有多种，这里主要是利用通道技术来完成。

操作步骤如下：

（1）新建一个 280 像素 × 280 像素大小、模式为 RGB 的黄色画布。

（2）在"通道"面板的控制菜单中选择"新建通道"命令，或者按住【Alt】键单击通道面板下方的▢按钮，弹出如图 7-5 所示的"新建通道"对话框。

图 7-4　面板菜单

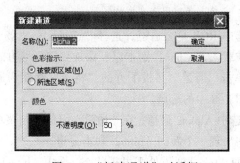

图 7-5　"新建通道"对话框

"新建通道"对话框中的各项含义如下：

- 名称：用来设置新通道名，若不输入通道名，Photoshop 会自动依次序命名为 Alpha1，Alpha2，Alpha3…
- 被蒙版区域：选择该单选按钮，在新建通道中有颜色的区域代表被遮蔽的范围，没有颜色的区域为选取范围。
- 所选区域：选择该单选按钮，在新建通道中没有颜色的区域代表被遮蔽的范围，有颜色的区域则为选取范围。
- 颜色：用来定义蒙版颜色。单击颜色框，在弹出的"拾色器"对话框中，可以选择用于显示蒙版的颜色，在默认情况下该颜色为半透明红色。
- 不透明度：用来设置蒙版颜色的不透明度。

（3）选择"被蒙版区域"单选按钮，在"新通道"对话框中单击"确定"按钮，新建一个 Alpha1 通道。

（4）选中 Alpha1 通道，选择工具箱中的"矩形选框"工具，按【Shift】键在 Alpha1 通道中创建一个正方形选区。

（5）选择"编辑"菜单中的"自由变换"命令，然后按住【Ctrl】键，向下拖动右边中点至如图 7-6 所示的位置时释放鼠标，按【Enter】键以应用变换。使用"油漆涌"工具为选区填充白色。

（6）选中 Alpha1 通道右击，在弹出的快捷菜单中选择"复制通道"命令，在"复制通道"对话框中单击"确定"按钮，在"通道"面板中将出现一个新的 Alpha1 副本通道。

（7）选中 Alpha1 副本通道，同时使 Alpha1 处于可视状态，选择"编辑"→"变换"→"水平翻转"命令将选区水平翻转并移动到如图 7-7 所示的位置。

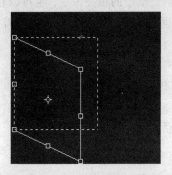

图 7-6　自由变换选区

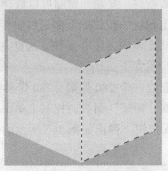

图 7-7　水平翻转并移动选区

（8）选中 RGB 复合通道，选择"选择"→"载入选区"命令，分别将 Alpha1 通道以"新选区"方式载入，Alpha1 副本以"添加到选区"方式载入，效果如图 7-8 所示。

（9）单击"通道"面板下方的"将选区存储为通道"按钮，将创建一个新的通道 Alpha2 用来存储图 7-8 中的选区。

（10）选中 Alpha2 通道，在"通道"面板控制菜单中选择"复制通道"命令，确定后在"通道"面板中出现一个新的 Alpha2 副本通道。

（11）使 Alpha2 通道处于可视状态，选中 Alpha2 副本通道，选择"编辑"→"变换"→"垂直翻转"命令将选区垂直翻转，然后移动选区到如图 7-9 所示的位置。

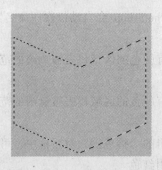

图 7-8　载入 Alpha1 和 Alpha1 副本通道

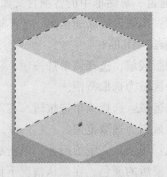

图 7-9　垂直翻转并移动选区

（12）选中 RGB 复合通道，选择"选择"→"载入选区"命令，分别将 Alpha2 副本通道以"新选区"方式载入，将 Alpha1 通道以"从选区中减去"方式载入，将 Alpha1 副本通道也以"从选区中减去"方式载入，得到如图 7-10 所示的选区。

（13）单击"通道"面板下方的"将选区存储为通道"按钮，将创建一个新的通道 Alpha3 用来存储如图 7-10 所示的选区。面板中的 Alpha1 通道、Alpha1 副本通道和 Alpha3 通道中存储的选区分别作为立方体的三个面来引用，此时的 Alpha2 和 Alpha2 副本通道可以删除。

（14）分别选中 Alpha2 和 Alpha2 副本通道，利用"通道"面板菜单中的"删除通道"命令删除 Alpha2 和 Alpha2 副本通道。

（15）选中 RGB 复合通道，选择"选择"→"载入选区"命令，将 Alpha1 通道以"新选区"方式载入。将前景色设置为红色，使用"油漆涌"工具为选区填充红色。

（16）选择"选择"→"载入选区"命令，将 Alpha1 副本通道以"新选区"方式载入。将前景色设置为浅蓝色，使用"油漆涌"工具为新载入的选区填充浅蓝色。

（17）选择"选择"→"载入选区"命令，将 Alpha3 通道以"新选区"方式载入。将前景色设置为浅绿色，使用"油漆涌"工具为新载入的选区填充浅绿色，得到如图 7-11 所示的立方体。用户也可以为立方体的三个面贴上自己喜欢的图片，自己试试看。

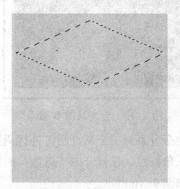

图 7-10　新创建的选区

图 7-11　制作完成的立方体

提示：也可以在"通道"面板中直接复制或删除通道：选中需要复制的通道，将其拖动到"创建新通道"按钮上，可以复制选中的通道；将选中的通道拖动到"删除当前通道"按钮上，可以删除选中的通道。

2．分离与合并通道

通道的分离与合并正好是两个逆向操作，"分离通道"是将一幅彩色图像分离成与其通道数相同的灰度图像，分离后的每个灰度图像都可以进行独立的编辑。"合并通道"是将分离后的灰度图像再进行合并，也可以将尺寸大小一致的几幅灰度图像进行合并。

需要说明的是如果当前图像含有多个图层，在分离通道之前需要先合并图层，否则"分离通道"命令不能使用。

下面通过具体操作介绍分离与合并通道的方法。

（1）打开一幅色调较暗的图像文件，如图 7-12 所示。

（2）单击"通道"面板右上角的小三角按钮，在打开的"通道"面板菜单中选择"分离通道"命令，分离后的三幅灰度图像分别如图 7-13～图 7-15 所示。

图 7-12 打开的图像

图 7-13 分离后的 R 通道

图 7-14 分离后的 G 通道

图 7-15 分离后的 B 通道

（3）选择"图像"→"调整"→"亮度/对比度"命令分别对三个灰度图像进行调整，增大它们的亮度和对比度。单击"通道"面板右上角的小三角按钮，在打开的"通道"面板菜单中选择"合并通道"命令，打开"合并通道"对话框，如图 7-16 所示。

（4）模式选择 RGB 颜色，通道默认为 3，单击"确定"按钮，打开"合并 RGB 通道"对话框，如图 7-17 所示。直接单击"确定"按钮，调整亮度之后的三幅灰度图像又合成一幅 RGB 模式的彩色图像，效果如图 7-18 所示，请用户比较调整前后的图像差异。需要注意的是，合并通道时各源文件的分辨率和尺寸必须相同，否则无法合并通道。

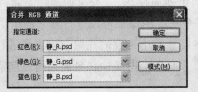

图 7-16 "合并通道"对话框　图 7-17 "合并 RGB 通道"对话框　图 7-18 通道合并后的效果

7.1.3 通道的应用

通道是图像处理的主要工具，使用通道不仅可以有效地选取图像，而且与滤镜结合，往往能创作出更多意想不到的特殊图像效果。下面通过小实例使用通道为照片添加边框，不仅可以加深对通道的理解，而且还能从中领略通道的魅力所在。

（1）打开一幅照片素材，如图 7-19 所示。

图 7-19　打开的照片

（2）在"通道"面板中新建一个 Alpha1 通道。

（3）使用"画笔"工具在 Alpha1 通道中绘制一个形状，如图 7-20 所示。

（4）使用"魔棒"工具选择 Alpha1 通道中的黑色区域，选择"选择"→"羽化"命令，在打开的"羽化选区"对话框中设置"羽化半径"为 10 像素，单击"确定"按钮。

（5）按【Delete】键删除选区中的内容，此时的 Alpha1 通道中的形状如图 7-21 所示。

图 7-20　绘制的形状　　　　　　　　　　　图 7-21　羽化形状

（6）选择"滤镜"→"锐化"→"USM 锐化"命令打开"USM 锐化"对话框，将"数量"和"阈值"的值拖到最大，"半径"根据情况适当设置，然后单击"确定"按钮。

（7）选择"滤镜"→"风格化"→"扩散"命令，然后直接单击"确定"按钮，此时的形状如图 7-22 所示。

（8）选择"滤镜"→"模糊"→"径向模糊"命令打开"径向模糊"对话框，设置"模糊方法"为缩放，中心模糊点可以根据图形位置适当调整，其他参数不变，单击"确定"按钮。

（9）按【Ctrl】键单击"通道"面板中的缩略图，得到处理后的形状选区，如图 7-23 所示。

图 7-22　应用"USM"和"扩散"滤镜　　　　　图 7-23　得到的选区

（10）保持选区，单击 RGB 复合通道。选中"图层"面板中的背景图层，复制背景层副本，选中背景副本层，单击"图层"面板下面的"添加图层蒙版"按钮，为背景副本层添加蒙版。

（11）将背景层删除或者隐藏起来，效果如图 7-24 所示。用户也可以为背景层填充自定义的图案，将产生更多不同的效果，如图 7-25 所示。

图 7-24　效果图

图 7-25　填充背景层

7.2　蒙版的编辑与应用

蒙版是一种更为高级的选区创建技术，相当于在图像的非选区域覆盖上一层可以多变的保护性遮罩，蒙版的原理虽简单，但因为其操作灵活，初学者掌握起来有一定的难度。

7.2.1　蒙版概述

蒙版通常是一种透明的模板，它是一项高级的选区创建技术，使用蒙版相当于在图像的非选区域覆盖上一层可以变形的保护性遮罩，主要用来保护被遮蔽的区域，使其不受任何编辑操作的影响，而未被遮蔽的区域不受保护。另外，蒙版还有一个最大的方便就是将制作费时的选区存储为 Alpha 通道，重新使用选区时，可以从 Alpha 通道中直接载入。

蒙版是作为 8 位灰度通道存放的，因此可以用所有绘图和编辑工具调整和编辑它，比如执行滤镜功能、旋转和变形等。

在 Photoshop 中多处涉及到蒙版的概念，所有这些蒙版的概念与"通道"面板中 Alpha 通道的概念相似。蒙版的类型及用法如下。

- 快速蒙版：快速蒙版又称临时蒙版。单击工具箱中的"以快速蒙版模式编辑"按钮可以暂将画面切换到蒙版状态。在该状态下，用户可以在画布中随意绘制蒙版的形状。
- 图层蒙版：单击"图层"面板下方的"添加图层蒙版"按钮，可以向当前所选择的图层中添加一个图层蒙版。在这种状态下，用户所做的任何操作不会影响到该图层中的图像本身。
- Alpha 通道：在"通道"面板中创建的 Alpha 通道本身具有蒙版的作用。

7.2.2　使用快速蒙版

快速蒙版是为临时保存和编辑选区而建立的临时性蒙版，它可以方便的建立各种各样的复杂选区，也可以将任意形状的选区作为蒙版进行编辑，还可以使用各种工具和滤镜对蒙版进行修改。

单击工具箱下部的"以快速蒙版模式编辑"按钮，系统就会启用快速蒙版模式，在"通道"面板中将出现一个名为"快速蒙版"的通道，其作用与将选取范围保存到通道中相同，只不过它是临时的蒙版，单击工具箱下部的"以标准模式编辑"按钮，将切换为标准模式，快速蒙版将马上消失。

　　用户创建的快速蒙版是一个临时蒙版，如果让快速蒙版保留在"通道"面板中成为一个普通的蒙版，可用以下两种方法之一实现：

- 将"通道"面板中的"快速蒙版"拖动到"创建新通道"按钮上。
- 选中"通道"面板中的"快速蒙版"，选择"通道"面板菜单中的"复制通道"命令。

　　执行上述操作后，在"通道"面板中会出现一个名为"快速蒙版副本"的蒙版，它将作为普通通道保留在"通道"面板中。

　　提示：双击"以快速蒙版模式编辑"按钮，打开"快速蒙版选项"对话框，用户可以设置是否以有颜色的区域来显示被遮盖的区域，如果是，则选择"被蒙版区域"单选按钮，非选择区域被蒙版颜色覆盖（默认状态）。如果不是，则选择"所选区域"单选按钮，该选区将被蒙版颜色覆盖。按住【Alt】键单击"以快速蒙版模式编辑"按钮，可在"被蒙版区域"与"所选区域"两种方式之间切换。

　　下面通过制作一幅树叶飞舞的图画，介绍创建、编辑和应用快速蒙版的具体方法。

　　（1）打开一幅图像文件，如图 7-26 所示，合并所有图层到背景层。

　　（2）双击工具箱下面的"以快速蒙版模式编辑"按钮，打开"快速蒙版选项"对话框，选择"被蒙版区域"单选按钮，将"不透明度"设置为 100%，如图 7-27 所示，然后单击"确定"按钮。

图 7-26　打开的图像　　　　　图 7-27　"快速蒙版选项"对话框

　　（3）单击"以快速蒙版模式编辑"按钮，进入快速蒙版的编辑状态，并在"通道"面板中增加了一个"快速蒙版"通道，如图 7-28 所示。

　　（4）选择"画笔"工具，设置笔刷形状为叶子。保证前景色和背景色为黑、白色，用画笔绘制叶子飞舞的效果，如图 7-29 所示。

图 7-28　"快速蒙版"通道　　　　　图 7-29　飞舞的树叶

（5）如果对绘制的树叶满意，单击工具箱下面的"以标准模式编辑"按钮，切换为标准模式，此时，在图像中出现了选区，如图 7-30 所示。

（6）将前景色设置为浅蓝色，背景色设置为蓝色，使用渐变工具填充由蓝色到浅蓝色的渐变的效果。

（7）按【Ctrl+D】组合键取消选区，飞舞的叶子制作完成，效果如图 7-31 所示。

图 7-30　得到的选区

图 7-31　叶子飞舞的效果图

7.2.3　使用通道创建蒙版

前面介绍过，选择"选择"→"存储选区"命令，将把图像中的选区保存在一个 Alpha 通道中，这个 Alpha 通道就是一个蒙版。有颜色（默认黑色）部分为蒙版区，是受保护的；没有颜色的部分为选区，是可以进行编辑修改的部分。

打开一幅图像，单击"通道"面板下方的"创建新通道"按钮，即生成一个新的 Alpha 通道，这个通道就是一个完全被黑色覆盖的版面。使用"橡皮擦"工具擦除通道中的黑色部分，或者使用选取工具在通道上建立选区，再清除选区内的黑色，就会出现不受保护的白色区域，白色区域即为选区，可以对其进行编辑和修改，这就成了一个真正意义上的蒙版。

7.2.4　使用图层蒙版

图层蒙版是在指定的图层上添加一块黑色的遮色片来进行遮蔽，被黑色遮片所遮蔽的图像部分将无法显示，而没有被黑色遮蔽的图像部分清晰可见。用户可以对遮蔽部分进行间接编辑和加工，从而改变图层的视觉效果，但是图层中的内容不会受到影响，删除图层蒙版之后，图层显示效果将回到原有状态。

创建图层蒙版之前，如果没有建立任何选区，整个蒙版都呈现黑色。使用"橡皮擦"工具擦除黑色蒙版区，或者使用白色画笔在蒙版中涂上白色，白色部分就是选区，是可以编辑的。也可以使用黑色画笔增添黑色蒙版区，使更多的图像不可见也不能被修改。另外，也可以使用不同灰度值的画笔来控制蒙版的不透明度，使蒙版下的图像若隐若现，产生不同图层间图像淡入淡出的效果。

创建图层蒙版的方法：选中需要创建图层蒙版的普通层，单击"图层"面板中的"添加图层蒙版"按钮，或者选择"图层"→"图层蒙版"命令，创建一个图层蒙版，如图 7-32 所示。

下面通过双胞胎图像的制作过程，介绍图层蒙版的具体应用。

（1）打开一幅人物图像文件，如图 7-33 所示。

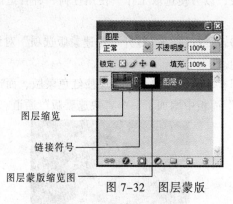

图 7-32　图层蒙版

图层缩览

链接符号

图层蒙版缩览图

图 7-33　打开的图像

（2）选中背景层，选择"图层"→"复制图层"命令对背景层进行复制，默认的图层名称为背景副本。

（3）选中背景副本层，选择"编辑"→"变换"→"水平翻转"命令，将背景副本图层图像水平翻转，效果如图 7-34 所示。

（4）双击"图层"面板中的背景图层，将背景图层转化为普通图层 0，分别移动图层 0 和背景副本层至合适位置，如图 7-35 所示。

（5）为副本图层添加图层蒙版。选择"画笔"工具，将硬度设置为 0%，使用黑色画笔添加蒙版区域，使用白色画笔去掉部分蒙版区域，用户需要仔细处理。编辑的效果是，仅让背景图层中的人物图像部分显露出来，并达到自然的效果，最终效果如图 7-36 所示。至此，一幅双胞胎图像效果制作完成。

图 7-34　水平翻转图层副本

图 7-35　移动图像至合适位置

图 7-36　双胞胎效果图

提示：图层蒙版的工作原理与通道中的 Alpha 通道一样，白色区域用来显示图像内容，黑色区域用来遮盖图像，而灰色区域则使图像若隐若现。

7.2.5　蒙版的应用

下面通过快速蒙版抠图实例，进一步加深对蒙版的理解。

（1）打开一幅人物图像，如图 7-37 所示，要求为人物更换背景。

（2）使用"缩放"工具放大需要选取的对象，以方便选取工作。使用任何一种合适的选取工具，把人物的轮廓粗略地勾勒出来。

（3）双击工具箱下部的"以快速蒙版模式编辑"按钮 ，打开"快速蒙版选项"对话框，将"不透明度"设置为85%，单击【确定】按钮。

（4）单击"以快速蒙版模式编辑"按钮，即在非选区域覆盖了一层淡红色蒙版，而选区部分是透明的，如图7-38所示。此时，在"通道"面板中增加了一个"快速蒙版"通道。

图 7-37　打开的图像　　　　　　　　　　图 7-38　快速蒙版效果

（5）选择"画笔"工具，保证前景色和背景色为黑、白色，用黑色画笔添加蒙版范围，用白色画笔去除不需要的蒙版范围，实现对蒙版的修改。

（6）如果对修改的蒙版满意，单击工具箱下面的"以标准模式编辑"按钮切换到标准模式，即在图像中出现一个选区，如图7-39所示。

（7）按【Ctrl+C】组合键将选区中的人物复制到剪贴板中。

（8）打开一幅风景图像，按【Ctrl+V】组合键将剪贴板中的内容粘贴到新打开的图像中。

（9）适当调整人物的大小和位置，完成人物背景的更换，如图7-40所示。

图 7-39　得到的选区　　　　　　　　　　图 7-40　为人物更换背景

提示：通过对人物所在图层进行混合模式的修改，可以产生不同的图像效果，请用户自行练习。

7.3　图像混合运算

图像混合运算包括"应用图像"命令和"计算"命令。

7.3.1　应用图像命令

"应用图像"命令可以将同一图像中或两幅图像间的图层混合成新图像，或将混合得到的效果叠加于当前操作图像的某一个图层。

下面以混合两幅图像的图层为例，介绍使用"应用图像"命令混合图像的方法。

（1）打开要混合的两幅图像文件，保证两幅图像具有相同的模式、尺寸和分辨率，如图 7-41 和图 7-42 所示。

图 7-41　打开的图像 1　　　　　　　　　　图 7-42　打开的图像 2

（2）在"源"下拉列表框中选择与目标图像 1 混合的图像名称，这里选择图像 2；在"图层"下拉列表框中选择与目标图像混合的源图像的图层名称；在"通道"下拉列表框中选择源文件中的某一个通道参与运算，如果希望所有通道均参与混合操作，选择 RGB 或 CMYK 选项；在"混合"下拉列表框中选择一种混合模式，此菜单中的"混合"模式概念与"图层"面板中的混合模式完全相同；在"不透明度"数值框中输入指定混合效果强度的不透明度值。

（3）用户根据需要设置完毕，单击"确定"按钮，最终效果如图 7-44 所示。

图 7-43　"应用图像"对话框　　　　　　　图 7-44　应用图像后的效果

7.3.2 应用计算命令

"计算"命令可以合成一个或多个源图像的单个通道,不能对复合通道应用"计算"命令。该命令可以做出很生动有趣的效果,它也是对两个通道(彩色通道或 Alpha 通道均可)的相应像素进行计算。计算结果可以应用到一个新的图像中或新通道中,也可以将处理结果存成 Alpha 通道,继而将该通道变成选区以配合其他工具使用。下面以具体操作介绍"计算"命令的应用。

(1)打开两幅图像文件,保证两幅图像具有相同的模式、尺寸和分辨率,如图 7-45 和图 7-46 所示。

图 7-45 打开的图像 1

图 7-46 打开的图像 2

(2)选择"图像计算"命令打开"计算"对话框,如图 7-47 所示。

(3)在"源 1"下拉列表框中选择图像 1,在"源 2"下拉列表框中选择图像 2;在"混合"下拉列表框中选择混合模式;在"结果"下拉列表框中选择计算后得到的效果所存储的区域。

(4)根据需要设置完毕,单击"确定"按钮,应用"计算"命令后的效果如图 7-48 所示。

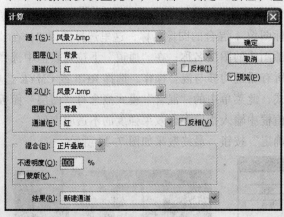

图 7-47 "计算"对话框

图 7-48 应用"计算"命令后的效果

提示:"应用图像"命令和"计算"命令有很多不同之处。"应用图像"命令可以将复合通道的图像用作源图像或目标图像,而"计算"命令只能使用 Alpha 通道。这一差别非常显著,它意味着"应用图像"可以对整个图像进行处理,而"计算"可以将结果存成新文件,保持了源图像和目标图像不变。另外,"计算"还为源图像及处理结果图像提供一个灰色通道,即将彩色图像转化为灰阶模式。

7.4 应用实例

本节通过应用实例的介绍，使用户进一步掌握通道和蒙版的使用方法和技巧。

7.4.1 小鸡出壳

本实例主要运用图层蒙版和渐变色的设置及应用等知识，来巧妙虚幻小鸡与鸡蛋之间的过渡效果。具体操作步骤如下：

（1）新建一个 RGB 模式的图像文件。

（2）新建并选中图层 1，将前景色设为蓝色，背景层设置为白色，选择"滤镜"→"渲染"→"云彩"命令，制作蓝天白云效果图。

（3）选中图层 1，单击"图层"面板下面的"添加图层蒙版"按钮，为蓝天白云图层建立图层蒙版效果。

（4）将前景色设为黑色，选择"渐变"工具，单击选项栏中的渐变工具编辑器按钮，打开"渐变编辑器"对话框。选择"前景到透明"渐变，单击"确定"按钮。然后在蓝天白云所在层从下向上轻轻拖动鼠标渐变几次，以达到最佳效果为宜，如图 7-49 所示。

（5）打开一幅"草地"图像文件，也可以使用"画笔"工具绘制草地，全选草地图像，选择"编辑"→"拷贝"命令，回到"蓝天白云"画布中，选择"编辑"→"粘贴"命令，将产生一个新的图层 2。

（6）选中图层 2，单击"图层"面板下面的"添加图层蒙版"按钮，为草地所在的图层 2 建立图层蒙版效果。

（7）使用"渐变"工具，选择"前景到透明"渐变色，在草地层的蒙版层中从上向下拖动鼠标，多拖动几次，以达到最佳效果为宜，效果如图 7-50 所示。

图 7-49　蓝天白云效果

图 7-50　蓝天草地效果

（8）打开一幅"鸡蛋"图像文件，使用选取工具将鸡蛋选中，选择"编辑"→"拷贝"命令。然后，回到"蓝天草地"画布中，选择"编辑"→"粘贴"命令，把鸡蛋复制到当前文件中，并在"图层"面板中出现了图层 3，效果如图 7-51 所示。

（9）打开一幅"小鸡"图像文件，使用选取工具将小鸡选中并将其复制到"蓝天草地"图像中。

（10）选中复制的小鸡，选择"编辑"→"自由变换"命令将在图像四周出现八个控制点，适当调整"小鸡"的大小，使其适合于鸡蛋图形，效果如图 7-52 所示。

（11）选中小鸡所在图层，并为该层添加图层蒙版。

（12）仍将前景色设置为黑色，选择"渐变"工具，选择"前景到透明"渐变色，在小鸡脚部从下向上轻轻拖动鼠标几次，产生小鸡脚与鸡蛋融合在一起的效果。至此，小鸡出壳制作完成，效果如图 7-53 所示。

图 7-51　复制的鸡蛋　　　　图 7-52　复制的小鸡　　　图 7-53　小鸡出壳效果图

7.4.2　制作透明字

本实例主要使用到通道技术、色调调整及"位移"滤镜等知识。其操作步骤如下：

（1）打开一幅背景图像，在工具箱中选择"文字"工具，并在其选项栏中设置文字的大小和字体，然后在图像窗口输入文字"透明字"。

（2）将输入的文字移动到合适位置，选中文字层并单击右键，在打开的快捷式菜单中选择"删格化文字"命令，将文字层转换为普通层。

（3）按住【Ctrl】键单击文字所在层的缩览图，出现了文字选区，如图 7-54 所示。

（4）选择"选择"→"存储选区"命令，在打开的"存储选区"对话框中直接单击"确定"按钮，将选区保存到一个新的 Alpha 1 通道中。

（5）重复上步操作将选区再保存到另一个通道 Alpha 2 中。

（6）按【Ctrl+D】组合键，取消文字选区，然后将文字所在层删除掉。

（7）打开"通道"面板，单击 Alpha 2 通道，白色部分为保存在 Alpha 2 通道的文字选区，如图 7-55 所示。

图 7-54　文字选区　　　　　　　　　　图 7-55　Alpha 2 通道

（8）选择"滤镜"→"其他"→"位移"命令，在打开的"位移"对话框中，分别将水平和垂直偏移量设置为 3 和 4，其他选项保持默认，单击"确定"按钮。通过使用"位移"滤镜使 Alpha 2 通道中的白色文字水平方向右移三个像素，垂直方向下移四个像素。

（9）单击"通道"面板中的 RGB 通道，选择"选择"→"载入选区"命令，在打开的"载入选区"对话框中，选择 Alpha 1 通道，以"新选区"方式载入文字选区。

（10）选择"选择"→"载入选区"命令，在打开的"载入选区"对话框中，选择 Alpha2 通道，在选项栏中单击"从选区中减去"按钮，这样载入的 Alpha2 选区将把与 Alpha1 选区重叠的部分减掉。

（11）选择"图像"→"调整"→"亮度/对比度"命令，在打开的"亮度/对比度"对话框中，将"亮度"设置为+100，用于制作透明字凸出的亮度部分。

（12）如步骤（9）、（10）那样再次装入选区，但这次先载入 Alpha 2 通道，单击"新选区"按钮，再载入 Alpha 1 通道，单击"从选区中减去"按钮。

（13）选择"图像"→"调整"→"亮度/对比度"命令，在打开的"亮度/对比度"对话框中，将"亮度"设置为–100，用于制作透明字的阴影部分。

（14）按【Ctrl+D】组合键取消选区，完成透明字的制作，效果如图 7–56 所示。

图 7–56　透明字效果

7.5　实　　训

一、实训目的

- 掌握通道含义及应用
- 掌握蒙版的含义及应用
- 能运用通道技术和蒙版技术创作复杂的图像作品

二、实训内容

1. 利用通道存储选区的功能，制作一个球体的外发光效果，如图 7–57 所示。
2. 打开一幅人物图片，利用快速蒙版创建人物的选区。
3. 参照本章立方体的制作方法，利用通道存储选区的功能，制作一个圆柱体，参考图 7–58。
4. 打开一幅图片，使用图层蒙版抠图技术，为图片中的主要内容更换背景。
5. 打开一幅图像文件，利用通道的分离和合并技术，修改原图像的色彩。

图 7–57　外发光的球体

6. 打开两幅图像，分别使用"应用图像"和"计算"命令完成图像的合成操作，并分析"应用图像"命令和"计算"命令的区别。

7. 打开两幅图像，使用通道技术完成图像的合成操作，参考图 7-59。

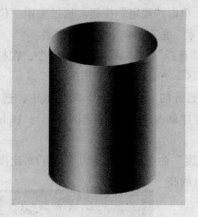

　　　　图 7-58　圆柱体　　　　　　　　图 7-59　合成后的图像

　　提示：打开两幅图像，将树从图像中抠出并把树的选区保存在 Alpha1 通道中。在 Alpha1 通道中对要进行图像融合的部分填充线性渐变。回到 RGB 通道，载入 Alpha 1 中保存的选区，使用鼠标将选区拖动到另外一幅图像中，完成图像的合成，也可以使用"自由变换"命令进一步调整树的位置和大小。

习　　题

一、填空题

1. 通道是指_____。
2. 专色通道是指_____。
2. 打开一幅 RGB 模式的图像，在其"通道"面板中出现_____个通道，它们分别是_____、_____、_____和_____。
3. 在 Photoshop CS2 中使用蒙版，黑色表示_____，白色表示_____。
4. 在 Photoshop CS2 中使用图层蒙版，黑色表示_____，白色表示_____。

二、选择题

1. 图层蒙版的_____性质决定图层的透明度。
   A. 色相　　　　　　　B. 灰度　　　　　　　C. 杂色多少　　　　　D. 透明度
2. 在"通道"面板中删除任何一个原色通道，图像的色彩模式变为_____。
   A. RGB 模式　　　　　B. Lab 模式　　　　　C. CMYK 模式　　　　D. 多通道模式
3. 对于一个已具有图层蒙版的图层来说，如果再次单击"添加蒙版"按钮，则下列哪一项能够正确描述操作结果_____。
   A. 删除当前图层蒙版
   B. 将为当前图层增加一个图层剪贴路径蒙版
   C. 为当前图层增加一个与第 1 个蒙版相同的蒙版，从而使当前图层具有两个蒙版
   D. 无任何结果

4. 一幅 CMYK 模式的图像，在以下状态中，不可以使用"分离通道"命令的是　　　　　　。

　　A. 图像只有一个背景层　　　　　　　　B. 图像中有 Alpha 通道

　　C. 图像中有多个图层　　　　　　　　　D. 图像中有专色通道

三、问答题

1. 通道的主要功能是什么？

2. 什么是蒙版？通道蒙版与图层蒙版之间的区别是什么？

3. 图层蒙版的作用是什么？

4. 分离与合并通道有何特殊用途？

4. 将 CMYK 模式图像转换成索引模式后，不可以执行下列哪项操作？（　　）
A. 图像只有一个图层 　　　　　　　　　B. 图像中有 Alpha 通道
C. 图像中有多个图层 　　　　　　　　　D. 图像中有一条路径

三、问答题

1. 通道与蒙版的作用是什么？
2. 怎样对图像添加蒙版和调整图层之间的关系？怎样删除蒙版？
3. 怎样隐藏和显示蒙版？什么样的图像可以使用蒙版？

第8章　路　径

图层、通道和路径是 Photoshop CS2 的三个核心概念，它们也是 Photoshop CS2 中用于平面设计的最常用的功能。随着 Photoshop 版本的不断升级，对矢量图形的处理功能也越来越强大。路径是 Photoshop CS2 矢量图形设计功能的充分体现，用户使用路径工具可以绘制矢量图形，也可以对绘制后的图形进行编辑。

本章要点：
- 路径概述
- 路径的创建
- 路径的调整
- 编辑和应用路径
- 路径与选区的相互转换
- 形状工具的使用方法

8.1　路　径　概　述

在 Photoshop CS2 中，路径是由贝塞尔（Bezier）曲线构成的闭合或者开放的曲线段。贝塞尔曲线是法国数学家 Bezier 在 20 世纪 60 年代创造的一种曲线精密绘制技术。贝塞尔曲线上存在着多个锚点（也称为节点），两个锚点间的曲线形状可通过控柄上的控点加以控制和变形，如图 8-1 所示。

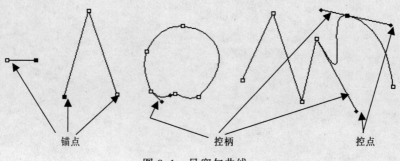

锚点　　　　　　　　　控柄　　　　　　　　　控点

图 8-1　贝塞尔曲线

- 锚点即路径节点，用来连接路径线段，是路径的重要组成部分。
- 控柄即方向线，是由节点延伸出来的两条线段，用来控制路径段的走向。
- 控点即方向点，位于方向线的两端，与方向线一起控制路径线段的弯曲程度。

路径可以是一个点、一条直线、一条曲线，或者由若干点、直线、曲线首尾相接而成的线段或封闭图形，通过调节控柄上的控点来改变图形的形状。路径主要由"钢笔"工具创建，采用的是矢量数据方式，所以由路径绘制的图形，无论是放大还是缩小，都不会影响图形的清晰度和分辨率。

对于比较复杂的图像，可以使用路径工具将其精确地选择，然后再转换为选区，进行其他效果的处理。路径可以和选取范围互相转换，大大方便了用户。

提示： 创建一个复杂的选取范围后，如果不保存选取范围，就会随着选取框的取消或图像文件的关闭而自动消失，再次需要时只能重新创建，造成没必要的重复工作。选取范围除了可以保存在通道中，也可以将其转换成路径进行保存。

Photoshop CS2 提供了两组路径工具和一个"路径"面板。路径工具包括钢笔工具组和路径选择工具组。钢笔工具组是最基本的路径工具，使用它可以创建或编辑路径，为绘图提供了最佳的控制和最高的准确度。钢笔工具组包含五个工具，如图 8-2 所示。路径选择工具组是用来对创建之后的路径进行选取和加工，路径选择工具组包含两个工具，如图 8-3 所示。

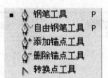

	钢笔工具	P
	自由钢笔工具	P
	添加锚点工具	
	删除锚点工具	
	转换点工具	

	路径选择工具	A
	直接选择工具	A

图 8-2　钢笔工具组　　　　　　　　图 8-3　路径选择工具组

钢笔工具组中各个工具的功能如下：

- "钢笔"工具：绘制比较精确的直线和平滑流畅的曲线。
- "自由钢笔"工具：用于创建随意路径或沿图像轮廓创建路径，其使用方法与套索工具相类似。
- "添加锚点"工具：在创建的路径上增加一个锚点。
- "删除锚点"工具：在创建的路径上删除一个锚点。
- "转换点"工具：可以在平滑曲线转折点和直线转折点之间进行转换。

路径选择工具组中各个工具的功能如下：

- "路径选择"工具：选择整个路径或移动路径。
- "直接选择"工具：选择路径锚点和改变路径的形状。

"路径"面板通常和"图层"面板放置在一起，单击路径标签就可以打开"路径"面板。如果"路径"面板不可见，选择"窗口"→"路径"命令即可。"路径"面板如图 8-4 所示。

提示： 工具箱中的"文字"工具、"路径"工具、"路径选择"工具和"形状"工具放置在了一起，它们都具有矢量的性质。

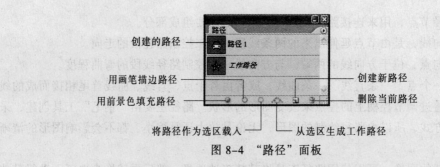

图 8-4 "路径"面板

8.2 创 建 路 径

在通常情况下，路径主要由"钢笔"工具创建，也可以用"自由钢笔"工具创建。"钢笔"工具的使用方法与前面介绍的"多边形套索"工具相似。下面介绍创建路径的基本方法。

8.2.1 创建直线路径

"钢笔"工具主要用来创建直线路径，作用类似于"多边形套索"。在工具箱中选择"钢笔"工具，将显示"钢笔"工具选项栏，如图 8-5 所示。

图 8-5 "钢笔"工具选项栏

其中，"钢笔"工具选项栏中的路径运算方式如下：

- 添加到路径区域 ：向现有形状或路径添加新区域。
- 从路径区域减去 ：从现有形状或路径中删除重叠区域。
- 交叉路径区域 ：将区域限制为新区域与现有形状或路径的交叉区域。
- 重叠路径区域除外 ：从新区域和现有区域的合并区域中排除重叠区域。

用"钢笔"工具创建直线路径的方法如下所述。

（1）新建一幅大小为 400 像素×300 像素的图像文件。

（2）选择工具箱中的"钢笔"工具，在图像上单击绘出第一个锚点。

（3）移动鼠标到要建立第二个锚点的位置上单击，Photoshop CS2 自动将第一个锚点和第二个锚点连接起来，形成一条直线路径。两个锚点都是小方块，前一个是空心的，后一个是实心的，实心的小方块表示当前正在编辑的锚点。

（4）依次在图像中单击，绘制出多条直线路径。

（5）如果要结束一个开放路径，再次单击"钢笔"工具即可，如图 8-6 所示。

（6）如果要创建一个闭合路径，当鼠标回到第一个锚点时，光标右下角出现一个小圆圈，单击即创建了一个闭合路径，如图 8-7 所示。

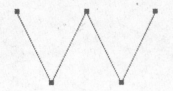

图 8-6　开放直线路径　　　　　　　　　　图 8-7　闭合直线路径

（7）打开"路径"面板，在"路径"面板中出现一个工作路径。

提示：如果要结束创建的路径线段，有两种方法：一是单击工具箱中的"钢笔"工具按钮；二是按住【Ctrl】键的同时，单击路径外的任意位置。

绘制一个工作路径后，单击"路径"面板右上角的按钮，在打开的控制菜单中选择"存储路径"命令将其保存为普通路径。

8.2.2　创建曲线路径

"钢笔"工具既可以用来创建直线路径，也可以用来创建曲线路径。除此之外，使用"自由钢笔"工具可以随意地绘制精细、复杂的曲线路径。

1. 使用"钢笔"工具创建曲线路径

"钢笔"工具除了可以绘制直线路径外，还可以绘制曲线路径，绘制曲线路径相对要复杂些。下面通过具体操作来介绍用"钢笔"工具绘制曲线路径的方法。

（1）新建一幅任意大小的图像文件。

（2）在工具箱中选择"钢笔"工具，在图像窗口某位置单击定义第一个锚点，按住鼠标左键不松开，向任意方向拖动鼠标，此时的指针变成黑色箭头状，拖动鼠标到适当位置，释放鼠标左键，将出现一条以锚点为中心的手柄，如图 8-8 所示。

（3）在一个新的位置单击定义下一个锚点，在第一个锚点与第二个锚点之间自动形成一条曲线，如图 8-9 所示。

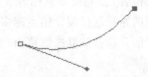

图 8-8　以锚点为中心的手柄　　　　　　　图 8-9　绘制的曲线路径

（4）沿绘制曲线的方向拖动鼠标指针，指针将引导其中一个方向的手柄移动。释放鼠标，在另一个新的位置单击，将在第二个锚点和第三个锚点之间形成第二条曲线，如图 8-10 所示。

（5）如果希望改变第二个锚点和第三个锚点之间的曲线方向，释放鼠标，按住【Alt】键，将第三个锚点控制手柄上的控点向相反方向拖动，绘制的曲线改变了方向，如图 8-11 所示。

图 8-10　绘制的两条平滑曲线　　　　　　图 8-11　改变曲线的方向

提示：使用键盘控制键与"钢笔"工具相配合，可以方便用户的操作。按住【Shift】键，将限制"钢笔"工具沿着 45° 的倍数方向移动；按住【Alt】键，原先的"钢笔"工具将暂时变换成"转换点"工具；按住【Ctrl】键，"钢笔"工具将暂时变换成"直接选择"工具。在这些组合键的配合下，调节路径将变得非常容易，可以极大地提高工作效率。

2．使用"自由钢笔"工具绘制曲线路径

"自由钢笔"工具可以随意地绘制精细、复杂的曲线路径。"自由钢笔"工具不是通过创建锚点来建立路径，而是通过绘制曲线直接创建路径。路径绘制完成后，Photoshop CS2 会自动在曲线拐角等位置添加相应的锚点。下面介绍使用"自由钢笔"工具绘制曲线路径的方法。

（1）新建一幅任意大小的图像文件。

（2）在工具箱中选择"自由钢笔"工具，其对应的选项栏如图 8-12 所示。

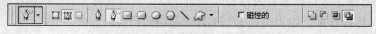

图 8-12　"自由钢笔"工具选项栏

（3）在图像窗口中拖动鼠标绘制任意形状的曲线，释放鼠标后即可创建曲线路径。如果绘制封闭路径，把鼠标指针移动到第一个锚点附近，指针的右下方出现一个小圆圈，再次单击，将创建封闭的曲线路径。封闭曲线路径如图 8-13 所示。

单击"自由钢笔"工具选项栏中的"几何选项"下三角按钮，打开"自由钢笔选项"下拉菜单，如图 8-14 所示，其中各选项的含义如下：

● 曲线拟合：控制拖动鼠标时所产生的路径的精细程度，取值范围 0.5px～10px，数值越低，形成的路径越精细，锚点越多。

● 磁性的：选择该复选框将由"自由钢笔"工具切换到"磁性钢笔"工具。

 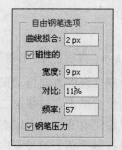

图 8-13　封闭的曲线路径　　　　图 8-14　"自由钢笔选项"下拉菜单

● 宽度：用于控制"磁性钢笔"工具捕捉像素的范围，取值范围 1px～256px。

- 对比：用于控制捕捉像素的对比度范围，取值范围 1%～100%。
- 频率：用于控制自动产生锚点的数量，频率越高产生的锚点越多，取值范围 0～100。
- 钢笔压力：使用绘图板压力以更改钢笔宽度。

提示：单独运用自由"钢笔"工具可以创建精确的路径，使用"自由钢笔"工具时按住【Alt】键，可以暂时切换到"钢笔"工具状态。

"自由钢笔"工具选项栏也列有与"钢笔"工具选项栏基本一样的按钮。只是在"自由钢笔"工具选项栏中多了一个"磁性的"复选框，如果选择该复选框，即启用了"磁性钢笔"选项，此时的"自由钢笔"工具就具有了磁性。

提示："磁性钢笔"的作用和用法与"磁性套索"差不多，可以比较容易地勾勒出图像中的物体轮廓，不同的是"磁性钢笔"创建的是路径，而不是选区。此外，"磁性钢笔"更加重要的功能在于路径的可修改性及路径的光滑性。由于路径可以与选择区域相互转换，以及路径所具有的可调节性，使其在抠除图像背景时，效果明显优于"磁性套索"工具。

8.3 调 整 路 径

使用各种路径工具绘制路径，特别是曲线路径时，由于种种原因，绘制的路径可能不尽人意，这就需要对路径进行适当调整，直到用户满意为止。

8.3.1 使用"添加锚点"工具和"删除锚点"工具

"添加锚点"工具和"删除锚点"工具是调整路径的常用工具。下面介绍两个工具的使用方法。

（1）选择"添加锚点"工具，在已经创建的路径上单击，单击处出现一个黑色的新锚点，如图 8-15 所示。

（2）拖动锚点改变路径的幅度和曲率，拖动手柄上的控点来改变路径的倾角。

（3）在路径需要的其他位置单击，适当添加锚点并进行调整，调整后的路径如图 8-16 所示。

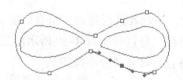
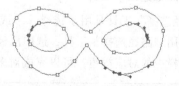

图 8-15　添加锚点　　　　　　　　　　图 8-16　调整路径

如果路径上的锚点太多，会影响临近锚点手柄的长度和操作，这时就需要删除掉多余的锚点。在工具箱中选择"删除锚点"工具，当鼠标指针靠近路径上的锚点时，在指针右下角出现减号，单击该锚点即可，此时相邻锚点的手柄就会加长，通过调节手柄来调整路径。

如果有针对性地删除多个锚点，将改变路径的形状，请用户自行练习。

8.3.2 使用"转换点"工具

路径由直线路径和曲线路径构成，而直线路径和曲线路径分别是由直线锚点和曲线锚点连接而成，有时为了满足路径编辑的要求，需要直线锚点和曲线锚点互相转换，这就需要使用"转换点"工具来完成。

"转换点"工具可以将曲线锚点转换成直线锚点，也可以将直线锚点转换成带有控制手柄的曲线锚点。下面介绍"转换点"工具的使用方法。

（1）新建一幅图像文件。

（2）使用"钢笔"工具在图像窗口中绘制两条直线路径，使用"自由钢笔"工具绘制一条曲线路径，如图 8-17 所示。

（3）选择工具箱中的"转换点"工具，单击两条直线路径之间的锚点并拖动鼠标，该锚点将转换成曲线锚点，调整该点的控制手柄，将把直线路径变成圆滑的曲线路径，如图 8-18 所示。

（4）使用"转换点"工具单击图中的曲线锚点，即可将曲线锚点转换为直线锚点，并在相应两锚点之间生成一条直线，如图 8-19 所示。

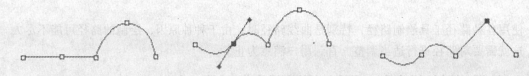

图 8-17　绘制的路径　　　图 8-18　直线锚点转为曲线锚点　　　图 8-19　曲线锚点转为直线锚点

提示：按住【Shift】键，"转换点"工具将以 45° 的整倍数角调整手柄；按住【Alt】键时，"转换点"工具将暂时变换成"直接选择"工具，方便用户操作。

8.3.3 使用"路径选择"工具组

如果对路径锚点的位置或曲率不满意，可以通过"路径选择"工具组进行调整。"路径选择"工具组分为"路径选择"工具 和"直接选择"工具 。

1."路径选择"工具

"路径选择"工具是用于选择一个或者几个路径，并对其进行移动、组合、对齐、分布和变形。使用"路径选择"工具，选中已经绘制好的路径，将打开如图 8-20 所示的工具选项栏。单击选项栏中的对应按钮，可以完成对多条路径的组合、对齐和分布操作。

图 8-20　"路径选择"工具选项栏

对选中的路径除了进行以上操作外，还可以对选中的路径进行其他操作。

（1）创建任意形状的路径，使用工具箱中的"路径选择"工具单击路径，路径将被选中，如图 8-21 所示。

（2）选择"编辑"→"变换路径"命令，弹出如图 8-22 所示的菜单，用户根据需要对选中的路径进行变形操作。

（3）如果选择"斜切"命令，路径四周出现调节柄，通过拖动调节柄完成路径的斜切操作，效果如图 8-23 所示。其他变换命令这里不再一一介绍，请用户根据需要有选择性地进行练习。

缩放(S)
旋转(R)
斜切(K)
扭曲(D)
透视(P)

旋转 180 度(1)
旋转 90 度(顺时针)(9)
旋转 90 度(逆时针)(0)

水平翻转(H)
垂直翻转(V)

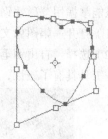

图 8-21　选中的路径　　　　图 8-22　路径变换命令　　　　图 8-23　斜切路径

提示：选中创建的路径，选择"编辑"→"自由变换路径"命令，在路径四周出现八个调节点，拖动四个角上的调节点可以直接缩放路径；按【Ctrl】键拖动路径的调节点，可使路径发生扭曲变形；按住【Ctrl+Alt】组合键，拖动四个角上的调节点，将完成透视变形操作；按住【Ctrl+Shift】组合键，拖动路径的四个中点，完成斜切操作。

2."直接选择"工具

"直接选择"工具能选中并调节路径上的锚点和两锚点之间的直线或曲线，也可以调节手柄上的控点来改变路径的形状。"直接选择"工具常用于细微地调节路径。

（1）打开一幅图像，使用"自由钢笔"工具或"磁性钢笔"工具为图像的轮廓创建路径，如图 8-24 所示。

（2）从图中可见，路径与图像轮廓不太吻合，在需要的地方添加锚点，也可以把多余的锚点删除掉。

（3）选择"直接选择"工具，选中需要调节的锚点，并拖动至图像的边缘，适当调节手柄上的控点，使路径与物体边缘吻合，如图 8-25 所示。

图 8-24　绘制的路径　　　　　　图 8-25　调节路径与图像边缘吻合

提示：按住【Alt】键调节锚点一侧的控柄，另一侧的控柄不受任何影响。

8.4 编辑和应用路径

通过"路径"面板可以对路径进行保存、打开/关闭、填充、描边、转化为点阵选区、复制路径以及把选区转化为路径等操作。下面通过"波纹效果"实例制作,介绍路径的编辑和应用。从中也能掌握用"磁性钢笔"工具进行抠图的基本方法。

(1)打开一幅图像文件,如图 8-26 所示。

(2)选择"自由钢笔"工具,在其对应的选项栏中选择"磁性的"复选框,此时的"自由钢笔"工具具有了磁性,使用"磁性钢笔"工具选取图像中花朵的轮廓,如图 8-27 所示。

图 8-26 打开的图片 　　　　　图 8-27 选中的花朵

(3)打开"路径"面板,选中临时的工作路径,单击鼠标右键,在打开的菜单中选择"建立选区"命令,将打开"建立选区"对话框。

(4)在"建立选区"对话框中,设置合适的羽化半径,单击"确定"按钮,将绘制的路径转换为选区。

提示:选中临时的工作路径,单击"路径"面板下方的"将路径作为选区载入"按钮 ◎,可直接将路径转换为选区。如果是一个开放式的路径,则在转换为选区后,路径的起点会连接终点成为一个封闭的选取范围。

(5)选中临时工作路径,将其拖动到"路径"面板下方的"创建新路径"按钮 ▣ 上,工作路径将转换为永久路径,系统默认命名为"路径 1",完成对路径的保存。

(6)由于路径始终出现在图像中,编辑图像时将带来诸多不便,此时需要关闭路径。单击"路径"面板中的灰色区域,取消路径的作用状态,图像中的路径被关闭。

提示:按住【Shift】键单击路径名称可以快速关闭当前路径。如果需要打开路径,只需在"路径"面板中单击相应路径即可。

(7)在"图层"面板中选中花朵所在的图层,选择"编辑"→"拷贝"命令,将选区中的花朵复制到剪贴板中。

(8)新建一幅 600 像素×600 像素、RGB 模式的图像文件,将文件保存为"波纹效果"。

(9)使用"油漆桶"工具将"波纹效果"文件的背景层填充为黑色。

（10）选择"编辑"→"粘贴"命令，将剪贴板中的花朵粘贴到"波纹效果"文件中，适当调整花朵的大小，效果如图 8-28 所示。

（11）按住【Shift】键单击花朵所在的图层，将花朵选中。

（12）打开"路径"面板，单击面板下方的"从选区生成工作路径"按钮 ，花朵的选区将转换为路径。

（13）将前景色设为白色，在工具箱中选择"画笔"工具，在其选项栏中设置混合模式为正常，不透明度 100%，启用喷枪功能，选择合适的画笔尺寸，单击"路径"面板下方的"用画笔描边路径"按钮 ，为路径描边，效果如图 8-29 所示。

图 8-28　复制并调整花朵大小　　　　　　　图 8-29　路径描边效果

（14）用前面介绍的方法将"路径"面板中的工作路径转换为永久路径。选中路径，选择"编辑"→"自由变换路径"命令，按【Shift+Alt】组合键拖动四个角上的调节点将成比例地缩放路径，这里要求放大路径，放大效果如图 8-30 所示。

（15）确定变换后，选择"画笔"工具，在选项栏中设置混合模式为正常，不透明度 90%，启用喷枪功能，适当增大画笔笔刷尺寸，单击"路径"面板下方的"用画笔描边路径"按钮 ，为放大的路径描边，效果如图 8-31 所示。

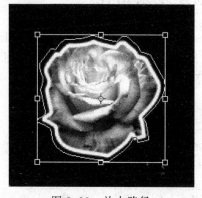

图 8-30　放大路径　　　　　　　　　　　图 8-31　描边放大的路径

（16）用同样的方法，不断放大并描边路径，只是每次需要改变画笔的大小、不透明度或前景色。参考方法：逐渐放大路径，逐渐增大画笔尺寸，逐渐减小不透明度，前景色也可以有丰富的变化。路径多次放大并描边后的效果如图 8-32 所示。

（17）选择工具箱中的"横排文字蒙版"工具，设置合适的大小和字体，在图像下侧输入"波纹效果"四个字，确认后将出现四个文字选区。

（18）用前面介绍的方法将文字选区转换为路径。打开"路径"面板控制菜单，选择"填充路径"命令，打开"填充路径"对话框，从中设置合适的填充内容和混合模式，然后单击"确定"按钮，最终效果如图 8-33 所示。

提示： 选中需要填充的路径，单击"路径"面板下方的【用前景色填充路径】按钮，将不需进行设置，直接以前景色填充路径。

图 8-32　多次放大并描边后的效果　　　　　　图 8-33　添加填充文字

提示： 路径所使用的贝塞尔曲线是一种矢量的表示方法，所以路径的精度并不像一个代表选择区域的通道一样，随着图像的缩放而影响其精度和外观。所以使用"磁性套索"工具选取图像中物体的外轮廓后，将选区转换为路径进行适当调节，再将路径转换成选择区域的这一过程被广泛应用在进行精密地抠除图像背景的工作中。

8.5　使用形状工具创建复杂路径

形状是由贝塞尔曲线构成的矢量图形，在 Photoshop CS2 的工具箱中包含六个形状工具，如图 8-34 所示。使用形状工具可以绘制一些复杂图形，有关绘制图形的知识已经在前面章节中介绍过，本节主要介绍通过形状工具创建图形样式的路径。

形状工具都拥有类似的选项栏，如图 8-35 所示，它与"钢笔"工具选项栏相似。

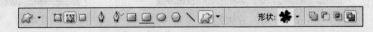

图 8-34　形状工具　　　　　　　　　　图 8-35　形状工具选项栏

在形状工具选项栏中，单击"路径"按钮，从"形状"下拉列表中选择任意形状，这里选择"三叶草"选项，然后在画布中拖动鼠标创建形状路径，如图 8-36 所示。可以对形状路径进行描边或填充，填充路径效果如图 8-37 所示。使用"直接选择"工具可以对形状路径进行调整，也可以将形状路径转化为选区，并对选区进行填充，从而方便地绘制出任意形状、任意风格的作品来。请用户勤于思考，多加练习。

图 8-36　绘制路径　　　　　　　　　　图 8-37　填充并描边路径

选择"自定形状"工具，在选项栏中列出了当前可用的各种形状，用户可以根据需要选用任意形状。另外，用户也可以将自己绘制的形状添加到形状列表中。具体方法如下：绘制一个希望添加的形状，选中绘制的形状，选择"编辑"→"定义自定形状"命令，在弹出的"形状名称"对话框中为形状命名，形状就被添加到自定义形状列表中了。

8.6　应用实例

本节主要使用路径等技术，介绍邮票和杂志封面的设计与制作方法。

8.6.1　绘制一枚邮票

运用本章所学知识，介绍一枚邮票的制作方法。本实例关键步骤在于"画笔"工具的属性设置，以及对路径的应用。邮票最终效果如图 8-38 所示。

其操作步骤如下：

（1）新建一幅 280px×280px、背景色为黑色的图像文件。

（2）在工具箱中选择"矩形"工具，单击对应选项工具栏中的"路径"按钮，然后在画布中创建一个矩形路径。

（3）将前景色设置为白色，单击"路径"面板下面的"用前景色填充路径"按钮，为路径填充白色，作为邮票底色，效果如图 8-39 所示。

图 8-38　邮票最终效果

（4）单击"路径"面板右上角的小三角按钮，在打开的菜单中选择"存储路径"命令，将路径保存为"路径 1"以备后用。

（5）设置画笔属性。单击"画笔"工具选项栏中的"切换画笔调板"按钮 ，在显示出的"画笔"控制面板中单击"画笔笔尖形状"选项，设置参数参考如下："直径"为 10px、"硬度"为 100%、"间距"为 160%，如图 8-40 所示。

提示："画笔"控制面板中的参数设置不作具体要求，可根据创建的路径大小进行相应设置。

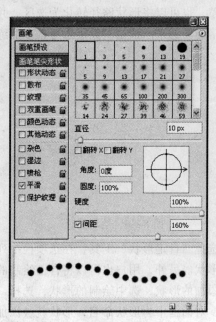

图 8-39　为路径填充白色　　　　　　　　　　图 8-40　设置"画笔"属性

（6）为路径描边。设置前景色为黄色，单击"路径"面板下方的"用画笔描边路径"按钮为路径描边，效果如图 8-41 所示。

（7）编辑锯齿效果。单击"路径"面板灰色空白处或按【Ctrl+H】组合键隐藏当前工作路径。使用"魔棒"工具将描绘的黄色圆点全部选中并删除，然后取消选区，产生邮票边缘的锯齿效果，如图 8-42 所示。

图 8-41　描边路径　　　　　　　　　　　　图 8-42　邮票锯齿效果

（8）单击"路径"面板中的"路径 1"显示路径，使用"路径选择"工具选中路径，按【Ctrl+T】组合键，将在路径周围出现八个调节柄，运用自由变换操作等比例缩小路径，如图 8-43 所示。按回车键，确认路径的等比例缩小操作。

（9）填充路径。将前景色设置为淡蓝色，单击"路径"面板下方的"用前景色填充路径"按钮，为路径填充淡蓝色，效果如图 8-44 所示。

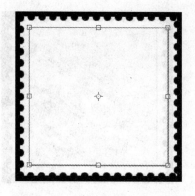

图 8-43　等比例缩小路径

图 8-44　填充路径

（10）描边路径。将前景色设置为深蓝色，重新设置画笔笔尖属性，设置参考如图 8-45 所示。单击"路径"面板下方的"用画笔描边路径"按钮为路径描边，产生的线框效果如图 8-46 所示。

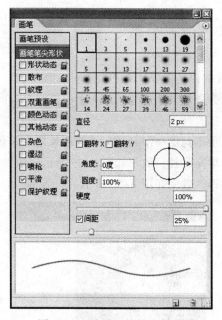

图 8-45　重设画笔笔尖属性

图 8-46　描绘的线框效果

（11）单击"路径"面板灰色空白处或按【Ctrl+H】组合键隐藏当前工作路径，此时也可以删除路径。

（12）引用素材。打开一幅图像文件，将其移入当前编辑的邮票图像中，选中移入的图像，并调整图像的大小和位置，调整效果如图 8-47 所示。

（13）选中移入的花，运用前面学过的知识为花添加阴影效果，如图 8-48 所示。

（14）使用文字工具输入邮票中的面值及"中国邮政"字样，并对文字进行大小和字体的设置，至此一枚邮票制作完成。其最终效果如图 8-38 所示。

图 8-47 引用的素材　　　　　　　　　　图 8-48 为素材添加阴影效果

8.6.2 杂志封面设计

　　封面设计是装帧艺术的重要组成部分，犹如音乐的序曲，是把读者带入内容的向导。一本杂志要有一个赏心悦目的封面，才能迅速吸引读者，使杂志更受欢迎。下面通过具体操作来介绍杂志封面的设计过程。其设计效果如图 8-56 所示。

　　操作步骤如下：

　　（1）新建一幅和杂志开本相同尺寸的 RGB 模式的白色图像。

　　（2）根据创意先对图像进行区域的划分，然后为各个区域配色，原则上应使整个版面的色调和谐、明艳而不俗，这里将图像的顶部作为刊名区。

　　（3）新建一个图层，使用"钢笔"工具在图像顶部勾出一个长条，设置前景色为深蓝色，在"路径"面板中单击"用前景色填充路径"按钮填充路径，效果如图 8-49 所示。

　　（4）打开一幅图片，并将其复制到图像的左下部，效果如图 8-50 所示。

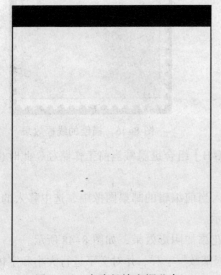

图 8-49 为路径填充深蓝色　　　　　　　图 8-50 复制图片

　　（5）在图像的右侧放几个排列规则的小图片，图片的来源可以用自己创作的作品，也可以从网上下载，如图 8-51 所示。

（6）使用"钢笔"工具把右侧排列的几个小图片勾勒出来。选择"铅笔"工具，将前景色设为橙色，设置铅笔的主直径为4像素，单击"路径"面板控制菜单中的"用画笔描边路径"按钮为路径描边，如图8-52所示。

图 8-51 排列规则的小图片

图 8-52 为路径描边

（7）在图像的右下角制作杂志的出版日期。新建一个图层，将前景色设置为深蓝色，在工具箱中选择"矩形"工具，在其选项工具栏中单击"填充像素"按钮，在图像的右下角绘制一个填充深蓝色的矩形块。

（8）新建一个图层，在新建图层中用同样的方法绘制一个比蓝色矩形块小些的矩形，打开"图层样式"对话框，选择"渐变叠加"复选框，并设置"渐变"为：橙—黄—橙，"样式"为"角度"，为绘制的矩形填充渐变，效果如图8-53所示。

（9）选择"文字"工具，文字颜色设置为深蓝色，文字大小、字体由用户根据版面自定，在右下角输入杂志的出版日期，如图8-54所示。

（10）制作刊名。选择"文字"工具，在"文字"工具选项栏中设置字体为"隶书"，字体大小根据设计的版面自定，在图像的刊名区输入刊名"少儿时代"，调整好文字的位置后，将文字层转化为普通图层。

（11）按【Ctrl】键，单击文字"少儿时代"所在图层，选中"少儿时代"四个字。选择"矩形选框"，在其选项栏中单击"与选区相交"按钮，将压在深蓝色上面的文字部分选中，并将其填充为橙色，利用反选命令再将文字其他部分选中，填充为深蓝色，效果如图8-55所示。

（12）制作广告语。选择"文字"工具，在文字选项栏中设置字体为"华文行楷"，字体大小根据空间大小用户自定，字体颜色为草绿色，在封面的合适位置输入广告语"共享美好生活"。

（13）在"文字"工具选项栏中单击"创建变形文本"按钮，打开"变形文字"对话框，样式选择"旗帜"，单击"确定"按钮。适当调整文字的位置，然后把文字层转换为普通图层。

（14）选中文字"共享美好生活"所在图层，在打开的"图层样式"对话框中设置"样式"为描边、"大小"为3，"颜色"为深蓝色，单击"确定"按钮为文字描边，效果如图 8-56 所示。

图 8-53　绘制两个填充矩形

图 8-54　输入出版日期和出版社名称

图 8-55　添加刊名

图 8-56　添加广告语

（15）至此，杂志封面设计完成。选择"文件"→"存储"命令将制作的图像以"杂志封面设计"为文件名进行存储。

8.7 实 训

一、实训目的

- 掌握"路径"面板的使用方法
- 掌握路径的创建与调整
- 掌握路径的描绘与填充
- 掌握路径与选区的转换

二、实训内容

1. 打开一幅图像文件，分别使用"自由钢笔"工具和"磁性钢笔"工具勾勒出图像的轮廓，比较两种工具的特点。并对路径进行调整，然后把路径存储起来。

2. 新建一幅图像文件，用路径工具绘制一个"心形"路径；设置"画笔"工具的属性，为路径描边；调整路径大小，对路径进行填充；删除路径。参考效果如图 8-57 所示。

3. 使用"多边形"工具绘制一个六边形路径，并对路径进行描边和填充图案，参考效果如图 8-58 所示。

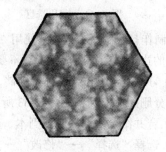

图 8-57　描边并填充路径　　　　　　　图 8-58　描边和填充图案

4. 使用"自定义形状"工具绘制 2～3 幅图像作品，题材不限，风格不限。

5. 制作打破的蛋壳。主要运用了路径、曲线、滤镜等技术。

　参考步骤如下：

　（1）先绘制一个椭圆路径，使用"直接选择"工具对椭圆路径进行适当调整，如图 8-59 所示。

　（2）将调整好的椭圆路径转换为选区。在图层 1 中将填充设置为 8%，用黑色填充选区。

　（3）新建图层 2，在"渐变编辑器"中将渐变填色的颜色设置为由深灰色（R:132,G:132,B:132）渐变到浅灰色（R:239,G:239,B:239），将选区径向渐变填充为如图 8-60 所示的效果。

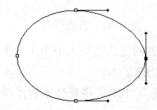

图 8-59　绘制并调整路径　　　　　　　图 8-60　径向渐变填充选区

（4）选择"椭圆选框"工具，按住【Alt】键将椭圆左上部分的选区减去，选择"选择"→"羽化"命令，设置羽化值为 6 像素，对选区进行羽化处理，如图 8-61 所示。

（5）按【Ctrl+M】组合键打开"曲线"对话框，通过调整使选区中的图像颜色变得亮些，然后按【Ctrl+D】组合键取消选区。

（6）对椭圆增加杂色和光照效果，使椭圆变成蛋壳的外形。

（7）选中图层 2 并复制一个图层 2 副本，保证图层 2 副本位于最上层，使用"添加杂色"滤镜添加杂色效果；使用"光照效果"滤镜添加光照效果。

（8）将图层 2 副本的图层混合模式改为"叠加"模式，蛋壳的外形如图 8-62 所示。

图 8-61　羽化选区　　　　　　　　　　　图 8-62　蛋壳外形

（9）制作打破的蛋壳效果。使用"钢笔"工具将蛋壳敲碎的部分勾勒出来。需要注意的是，蛋壳碎片的边缘不会很圆滑，所以不要勾得太圆滑，否则就不真实了。

（10）勾好后将工作路径进行存储，并将路径转化成选区，然后把图层 2 和图层 2 副本中被选中的部分删除掉，效果如图 8-63 所示。

（11）合并图层 2 和图层 2 副本，然后在"路径"面板中将路径作为选区载入。

（12）选择"选择"→"修改"→"扩边"命令，在"边界选区"对话框中，设置宽度为 1 像素，单击"确定"按钮。

（13）按下【Ctrl+M】组合键打开"曲线"对话框，从中适当调整使扩边区域颜色变白，这样，在蛋壳打碎部分的边缘出现创面效果，如图 8-64 所示。

图 8-63　敲碎的蛋壳　　　　　　　　　　图 8-64　蛋壳创面

（14）在图层 2 上面新建图层 3，选择"画笔"工具，设置画笔的笔尖大小为 1 个像素，所用颜色为深灰色，用"画笔"工具把蛋壳破碎边缘的裂缝画出来。

（15）选择"橡皮擦"工具，在选项栏中设置其不透明度为 10%，将裂缝末梢擦淡一点，使它看上去与蛋壳本身有很好的衔接，效果如图 8-65 所示。

（16）制作蛋壳内部的暗面。按住【Ctrl】键单击图层 1，使用"加深"工具对蛋壳内部区域进行涂抹，最终效果如图 8-66 所示。在制作过程中，有些细节的艺术化处理需要用户自己去思考，去自由发挥。

图 8-65 蛋壳碎片边缘的裂缝

图 8-66 打破的蛋壳效果图

6. 制作"水中倒影"效果。

提示：打开一幅图片，使用路径工具勾勒出要做倒影的部分图像轮廓，在勾勒过程中最好将图片放大，这样抠出的图像会更加精细、逼真。将路径转换为选区，并将选区中内容分别复制到两个不同的新图层中。将下面的新图层作倒影效果，选中下面的新图层，并将图层中的内容垂直翻转。在做倒影的图层中，将图层不透明度适当降低，并使用"水波"滤镜做出水面效果，"水中倒影"效果请参考如图 8-67 所示。

7. 制作如图 8-68 所示的标识。（用 e 插起一轮红色的太阳）

图 8-67 "水中倒影"效果图

图 8-68 标识

习　题

一、填空题

1. 保存选区有两种方法：＿＿＿＿＿＿和＿＿＿＿＿＿。

2. 在"路径"面板中，单击＿＿＿＿＿＿按钮可以创建一个新路径。

3. 与"钢笔"工具的选项栏相比，"自由钢笔"工具的选项栏多了一个＿＿＿＿＿＿复选框。

4. 编辑路径可以使用＿＿＿＿＿＿和＿＿＿＿＿＿工具。

5. 选择"视图"→"显示"菜单中的＿＿＿＿＿＿命令或按＿＿＿＿＿＿键，可以隐蔽路径。

6. 将工作路径快速转换为选区的快捷键是＿＿＿＿＿＿。

二、选择题

1. 可以对位图进行矢量图形处理的是_____控制面板。

    A. 路径   B. 选区   C. 通道   D. 图层

2. 使用"钢笔"工具勾勒曲线路径时，按住_____键可以暂时将"钢笔"工具切换到"转换点"工具。

    A.【Ctrl】   B.【Shift】   C.【Alt】   D.【Alt+Shift】

3. 在曲线锚点和直线锚点之间进行转换，可以使用的工具是_____。

    A. "磁性钢笔"工具   B. "删除锚点"工具

    C. "转换点"工具   D. "自由钢笔"工具

4. 绘制直线路径时，结合使用_____键，可以使直线以 45° 的倍数进行切换。

    A.【Shift】   B.【Ctrl+S】   C.【Ctrl+Tab】   D.【Ctrl+Shift】

三、问答题

1. 什么是路径？路径工具分为哪两种类型？

2. 用"钢笔"工具可以绘制几种路径？在绘制过程中有什么不同？

3. 路径与选区间如何互相转化？

第9章 历史记录和快捷高效的动作功能

设计过程中经常会有操作失误的时候，如果想恢复到原来的某一步操作，可以使用Photoshop CS2 提供的"历史记录"面板。Photoshop CS2 提供的动作功能可以帮助用户快速完成大批量图像的处理操作，这样既提高了工作效率，也不会因多次操作而发生参数设置错误的情况。

本章要点：

- 历史记录
- 动作基本操作
- 图像自动批处理

9.1 历 史 记 录

历史记录用于记录每一步操作，并帮助恢复到操作过程中任何一步的状态。在默认情况下，"历史记录"面板可以记录 20 步最近的操作，只要单击面板中此项操作的名称，就可恢复到此操作之后的状态。除此之外，在"历史记录"面板中还可以创建新快照、从当前状态创建新文档和用画笔恢复历史记录。

"历史记录"面板可以用来记录操作步骤、恢复多次操作前的状态、建立新的快照以及删除操作记录等功能，如图 9-1 所示。单击"历史记录"面板右上角的黑色三角形，将打开"历史记录"面板菜单，如图 9-2 所示。

图 9-1 "历史记录"面板

"历史记录"面板菜单中各命令含义如下。

- 停放到调板窗：将"历史记录"面板放入基本操作窗口右上角的调板栏中。

- 前进一步：用于将滑块向前移动一步。
- 后退一步：用于将滑块向后移动一步。
- 新建快照：根据当前滑块所指向的操作建立新的快照。
- 删除：用于删除当前"历史记录"面板中滑块指向的操作。
- 清除历史记录：该命令能够清除"历史记录"面板中除最后一项记录以外的其他历史记录。
- 新建文档：该命令用于为当前状态或者快照建立的新文件。
- 历史记录选项：该命令用于对"历史记录"面板进行设置，选择该命令，将弹出"历史记录选项"对话框，如图 9-3 所示。

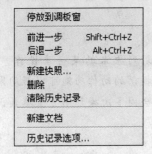

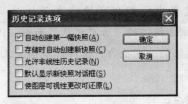

图 9-2 "历史记录"面板菜单　　　　　图 9-3 "历史记录选项"对话框

9.1.1 快照

"历史记录"面板可以记录最近 20 次的操作，超过 20 次则前面的步骤会自动删除。尽管"历史记录"面板无法永久保存所有的操作记录，但是，若将阶段性的关键操作以快照的形式保存下来，同样能为以后修改图像提供很大方便，因为快照是不会随着历史记录的消失而消失的。下面通过具体的操作来掌握"快照"的使用。

（1）打开一幅图像文件，如图 9-4 所示。

（2）选择"窗口"→"历史记录"命令，在打开的"历史记录"面板中，显示系统自动为图像建立的第一个默认快照内容，如图 9-5 所示。

图 9-4 打开的图像　　　　　　图 9-5 "历史记录"面板

（3）在"历史记录"面板中单击"创建新快照"按钮 ，为图像创建一个快照，并以"快照 1"为名，此时"历史记录"面板如图 9-6 所示。

（4）双击"快照 1"图标，为快照重命名为"鱼"，如图 9-7 所示。

图 9-6　创建快照 1　　　　　图 9-7　重命名快照 1

（5）选择"矩形选框"工具，并设置羽化值为 30，然后在图像中拖出一个矩形选区。

（6）选择"选择"→"反向"命令，将选区之外的区域选中，按【Delete】键删除选区中的内容，图像效果如图 9-8 所示。

（7）操作步骤记录在了"历史记录"面板中，单击"创建新快照"按钮又一次创建"快照1"，如图 9-9 所示。用户可以继续处理图像，如果想恢复到创建"快照 1"时的状态，直接单击"快照 1"图标即可。

图 9-8　处理后的图像　　　　　图 9-9　创建新快照

提示：快照不随图像存储，关闭图像时就会删除其快照。另外，除非选择了"允许非线性历史记录"选项，否则选择一个快照然后更改图像将会删除"历史记录"面板中当前列出的所有状态。

用户可以用鼠标拖动某一操作步骤到"从当前状态创建新文档"按钮上来，从而完成创建新文件的操作，创建后的图像显示为当前步骤的画面。新创建的文件，用户可以像打开的图像一样进行编辑和保存。

9.1.2　使用历史记录画笔

如果只希望将图像窗口中的部分图像恢复到某个状态，其他位置保持不变，就要用到历史记录画笔了。使用"历史记录画笔"工具 可以恢复图像的部分区域，它不但可以指定恢复到的具体操作步骤，还可以设置画笔的形状、不透明度和色彩混合模式。使用历史记录画笔时，需要和"历史记录"面板相结合。

"历史记录画笔"工具的选项栏和前面介绍的"画笔"工具选项栏完全一致，如图 9-10 所示，这里对其不再作介绍。

图 9-10 "历史记录画笔"工具选项栏

下面通过具体操作，介绍"历史记录画笔"工具的使用方法。

（1）打开一幅图像文件，如图 9-11 所示。

（2）选择"滤镜"→"风格化"→"查找边缘"命令，为图像应用"查找边缘"滤镜效果，如图 9-12 所示。

（3）在工具箱中选择"历史记录画笔"工具在其选项栏中设置画笔的属性，得到一个半径较大的笔刷，然后在小孩的头部涂抹，得到如图 9-13 所示的效果。

可见图像中的小孩头部不再应用滤镜，回到最初的图像状态。

图 9-11　打开的图像　　　　图 9-12　"查找边缘"滤镜效果　　　　图 9-13　涂抹后效果

9.1.3　使用历史记录艺术画笔

与历史记录画笔的使用方法相似，历史记录艺术画笔 也是用指定的历史记录状态或快照作为源数据。与历史记录画笔不同的是，历史记录艺术画笔还原状态时不是简单地恢复，而是带有一定的艺术笔触。

选择"历史记录艺术画笔"工具，其对应的选项栏如图 9-14 所示。在工具选项栏中有不 样式"下拉列表，用户可以根据需要进行选择。

图 9-14　"历史记录艺术画笔"工具属性栏

- 模式：用于选择绘画的混合模式。
- 样式：其中有 10 种可供选择的笔触，带有笔触正是与历史记录画笔的区别之处。
- 区域：用来设置被笔触覆盖的面积的大小，值越大，覆盖区域越大，笔触的数量也越多。
- 容差：用来限制画笔绘制的范围。

"历史记录艺术画笔"工具的使用方法与"历史记录画笔"工具相似，这里不再介绍，请用户自行练习。

9.2　动作基本操作

一般情况下，一次操作只能对一个文件执行一个命令。但是，运用 Photoshop CS2 提供的"动作"面板，可以仅通过一次或极少数的操作，就能对其他需要相同操作的图像进行多个命令的处理。因此，对于从事图像处理复杂性较强、重复较多的设计人员来讲，学好本节的内容，将为工作带来极大的便捷。

9.2.1　动作概述

处理图像时，经常需要对多幅图像进行相同的操作。如果对每幅图像均执行相同的操作，将耗费大量的时间。可以将完成这些处理的所有步骤都用动作记录下来，然后将所有的图像存放在一个目录下，利用批处理功能将使用同一操作的大批量文件的操作交给计算机自动化处理。因此，使用动作功能可以简化图像编辑的操作，提高工作效率。

动作中可以包含停止功能，方便用户执行无法记录的任务。动作中也可以包含模态控制，播放动作时，用户可以在对话框中输入需要的值。

动作的创建、记录、执行和编辑等操作都是通过"动作"面板来进行的。选择"窗口"→"动作"命令，或者按【F9】键，均可显示出"动作"面板，如图 9-15 所示。

"动作"面板有两种显示方式，即列表模式和按钮模式，按钮模式如图 9-16 所示。在列表模式中，序列被展开后显示动作，动作被展开后显示命令，而命令被展开后显示记录的参数值。

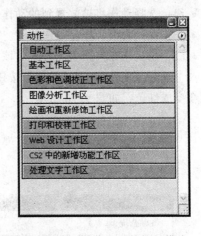

图 9-15　"动作"面板列表模式　　　　　图 9-16　"动作"面板按钮模式

列表模式下的"动作"面板介绍如下：

- 动作动作：默认设置下只有一个"默认动作"序列，其中包含一组动作的集合。
- 切换项目开/关：如果序列前被打勾，并呈黑色显示时，表示该序列中的所有动作和命令可执行；如果勾号呈现红色显示，表示该序列中的部分动作或命令不能执行；若没有打勾，则表示该序列中的所有动作都不能执行。
- "停止播放/记录"按钮：当录制动作时单击此按钮，停止录制；当播放动作时，单击此按钮停止播放。
- "开始记录"按钮：单击该按钮，按钮显示为红色，系统进入动作录制状态，单击停止按钮可退出录制状态，当新建一个"动作"时，记录按钮自动按下并显示红色，表示自动进入录制状态。

- "播放选定的动作"按钮▶：单击该按钮，可对当前图像执行已被选择的动作。
- "创建新组"按钮▢：用于新建一个动作序列，用户可在弹出的对话框中输入序列名称，也可忽略使用默认名称。
- "创建新动作"按钮▢：单击该按钮，可在当前序列下产生一个新的动作，录制按钮自动进入录制状态。
- "删除"按钮▨：用于删除选定的动作组、动作序列或者一个展开的动作。

9.2.2 动作的录制与播放

在 Photoshop CS2 中，动作的录制与播放如同生活中的录像机，它可以把对图像的处理过程录制下来，然后通过播放操作，把同样的处理效果应用到另外的图像中。

1．创建和录制动作

创建和录制动作的操作步骤如下：

（1）打开一个图像文件。

（2）在"动作"面板中，单击"创建新组"按钮▢，将创建一个新的动作组。

（3）单击"创建新动作"按钮▢，打开"新建动作"对话框，如图 9-17 所示。

- 名称：默认为"动作 1"，用户可以在其文本框中输入新的动作名。
- 组：选择动作将被放置到的动作组。
- 功能键：为新动作定义快捷键。
- 颜色：指定在按钮显示方式时该动作对应的颜色。

（4）设置完成后，单击"记录"按钮，进入录制状态，这时，"动作"面板中的"开始记录"按钮会变成红色，如图 9-18 所示。

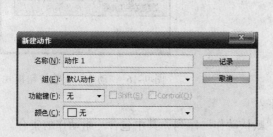

图 9-17 "新建动作"对话框

图 9-18 录制动作状态

（5）用户在图像窗口中所做的一切操作，均记录在了动作中。单击"停止记录"按钮，将停止记录动作。

> **提示**：在记录动作之前，最好先打开一幅图像，否则动作会将打开操作也记录到动作中。

动作创建完成后，如果想保存动作在将来的工作中使用，可以在"动作"面板控制菜单中选择"存储动作"命令，对动作进行存储。

对已经保存的动作也可以加载进来反复使用。如果动作文件存储在硬盘上，可以在"动作"面板菜单中选择"载入动作"命令载入，载入动作的过程，就像打开一个图像文件一样，找到存储的文件夹，双击就可以了。

2．插入菜单项目

录制动作时，有些命令没有被录制下来，这些命令包括绘画工具、上色工具、工具选项、视图命令等。对于这些命令，可以在动作录制过程中或动作录制完成后，将它们插入"动作"面板中。

在"动作"面板中，选择要插入命令的位置。如果选择的是某一动作名称，菜单项目将插入到该动作的结尾；如果选择的是某一命令，菜单项目将插入到命令的结尾。选择"动作"面板菜单中的"插入菜单项目"命令，弹出"插入菜单项目"对话框，如图 9-19 所示，单击"确定"按钮后，即可插入需要的命令。

图 9-19　"插入菜单项目"对话框

插入的命令直到播放动作时才被执行，因此插入命令的任何值都不记录在动作中。如果命令有对话框，在回放期间将显示该对话框，并且暂停动作，直到设置完成为止。

3．插入停止

用户可以在动作中插入停止，使动作执行时暂时中断，以便执行一个不能被记录的操作，操作完后单击"执行"按钮，将继续执行被中断的操作。

具体方法是，首先在"动作"面板中选择要插入停止的位置，选择"动作"面板菜单中的"插入停止"命令，弹出如图 9-20 所示的对话框。

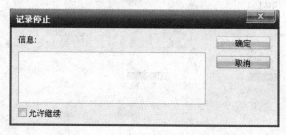

图 9-20　"记录停止"对话框

其中各项的含义如下：

- 信息：可在文本框中输入简短的信息，来提示用户在继续执行动作之前，所要进行的操作。当动作执行到该点时，将弹出消息框来提示用户。
- 允许继续：选择该复选框，执行动作时，系统在弹出的消息框中有一个"继续"按钮，单击该按钮可以继续执行操作。

设置完成后，单击"确定"按钮，"停止"就被添加到动作中去了。

4．播放动作

在打开的图像文件中播放动作时，如果要播放整个动作或某一条动作，选择播放的动作名称，然后单击"播放"按钮 ▶，或者从面板菜单中选择"播放"命令。播放动作时，Photoshop CS2 会根据创建动作时所记录的命令顺序依次执行动作中的所有命令，用户也可以从任意命令开始执行，或者只执行单一命令。如果用户打开了"对话"开关 □，还可以在执行命令过程中对该命令重新设置参数。

在动作执行中如果要排除某个命令，可以单击该命令名称左侧的选中标记 ✔，该标记消失后，动作执行时该命令不会被执行。

在动作执行中如果打开了命令的对话框模式开关 □，那么当动作执行到某命令时，将暂停执行动作，并弹出该命令的对话框，用户可以在对话框中修改该命令的参数。

9.3 图像自动批处理

在 Photoshop 中，动作只是针对某一个文件而言，在实际操作中，往往要对多个文件进行动作处理，这就需要用到批处理功能。所谓批处理功能，是指对同一个文件夹中的所有文件进行成批次的动作处理。

选择"文件"→"自动"→"批处理"命令，打开"批处理"对话框，如图 9-21 所示。

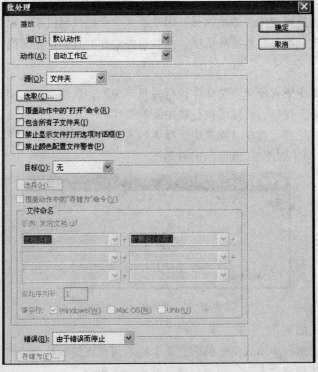

图 9-21 "批处理"对话框

其中各项的含义如下：
- 组：用于选择动作组，此选项取决于在"动作"面板中加载的动作组合，只有在"动作"

面板中重新加载了动作组才可以选择，否则只有选择"默认动作"选项。

- 动作：用于选择要执行的动作组合。因为在一个动作组中可以包含很多的动作。
- 源：用于选择要处理的文件来源，可以是一个文件夹中的所有文件，也可以是输入或打开的图像。
- 覆盖动作中的"打开"命令：选择该复选框，可以忽略动作中的"打开"命令。
- 包含所有子文件夹：选择此复选框，可以对文件夹中的所有子文件执行相同的动作。
- 禁止显示文件打开选项对话框：选择此复选框可以禁止打开文件选项对话框。
- 禁止颜色配置文件警告：选择此复选框，可以禁止颜色警告。
- 目标：用于设置文件处理后的存储方式，有三种方式："无"对处理后的文件不进行任何保存，只将文件打开并放置在 Photoshop 界面中；"存储并关闭"将文件保存在原路径中并关闭；"文件夹"可将处理后的文件保存在新的文件夹中，单击下面的"选择"按钮可以为新文件夹指定存储的路径。
- 覆盖动作中的"存储为"命令：选择此复选框，可以忽略动作中的"存储为"命令。
- 错误：在此下拉列表框中提供了遇到错误时的两种方案，一是"遇到错误时停止"；二是"遇到错误时保存"。

下面运用批处理功能为多幅图片添加同样的边框效果，从而体验图像自动批处理的工作原理。

（1）首先打开需要处理的多幅图像文件，这里选择四幅图像。

（2）在"动作"面板中确定要执行的动作，这里使用 Photoshop CS2 内置动作——"画框"组中"浪花形画框"。

（3）选择"文件"→"自动"→"批处理"命令，打开"批处理"对话框，从中设置选项："组"选择"画框"；"动作"选择"浪花形画框"；"源"选择"打开的文件"。

（4）设置完成后，单击"确定"按钮，四幅打开的图像应用了同样的处理效果，如图 9-22～图 9-25 所示。

图 9-22　图像 1

图 9-23　图像 2

图 9-24　图像 3

图 9-25　图像 4

9.4 应 用 实 例

本节通过两个应用实例的介绍，使用户进一步掌握动作的操作方法，并从中体会动作在实际工作中的具体应用。

9.4.1 快速制作网状圆环

本实例运用动作的原理编辑一个网状圆环，在制作过程中应用到了"波浪"滤镜和"极坐标"滤镜。

（1）新建一个大小 400 像素 × 400 像素、分辨率为 300、RGB 模式的白色图像文件。

（2）新建"图层 1"，选择"铅笔"工具，在其选项栏中设置笔尖主直径为 5px，然后在图像窗口绘制一条蓝色水平直线。

（3）选择"滤镜"→"扭曲"→"波浪"命令，在弹出的对话框中设置各项参数，如图 9-26 所示。

（4）单击"确定"按钮，绘制的直线出现了扭曲波浪效果，如图 9-27 所示。

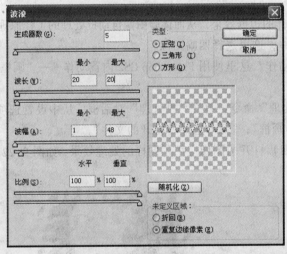

图 9-26 "波浪"滤镜参数设置　　　　　图 9-27 波浪曲线效果

（5）单击"动作"面板中的"创建新组"按钮■，新建一个动作组 1，单击"创建新动作"按钮创建动作 1。

（6）在"图层"面板中选中"图层 1"，并将其拖到"创建新图层"按钮上，将复制生成"图层 1 副本"层，此时，"动作"面板记录了复制的操作。

（7）使用"移动"工具，并按向右的方向键四次，略向右移动复制的波浪曲线，效果如图 9-28 所示。

（8）合并图层。将"图层 1"和"图层 1 副本"层合并生成新的"图层 1"，此时的"动作"面板如图 9-29 所示。

提示：在开始录制动作过程中，不要执行任何其他命令，否则达不到预期效果。

（9）单击"动作"面板下方的"停止播放/记录"按钮，停止动作的录制。

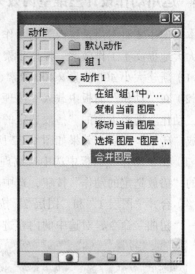

图 9-28　移动曲线　　　　　　　　图 9-29　录制的动作

（10）接下播放录制的动作。单击"动作"面板中的"动作 1"，再反复单击"动作"面板下方的"播放选定的动作"按钮，每单击一次，便执行一次录制的动作，直到出现如图 9-30 所示效果图为止。

（11）将背景层之外的其他图层合并为"图层 1"，把"图层 1"中得到的图形移动到整个图像的中心位置，使用"矩形选框"工具在图像中创建一个羽化值为 0 的正方形选区，并使其与"图层 1"中的图形中心对齐。

（12）按【Ctrl+Shift+I】组合键，将选区反选，按【Delete】键删除选区内的图像，之后，再将选区反选。

（13）选择"滤镜"→"扭曲"→"极坐标"命令，在弹出的"极坐标"对话框中选择"平面坐标到极坐标"单选按钮，单击"确定"按钮，选区中的图形变为圆环状，至此，网状圆环制作完成，如图 9-31 所示。

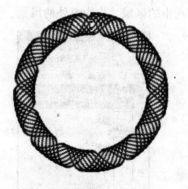

图 9-30　播放动作得到的效果　　　　图 9-31　圆环效果图

9.4.2 运用动作设计三维室内效果图

本实例主要是引用系统内置的动作来完成三维室内的设计，使用动作功能可以简化制作过程，大大地提高了工作效率。操作步骤如下：

（1）新建大小 400 像素×400 像素、RGB 模式的白色图像文件。

（2）在"动作"面板中载入"纹理"动作序列，将其展开并从中选择"砖墙"动作，然后单击"动作"面板下面的"播放选定的动作"按钮，选中的动作直接应用到图像文件中，并自动生成"砖墙"图层，效果如图 9-32 所示。

（3）在"动作"面板中选中"纹理"序列之下的"木质-松木"动作，单击"动作"面板下面的"播放选定的动作"按钮，选中的动作将应用到"图层 1"和"图层 2"中。

（4）合并"图层 1"和"图层 2"按【Ctrl+A】组合键全选"图层 2"，选择"编辑"→"变换"→"扭曲"命令，对选中的内容进行变换成如图 9-33 所示效果，作为三维室内的地面。

图 9-32 播放"砖墙"动作　　　　　　图 9-33 变换效果

（5）在"动作"面板中选中"纹理"序列之下的"夕阳余辉"动作，单击"播放选定的动作"按钮，将动作应用到图像中，此时的"图层"面板如图 9-34 所示。

（6）按【Ctrl+A】组合键全选"夕阳余辉"层，选择"编辑"→"变换"→"缩放"命令，缩小选中的区域，作为窗外的风景，如图 9-35 所示。

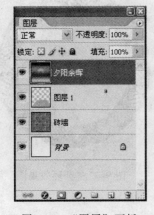

图 9-34 "图层"面板　　　　　　图 9-35 缩小图片

（7）使用"矩形选框"工具创建如图 9-36 所示的选区。在"动作"面板中选中"纹理"序列之下的"直纹红木 1"动作，单击"播放选定的动作"按钮，为选区添加红木效果的纹理。

（8）为三维室内添加窗帘。新建一个图层，使用前面所学的绘制工具绘制任意样式的窗帘，并将窗帘所在层的不透明度设置的小些，效果如图 9-37 所示。

图 9-36　创建的矩形条选区　　　　　　图 9-37　添加窗帘效果

（9）打开一幅水果图像文件，如图 9-38 所示。

（10）选中水果所在的图层，打开"动作"面板，使用"无光铅画框"动作为打开的图像添加画框，效果如图 9-39 所示。

图 9-38　打开的图像　　　　　　　图 9-39　为图片添加画框

（11）拼合图层，选择"选择"→"全选"命令选中画框，将其复制并粘贴到"三维室内设计"文件中。选择"编辑"→"变换"→"扭曲"命令对复制的画框变换处理，使其挂在室内的墙壁上。

（12）接下来需要用户为室内增加一些摆设，摆设可以引用以前自己的作品，也可以现做，由于篇幅所限，这里不再一一介绍，三维室内最终效果如图 9-40 所示。

其实，三维室内图的绘制并非一定引用动作，徒手绘制效果会更好些，下面为用户提供了一个徒手绘制的三维室内设计图供用户参考，如图 9-41 所示。

通过本实例的制作，希望用户灵活运用系统内置的动作，并勤于思考，多加练习，以便设计出不同风格的三维室内效果。

图 9-40 三维室内效果图

图 9-41 三维室内效果图

9.5 实 训

一、实训目的

- 掌握"历史记录"面板、历史记录画笔和历史记录艺术画笔的使用
- 了解动作的工作原理
- 掌握动作最基本的操作
- 掌握图像自动批处理的原理与具体操作

二、实训内容

1. 定义动作，将 RGB 模式的图像转换为 CMYK 模式。
2. 新建一幅图像文件，使用文本工具在画布中输入文字"Photoshop CS2"，然后为其添加"水中倒映"动作效果。
3. 打开三幅图像，使用图像自动批处理命令，为它们添加滴溅形画框。
4. 快速制作包装纸效果。

　　提示：礼品店中有许多样式各异的包装纸，并且每张纸上整齐地印刷着许多个相同的图案，用 Photoshop 的"图片包"功能，可以快速地将一张图片自动处理成包装纸的效果。打开一幅要处理的图像，如图 9-42 所示，选择"文件"→"自动"→"图片包"命令，在弹出的对话框中可以设置要处理的文件、文档的大小、分辨率及文档的布局等内容，设置完成后，单击"确定"按钮，系统会根据设置自动处理成一张漂亮的包装纸效果图，如图 9-43 所示。

图 9-42 打开的图片

图 9-43 包装纸效果图

5. 引用动作制作胶卷相框。

　　提示： 先录制一个"胶卷相框"动作，动作播放效果如图 9-44 所示。然后为打开的照片应用"胶卷相框"动作，制作的胶卷相框效果如图 9-45 所示。

图 9-44 "胶卷相框"动作播放效果　　　　图 9-45 胶卷相框效果图

习　　题

一、填空题

1. "历史记录"面板能够将关键性的操作以＿＿＿＿＿的形式保存下来，为以后＿＿＿＿＿提供了很大方便，并且它不会随着＿＿＿＿＿的删除而消失。

2. 动作是指＿＿＿＿＿，动作文件的扩展名为＿＿＿＿＿。

3. 动作的操作都在"动作"面板中进行，选择＿＿＿＿＿中＿＿＿＿＿命令可以显示"动作"面板。

4. 选择"动作"面板菜单中的"插入菜单项目"命令，可在动作中的指定位置＿＿＿＿＿。

5. ＿＿＿＿＿按钮用于记录一个新动作，处于记录状态时，该按钮呈＿＿＿＿＿显示。

二、选择题

1. 按＿＿＿＿＿键单击"动作"面板中的动作名称，可以同时执行同一序列内多个不连续的动作。

　　A.【Shift】　　　　B.【Ctrl】　　　　C.【Alt】　　　　D.【Esc】

2. 下列不属于编辑动作的是＿＿＿＿＿＿。

　　A. 修改动作　　　　B. 创建动作　　　　C. 复制动作　　　　D. 删除动作

3. "动作"面板中各操作步骤左侧的"切换对话开/关"图标的含义是＿＿＿＿＿＿。

　　A. 设置步骤是否显示　　　　　　　　B. 设置步骤的执行与否

　　C. 打开对话框进行设置　　　　　　　D. 以上都不对

三、简答题

1. "历史"面板的功能是什么？"历史记录画笔"工具的作用是什么？

2. 动作的基本功能有哪些？

3. 说明在动作中插入暂停命令的意义。

4. 何谓批处理功能？如何使用批处理功能？

第 10 章 滤 镜

滤镜是 Photoshop CS2 非常强大的特色工具，它能够在强化图像效果的同时遮盖图像的缺陷，并对图像进行优化。充分而适度地利用好滤镜不仅可以改善图像效果、掩盖缺陷，还可以在原有图像的基础上产生许多出神入化、绚丽多采的效果。

本章要点：

- 滤镜概述
- 使用内置滤镜
- 安装外挂滤镜

10.1 滤 镜 概 述

滤镜来源于摄影中的滤光镜，应用滤光镜的功能可以改进图像和产生特殊效果。滤镜的工作原理是先分析图像的像素值，然后通过计算使这些像素产生位移或者增减颜色值等。通过滤镜的处理，可以为图像加入纹理现象、变形处理、艺术风格和光照等多达百种的特效，让平淡无奇的图片瞬间脱胎换骨。

1．使用滤镜

Photoshop CS2 中的滤镜均按分类放置在"滤镜"菜单中，使用时只需要从该菜单中执行相应的滤镜命令即可，如图 10-1 所示。

添加滤镜效果的操作非常简单，但是真正应用起来却较难恰到好处，这就需要用户即具有一定的美术功底，又熟练掌握滤镜的应用效果，并且还需要具有丰富的想象力。另外，滤镜通常需要与通道、图层等联合起来使用，这样会取得更好的艺术效果。所以，要想更有效地使用滤镜功能，就必须在实际工作和学习中多运用，从而在实践中积累更多的经验，创作出令人满意的艺术作品。滤镜的一般使用步骤如下：

（1）打开一幅需要添加滤镜效果的图像文件，在"图层"面板中选择目标图层，也可以选择图像中的部分区域。

（2）单击"滤镜"菜单中的滤镜组选项，打开相应的子菜单，若滤镜命令后面不带"..."，系统将直接修饰图像，不需要进行参数的设置；若滤镜命令后面带"..."，会打开一个对话框，让用户对滤镜的参数进行设置。

（3）设置完毕，单击"确定"按钮，系统将根据用户设置的参数为选择的内容添加相应的滤镜效果。

提示： Photoshop CS2 可以针对选区进行滤镜效果处理，如果没有定义选区，则默认为对整个图像进行操作；如果当前选择的操作对象为某一层或是某一个通道，则只对当前可视图层或通道起作用。

抽出(X)...	Alt+Ctrl+X
滤镜库(G)...	
液化(L)...	Shift+Ctrl+X
图案生成器(P)...	Alt+Shift+Ctrl+X
消失点(V)...	Alt+Ctrl+V
像素化	▶
扭曲	▶
杂色	▶
模糊	▶
渲染	▶
画笔描边	▶
素描	▶
纹理	▶
艺术效果	▶
视频	▶
锐化	▶
风格化	▶
其它	▶
Digimarc	▶

图 10-1 "滤镜"菜单

2．预览滤镜

给图像添加滤镜时，为了达到理想添加效果，往往需要及时预览滤镜效果，及时修正所设置的参数，以提高工作效率。

预览图像的滤镜效果主要有以下两种方式：一种方式是在"滤镜"预览框中预览，即打开滤镜对话框后，在其左上部有个预览框，用来显示设置参数后的滤镜效果；另一种方式是在 Photoshop CS2 图像窗口内预览，选中滤镜对话框中的"预览"复选框，每设置一种参数，都将在 Photoshop CS2 的图像窗口内及时显示滤镜效果。

提示： 通过预览框预览图像效果时，预览框的下方有两个按钮，分别是用来放大 ± 或缩小 − 预览图像的显示比例。或者，按【Ctrl】键的同时单击预览框可以放大显示比例，按【Alt】键的同时单击预览框可以缩小显示比例。当预览框中的图像不能全部被显示时，将鼠标移动到预览框之上，此时鼠标指针变为手形，单击并拖动鼠标即可移动预览框中的图像。

3．重复和复位滤镜

设置滤镜效果后，在"滤镜"菜单的第一行将出现刚才使用过的滤镜，选择该菜单命令，或者按【Ctrl+F】组合键，将直接添加相同的滤镜效果。如果按【Ctrl+Alt+F】组合键，将重新打开最近执行的滤镜对话框，再次设置相关的参数。

在设置滤镜参数的对话框中，按住【Alt】键时，对话框中的"取消"按钮会变为"复位"按钮，单击"复位"按钮可将滤镜设置恢复到默认的状态。

4．栅格化矢量图层

滤镜只能用于像素图层，对文字图层和形状图层等矢量图层应用滤镜效果时，会弹出一个提示信息对话框，提示必须进行栅格化之后才能应用滤镜特效，如图 10-2 所示，单击"确定"按钮即可栅格化图层。栅格化图层之后，文字和形状就转化为位图图像，不能再用处理矢量图形的方法进行编辑和修改。

图 10-2　提示信息对话框

5．应用滤镜实例

下面以"波汶"滤镜为例，介绍滤镜的应用效果和使用滤镜的技巧。

（1）打开一幅图像，如果只希望对图像的局部执行滤镜，首先需要使用选取工具选取局部区域，如图 10-3 所示。

（2）选择"滤镜"→"扭曲"→"波汶"命令，打开"波汶"对话框，如图 10-4 所示。拖动"数量"滑块或者直接输入一个值，来设置波汶的方向和程度。

（3）设置完毕，单击"确定"按钮即可应用滤镜，效果如图 10-5 所示。

图 10-3　选取图像　　　　　图 10-4　"波汶"对话框　　　　图 10-5　应用"波汶"滤镜

提示：只有 RGB 色彩模式和灰度模式的图像才能顺利应用所有滤镜效果；CMYK 和 Lab 模式的图像文件，只有部分滤镜可以应用；位图和索引模式的图像，不能应用滤镜效果。

一些滤镜效果需要有很大的内存，尤其是在应用于高分辨率图像的情况下，执行滤镜时需要很长的时间。可以通过以下三种方法来解决这些问题：第一，先对图像的一小部分试用滤镜，再对整个图像执行滤镜效果；第二，如果图像太大且内存不足，先对单个通道应用滤镜效果，再对 RGB 通道使用滤镜；第三，在低分辨率的文件备份上先试用滤镜，记录下所用的滤镜和设置，再对高分辨率原图应用此滤镜效果。

通过前面的介绍，用户对滤镜的使用方法基本掌握，另外，在前面章节的应用实例中也使用过许多滤镜，只是不同的滤镜参数设置不同。对于本章所介绍的其他滤镜，由于篇幅所限，只介绍滤镜的功能，列出应用滤镜前后的效果图，应用滤镜的过程不再一一说明，希望用户勤于思考，多多练习。

10.2　像素化滤镜组

使用"像素化"滤镜可将图像的像素分块或平面化。这类滤镜常常会使原图像变得面目全非。

1．彩块化滤镜

"彩块化"滤镜可使纯色或相近颜色的像素结成相近颜色的像素块。 可以使用此滤镜使扫描的图像看起来像手绘图像，或使现实主义图像类似抽象派绘画。应用滤镜前后效果如图 10-6 和图 10-7 所示。

图 10-6　原图片

图 10-7　应用"彩块化"滤镜

2．彩色半调滤镜

"彩色半调"滤镜可以模拟在图像的每个通道上使用放大的半调网屏的效果。对于每个通道，"彩色半调"滤镜将图像划分为矩形，并用圆形替换每个矩形，圆形的大小与矩形的亮度成比例。应用"彩色半调"滤镜后的效果如图 10-8 所示。

3．晶格化滤镜

"晶格化"滤镜可以将相近的有色像素集中到一个像素的多角形网格中，以使图像清晰化。应用"晶格化"滤镜后的效果如图 10-9 所示。

图 10-8　应用"彩色半调"滤镜

图 10-9　应用"晶格化"滤镜

4．点状化滤镜

"点状化"滤镜可将图像中的颜色分解为随机分布的网点，如同点状化绘画一样，并使用背景色填充网点之间的缝隙。应用"点状化"滤镜后的效果如图 10-10 所示。

5．碎片滤镜

"碎片"滤镜可以创建选区中像素的四个副本，将它们平均并使其相互偏移，使图像产生重叠位移的效果。应用"碎片"滤镜后的效果如图 10-11 所示。

图 10-10 应用"点状化"滤镜　　　　　　　图 10-11 应用"碎片"滤镜

6．铜版雕刻滤镜

"铜版雕刻"滤镜将图像转换为黑白区域的随机图案或彩色图像中完全饱和颜色的随机图案。对图像使用各种点状、线条或描边效果。应用"铜版雕刻"滤镜效果如图 10-12 所示。

7．马赛克滤镜

"马赛克"滤镜可以把具有相似颜色的像素合成更大的方块，并按原图规则排列，模拟出马赛克效果。应用"马赛克"滤镜后的效果如图 10-13 所示。

图 10-12 应用"铜版雕刻"滤镜　　　　　　图 10-13 应用"马赛克"滤镜

10.3　扭曲滤镜组

"扭曲"滤镜组通过移动图像中的像素，能获得波纹、扩散、拉伸、扭曲、抖动等变形效果。

1．切变滤镜

"切变"滤镜可以按照用户自定义的曲线来扭曲图像，其曲线的编辑如同前面介绍的"曲线"色彩调整命令。应用"切变"滤镜前后效果如图 10-14 和图 10-15 所示。

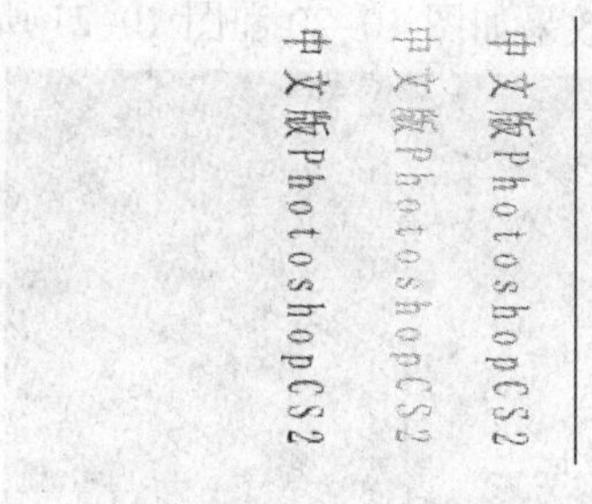

图 10-14 原图片

图 10-15 应用"切变"滤镜

2. 扩散亮光滤镜

"扩散亮光"可将图像渲染成像是透过一个柔和的扩散滤镜来观看的。 此滤镜将透明的白杂色添加到图像，并从选区的中心向外渐隐亮光。应用"扩散亮光"滤镜前后效果如图 10-16 和图 10-17 所示。

图 10-16 原图片

图 10-17 应用"扩散亮光"滤镜

3. 挤压滤镜

"挤压"滤镜可以使图像的中心产生凸起或凹陷的效果。数值为正值时，图像向里凹陷；数值为负值时，图像向外凸出。应用"挤压"滤镜前后效果如图 10-18 和图 10-19 所示。

图 10-18 原图片

图 10-19 应用"挤压"滤镜

4. 旋转扭曲滤镜

"旋转扭曲"滤镜可以让选区产生旋转效果，中心的旋转程度比边缘的旋转程度大。 指定角度时可生成旋转扭曲图案。应用"旋转扭曲"滤镜前后效果如图 10-20 和图 10-21 所示。

图 10-20 原图片

图 10-21 应用"旋转扭曲"滤镜

5．极坐标滤镜

"极坐标"滤镜可以将选区从平面坐标转换到极坐标，或将选区从极坐标转换到平面坐标。打开的原图如图 10-22 所示，在"极坐标"对话框中选择"从平面坐标转换到极坐标"单选按钮后，应用滤镜效果如图 10-23 所示；选择"从极坐标转换到平面坐标"单选按钮后，应用滤镜效果如图 10-24 所示。

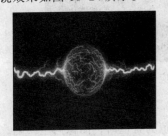
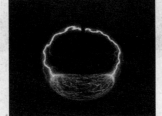

图 10-22 原图片　　图 10-23 从平面坐标转换到极坐标　图 10-24 从极坐标转换到平面坐标

6．水波滤镜

"水波"滤镜可以将图像中的颜色像素，按同心环状由中心向外排布，效果如同荡起阵阵涟漪的湖面。应用"水波"滤镜前后效果如图 10-25 和图 10-26 所示。

图 10-25 原图片

图 10-26 应用"水波"滤镜

7. 波浪滤镜

"波浪"滤镜可以根据用户设置的不同波长产生不同的波动效果。应用"波浪"滤镜后的效果如图 10-27 所示。

8. 波纹滤镜

"波纹"滤镜在选区上创建波状起伏的图案，像水池表面的波纹。应用"波纹"滤镜后的效果如图 10-28 所示。

图 10-27 应用"波浪"滤镜

图 10-28 应用"波纹"滤镜

9. 海洋波纹滤镜

"海洋波纹"滤镜可以模拟海洋表面的波纹效果，其波纹比较细小，且边缘有很多抖动。此滤镜不能应用于 CMYK 和 Lab 模式的图像。应用"海洋波纹"滤镜后的效果如图 10-29 所示。

10. 玻璃滤镜

"玻璃"滤镜使图像看起来像是透过不同类型的玻璃来观看的。此滤镜不能应用于 CMYK 和 Lab 模式的图像。应用"玻璃"滤镜后的效果如图 10-30 所示。

图 10-29 应用"海洋波纹"滤镜

图 10-30 应用"小镜头"纹理类型的玻璃滤镜

11．球面化滤镜

"球面化"滤镜是通过将选区折成球形、扭曲图像以及伸展图像以适合选中的曲线，使对象具有 3D 效果。应用"球面化"滤镜前后的效果分别如图 10-31 和图 10-32 所示。

图 10-31　原文字　　　　　　　　　　　　　　　图 10-32　应用"球面化"滤镜

12．置换滤镜

"置换"滤镜根据位移图中像素的不同色调值来对图像进行变形，从而产生不定方向的位移效果。该滤镜的变形、扭曲效果无法准确地预测，这是因为它需要使用到两幅图像文件才能完成。一个是进行移置变形的图像文件，另一个则是决定如何进行变形的文件。图像文件格式必须是 PSD 文件。图 10-33 是打开的原图，图 10-34 是置换图，图 10-35 是应用"置换"滤镜后的效果图。

图 10-33　打开的图片　　　　　图 10-34　置换图　　　　　图 10-35　应用"置换"滤镜

13．镜头校正滤镜

"镜头校正"滤镜可以校正普通相机的镜头变形失真的缺陷，例如桶状变形、枕形失真、晕影和色差等。

桶形失真是一种镜头缺陷，它会导致直线向外弯曲到图像的外缘；枕形失真的效果相反，直线会向内弯曲；晕影是图像的边缘（尤其是角落）会比图像中心暗；色差显示为对象边缘的一圈色边，它是由于镜头对不同平面中不同颜色的光进行对焦而导致的。用户也可以使用该滤镜来旋转图像，或修复由于相机垂直或水平倾斜而导致的图像透视现象。相对于使用"变换"命令，此滤镜的图像网格使得这些调整可以更为轻松精确地进行。应用"镜头校正"滤镜前后的效果分别如图 10-36 和图 10-37 所示。

图 10-36 原图像

图 10-37 应用·"镜头校正"滤镜

10.4 杂色滤镜组

"杂色"滤镜组很大程度上用于修正并完善图像显示效果，如修饰扫描图像中的斑点和划痕。它们可以捕捉图像或选区中相异的像素，并将其融入周围的图像中去。

1．中间值滤镜

"中间值"滤镜是通过混合选区中像素的亮度来减少图像的杂色。"中间值"滤镜搜索像素选区的半径范围以查找亮度相近的像素，扔掉与相邻像素差异太大的像素，并用搜索到的像素的中间亮度值替换中心像素。应用"中间值"滤镜前后的效果分别如图 10-38 和图 10-39 所示。

图 10-38 原图片

图 10-39 应用"中间值"滤镜

2．减少杂色滤镜

"减少杂色"滤镜又称降噪滤镜，使用该滤镜可以减少在弱光或高 ISO 值情况下拍摄的照片中的粒状杂点。它还有助于去除 JPEG 图像压缩时产生的杂点。应用"减少杂色"滤镜前后的效果分别如图 10-40 和图 10-41 所示。

 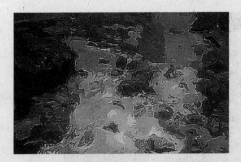

图 10-40　原图片　　　　　　　　　图 10-41　应用"减少杂色"滤镜

3．去斑滤镜

"去斑"滤镜可以检测图像边缘颜色变化较大的区域，通过模糊去除边缘以外的其他部分以起到消除杂色的作用。该模糊操作会移去杂色，但不损失图像的细节。在使用时需要多次重复操作才能看出效果。应用"去斑"滤镜前后的效果分别如图 10-42 和图 10-43 所示。

图 10-42　原图片　　　　　　　　　图 10-43　应用"去斑"滤镜

4．添加杂色滤镜

"添加杂色"滤镜将随机像素应用于图像，模拟在高速胶片上拍照的效果。 也可以用来减少羽化选区或渐进填充中的条纹，或使经过重大修饰的区域看起来更真实，以掩饰图像被人工修改过的痕迹。应用"添加杂色"滤镜后的效果如图 10-44 所示。

5．蒙尘与划痕滤镜

"蒙尘与划痕"滤镜可以搜索图像或选区中的缺陷，然后对局部进行模糊，将其融合到周围的像素中去，可用于修改图像的细小缺陷。应用"蒙尘与划痕"滤镜后的效果如图 10-45 所示。

图 10-44　应用"添加杂色"滤镜　　　　图 10-45　应用"蒙尘与划痕"滤镜

10.5 模糊滤镜组

"模糊"滤镜组可以用来均化处理图像内颜色变化较大的区域，弱化相邻像素间的饱和度、对比度和清晰度，以达到掩盖图像的缺陷或创造出特殊效果的作用。该滤镜还可以给图像增加具有速度感的运动效果，是高级设计师最青睐的滤镜之一。

1. 动感模糊滤镜

"动感模糊"滤镜以特定的方向和强度来处理图像的模糊效果，效果类似于以固定的曝光时间给一个移动的对象拍照。添加"动感模糊"滤镜前后的效果如图 10-46 和图 47 所示。

图 10-46 原图片　　　　　　　　　图 10-47 应用"动感模糊"滤镜

2. 平均滤镜

"平均"滤镜是找出图像或选区的平均颜色，然后用该颜色填充图像或选区以创建平滑的外观，模糊后的图像出现单一色彩。例如，如果选择了天空，那么使用该滤镜可将整个区域变成平滑的蓝色，

3. 形状模糊滤镜

"形状模糊"滤镜使用指定的图形作为模糊中心进行模糊。添加"形状模糊"滤镜前后的效果如图 10-48 和图 10-49 所示。

图 10-48 原图片　　　　　　　　　图 10-49 应用"形状模糊"滤镜

4. 径向模糊滤镜

"径向模糊"滤镜模拟缩放或旋转的相机所产生的模糊，可以达到类似于拍摄旋转物体的相片或图像从中心向四周辐射的效果。添加"径向模糊"滤镜前后的效果如图 10-50 和图 10-51 所示。

图 10-50　原图片　　　　　　　　图 10-51　背景添加"径向模糊"滤镜

5．方框模糊滤镜

"方框模糊"滤镜是基于相邻像素的平均颜色值来模糊图像，用于创建特殊效果。添加"方框模糊"滤镜后的效果如图 10-52 所示。

6．模糊滤镜

"模糊"滤镜可以将图像中有显著颜色变化的地方消除杂色。通过平衡已定义的线条和遮蔽区域的清晰边缘旁边的像素，使图像产生模糊效果来柔化边缘。

7．特殊模糊滤镜

"特殊模糊"滤镜能够产生一种清晰边缘的模糊方式。添加"特殊模糊"滤镜后的图片效果如图 10-53 所示。

8．表面模糊滤镜

"表面模糊"滤镜是保留边缘的同时模糊图像，该滤镜用于创建特殊效果并消除杂色或颗粒。

9．进一步模糊滤镜

"进一步模糊"滤镜主要用于消除图像中有明显颜色变化的杂色。它产生的模糊效果要比"模糊"滤镜强 3～4 倍。

10．镜头模糊滤镜

"镜头模糊"滤镜主要模拟照相机的镜头模糊效果，与"高斯模糊"命令相比，该滤镜处理的图像模糊效果更加真实。添加"镜头模糊"滤镜后的图片效果如图 10-54 所示。

11．高斯模糊滤镜

"高斯模糊"滤镜按指定的"半径"值快速模糊选中的图像像素，产生一种朦胧的效果。

图 10-52 应用"方框模糊"滤镜　图 10-53 应用"特殊模糊"滤镜　图 10-54 应用"镜头模糊"滤镜

10.6 渲染滤镜组

"渲染"滤镜组给用户创建真实三维效果提供更为广阔的空间，用户可以使用这些滤镜创建 3D 形状、云彩图案、折射图案以及模拟光反射效果。

1. 云彩滤镜

"云彩"滤镜的主要作用是用图像的前景色和背景色随机生成柔和的云彩图案。按住【Alt】键再执行该滤镜可以生成较为清晰的云彩纹理。

2. 光照效果滤镜

"光照效果"滤镜可以模拟不同的灯光，使图像产生光照效果。用户可以通过改变 17 种光照样式、3 种光照类型和 4 套光照属性，在 RGB 图像上产生无数种光照效果。 还可以使用灰度文件的纹理（称为凹凸图）产生类似 3D 的效果，并存储自己的样式以在其他图像中使用。添加"光照效果"滤镜前后的效果如图 10-55 和图 10-56 所示。

3. 分层云彩滤镜

"分层云彩"滤镜使用随机生成的介于前景色与背景色之间的值，生成云彩图案。此滤镜将云彩数据和现有的像素混合，其方式与差值模式混合颜色的方式相同。第一次选取此滤镜时，图像的某些部分被反相为云彩图案。 应用此滤镜几次之后，可以创作出与大理石的纹理相似的凸缘与叶脉图案。

4. 镜头光晕滤镜

"镜头光晕"滤镜可以模拟光线照在相机镜头上所产生的反射效果，它通过单击图像缩览图来改变光晕中心的位置。此滤镜不能应用于灰度、CMYK 和 Lab 模式的图像。添加"镜头光晕"滤镜后的图片效果如图 10-57 所示。

5. 纤维滤镜

"纤维"滤镜可以将工具箱中的前景色和背景色相互融合，来模拟植物纤维纹理效果。

图 10-55　原图片　　　图 10-56　应用"光照效果"滤镜效果　　图 10-57 应用"镜头光晕"滤镜

10.7　画笔描边滤镜组

"画笔描边"滤镜组主要模拟使用不同的画笔和油墨笔触进行描绘，产生各种精美的艺术效果。"画笔描边"滤镜组在 CMYK 和 Lab 模式下不能应用。

1．喷溅滤镜

"喷溅"滤镜可模拟喷枪的喷溅的效果。添加"喷溅"滤镜前后的效果如图 10-58 和图 10-59 所示。

图 10-58　原图片　　　　　　　　　　图 10-59　应用"喷溅"滤镜

2．喷色描边滤镜

"喷色描边"滤镜主要是使用图像的主导颜色，用成角的、喷溅的颜色线条重新绘制图像。添加"喷色描边"滤镜后的图片效果如图 10-60 所示。

3．墨水轮廓滤镜

"墨水轮廓"滤镜是以钢笔画的风格，用纤细的线条在原细节上重绘图像。添加"墨水轮廓"滤镜后的图片效果如图 10-61 所示。

图 10-60　应用"喷色描边"滤镜　　　　　图 10-61　应用"墨水轮廓"滤镜

4. 强化的边缘滤镜

"强化的边缘"滤镜可以强化图像的边缘，能给图像赋以材质和纹理。添加"强化的边缘"滤镜前后的效果如图 10-62 和图 10-63 所示。

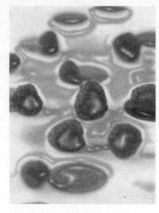 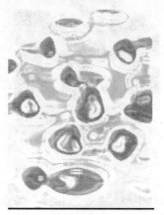

图 10-62　原图片　　　　　　　　　图 10-63　应用"强化的边缘"滤镜

5. 成角的线条滤镜

"成角的线条"滤镜可以用两组互相垂直的线条进行绘画，也可模拟在画布上用油画颜料画出的交叉斜线纹理。添加"成角的线条"滤镜后的图片效果如图 10-64 所示。

6. 深色线条滤镜

"深色线条"滤镜使用短的、绷紧的深色线条绘制暗区；用长的白色线条绘制亮区。添加"深色线条"滤镜后的图片效果如图 10-65 所示。

 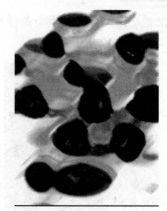

图 10-64　应用"成角的线条"滤镜　　　　　图 10-65　应用"深色线条"滤镜

7. 烟灰墨滤镜

"烟灰墨"滤镜可以绘制日本画的风格，看起来像是用蘸满黑色油墨的湿画笔在宣纸上绘画。添加"烟灰墨滤镜"滤镜后的图片效果如图 10-66 所示。

8. 阴影线滤镜

"阴影线"滤镜可以使图像产生用交叉网格线描绘或雕刻的网状阴影效果，使图像中的彩色区域边缘粗糙化，并保留原图像的细节和特征。添加"阴影线"滤镜后的图片效果如图 10-67 所示。

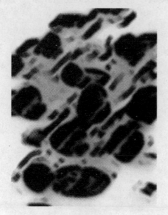

图 10-66　应用"烟灰墨"滤镜　　　　　图 10-67　应用"阴影线"滤镜

10.8　素描滤镜组

"素描"滤镜组中的滤镜可以把预设的纹理添加到图像上，从而使图像具有立体的三维效果，使用这些滤镜还能创建逼真的手绘艺术效果。"素描"滤镜组中的大多数滤镜需要配合工具箱中的前景色和背景色来使用，所以前景色和背景色的设置对此类滤镜起决定性的作用。"素描"滤镜组在 CMYK 和 Lab 模式下不能应用。

1．便条纸滤镜

"便条纸"滤镜可以产生类似浮雕的凹陷压印效果。添加"便条线"滤镜前后的效果如图 10-68 和图 10-69 所示。

图 10-68　原图片　　　　　　　　　图 10-69　应用"便条纸"滤镜

2．半调图案滤镜

"半调图案"滤镜可以将图像处理成用前景色和背景色组成的，带有网点、圆圈或线条的图案。添加"半调图案"滤镜后的图片效果如图 10-70 所示。

3．图章滤镜

"图章"滤镜可以用图像的轮廓做成图章，使图像产生用橡皮或者木制图章印戳的效果。添加"图章"滤镜后的图片效果如图 10-71 所示。

图 10-70　应用"半调图案"滤镜 　　　　　　　　图 10-71　应用"图章"滤镜

4．基底凸现滤镜

"基底凸现"滤镜可以根据图像的轮廓，使图像产生一种浅浮雕的效果。图像的暗部呈现前景色，亮部则呈现背景色。添加"基底凸现"滤镜后的图片效果如图 10-72 所示。

5．塑料效果滤镜

"塑料效果"滤镜使用前景色和背景色为图像着色，让暗区凸起，亮区凹陷，使图像产生浅浮雕的效果。添加"塑料效果"滤镜后的图片效果如图 10-73 所示。

图 10-72　应用"基底凸现"滤镜 　　　　　　　　图 10-73　应用"塑料效果"滤镜

6．影印滤镜

"影印"滤镜可以模拟影印图像的效果，图像的主要轮廓用前景色勾勒，其余部分使用背景色。添加"影印"滤镜后的图片效果如图 10-74 所示。

7．撕边滤镜

"撕边"滤镜可以用前景色和背景色绘制图像，并在颜色的分界处形成毛边效果。添加"撕边"滤镜后的图片效果如图 10-75 所示。

图 10-74 应用"影印"滤镜

图 10-75 应用"撕边"滤镜

8．水彩画纸滤镜

"水彩画纸"滤镜可以产生一种在潮湿的纤维纸上作画的效果，在颜色的边界上可以看到明显的颜料的浸润。添加"水彩画纸"滤镜后的图片效果如图 10-76 所示。

9．炭笔滤镜

"炭笔"滤镜可以使图像表现出使用炭笔绘制的效果，边缘用粗线绘制，中间调用对角线条绘制，炭笔是前景色，纸张是背景色。添加"炭笔"滤镜后的图片效果如图 10-77 所示。

图 10-76 应用"水彩画纸"滤镜

图 10-77 应用"炭笔"滤镜

10．炭精笔滤镜

"炭精笔"滤镜可以模拟使用的浓黑和纯白的炭精笔纹理，在暗区使用前景色，在亮区使用背景色。添加"炭精笔"滤镜后的图片效果如图 10-78 所示。

11．粉笔和炭笔滤镜

"粉笔和炭笔"滤镜可以使图像呈现用粉笔和炭笔绘制的效果，炭笔用前景色绘制，粉笔用背景色绘制。添加"粉笔和炭笔"滤镜后的图片效果如图 10-79 所示。

图 10-78 应用"炭精笔"滤镜

图 10-79 应用"粉笔和炭笔"滤镜

12．绘图笔滤镜

"绘图笔"滤镜用油墨线条来显示图像中的细节，从而模拟铅笔素描。添加"绘图笔"滤镜后的图片效果如图 10-80 所示。

13．网状滤镜

"网状"滤镜用于模仿胶片感光乳剂的受控收缩和扭曲，以使图像的暗部好像被结块，而亮部则出现轻微的颗粒化。添加"网状"滤镜后的图片效果如图 10-81 所示。

14．铬黄渐变滤镜

"铬黄渐变"滤镜可以模拟发光的液体金属效果。添加"铬黄渐变"滤镜后的图片效果如图 10-82 所示。

图 10-80 应用"绘图笔"滤镜

图 10-81 应用"网状"滤镜

图 10-82 应用"铬黄渐变"滤镜

10.9 纹理滤镜组

"纹理"滤镜组中的滤镜主要用于给图像添加各式各样的纹理图案，它们所产生的效果就像其名称一样，为图像创造出一种材质的感觉。"纹理"滤镜组在 CMYK 和 Lab 模式下不能应用。

1．拼缀图滤镜

"拼缀图"滤镜可以将图像拆分成一个个规则排列的小方块，用图像中最显著的颜色填充，产生建筑拼贴瓷砖的效果。添加"拼缀图"滤镜前后的效果如图 10-83 和图 10-84 所示。

图 10-83　原图片　　　　　　　　　图 10-84　应用"拼缀图"滤镜

2．染色玻璃滤镜

"染色玻璃"滤镜可以把图像分成像植物细胞或蜂窝一样的拼贴纹理，图像看起来就好像是由不规则的彩色玻璃格子组成的。添加"染色玻璃"滤镜后的图片效果如图 10-85 所示。

3．纹理化滤镜

"纹理化"滤镜的主要功能是向图像中添加各种纹理，在其对话框中可以设置纹理的类型、缩放比例、凸现程序等。添加"纹理化"滤镜后的图片效果如图 10-86 所示。

4．颗粒滤镜

"颗粒"滤镜模拟不同种类的颗粒在图像中添加纹理，使图像产生颗粒般的效果。添加"颗粒"滤镜后的图片效果如图 10-87 所示。

图 10-85　应用"染色玻璃"滤镜　　图 10-86　应用"纹理化"滤镜　　图 10-87　应用"颗粒"滤镜

5．马赛克拼贴滤镜

"马赛克拼贴"滤镜是渲染图像，使图像看起来是由小的碎片或拼贴组成，然后在拼贴之间灌浆。添加"马赛克拼贴"滤镜后的图片效果如图 10-88 所示。

6．龟裂缝滤镜

"龟裂缝"滤镜将图像绘制在一个高凸现的石膏表面上，以循着图像等高线生成精细的网状裂缝，可以对包含多种颜色值或灰度值的图像创建浮雕效果。添加"龟裂缝"滤镜后的图片效果如图 10-89 所示。

图 10-88 应用"马赛克拼贴"滤镜   图 10-89 应用"龟裂缝"滤镜

10.10 艺术效果滤镜组

"艺术效果"滤镜组模拟天然或传统的艺术效果，能创建类似彩色铅笔绘画、蜡笔画、油画以及木刻作品的特殊效果，它们被广泛应用于创建精美的艺术品及商业项目的制作中。"艺术效果"滤镜组在 CMYK 和 Lab 模式下不能应用。

1．塑料包装滤镜

"塑料包装"滤镜可以模拟在现实生活中被塑料薄膜包装起来的效果，可以制作波光粼粼的月光水面效果。添加"塑料包装"滤镜前后的效果如图 10-90 和图 10-91 所示。

   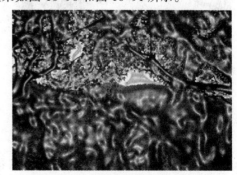

图 10-90 原图片   图 10-91 应用"塑料包装"滤镜

2．壁画滤镜

"壁画"滤镜使用小块的颜料来粗糙地绘制图像，模拟美术界中的壁画效果。添加"壁画"滤镜后的图片效果如图 10-92 所示。

3．干画笔滤镜

"干画笔"滤镜可以模仿油画风格。在美术创作中，干刷常常指的是油画、水粉画中的扁笔刷，并且采用干画法。使用该滤镜处理的图像可以明显地感觉到颜料堆积的厚重感觉。添加"干画笔"滤镜后的图片效果如图 10-93 所示。

图 10-92　应用"壁画"滤镜　　　　　　　图 10-93　应用"干画笔"滤镜

4．底纹效果滤镜

"底纹效果"滤镜产生一种在纹理背景上作图的效果，犹如应用一种与所选底纹有关的纹理进行喷绘。添加"底纹效果"滤镜后的图片效果如图 10-94 所示。

5．彩色铅笔滤镜

"彩色铅笔"滤镜使用彩色铅笔在纯色背景上绘制图像。保留重要边缘，外观呈粗糙阴影线；纯色背景色透过比较平滑的区域显示出来。添加"彩色铅笔"滤镜后的图片效果如图 10-95 所示。

图 10-94　应用"底纹效果"滤镜　　　　　　图 10-95　应用"彩色铅笔"滤镜

6．木刻滤镜

"木刻"滤镜使图像看上去好像是由从彩纸上剪下的边缘粗糙的剪纸片组成的。高对比度的图像看起来呈剪影状，而彩色图像看上去是由几层彩纸组成的，可以产生剪纸、木刻效果。添加"木刻"滤镜后的图片效果如图 10-96 所示。

7．水彩滤镜

"水彩"滤镜可以为图像添加一种水彩画效果。本滤镜的工作原理在于将原图像的颜色与一定量的水相混合，互相渲染。添加"水彩"滤镜后的图片效果如图 10-97 所示。

图 10-96 应用"木刻"滤镜

图 10-97 应用"水彩"滤镜

8. 海报边缘滤镜

"海报边缘"滤镜的作用过程主要分两步进行，先按照参数设置，减少图像的颜色细节，然后查找图像边缘并用黑线勾勒以产生镶边效果。添加"海报边缘"滤镜后的图片效果如图 10-98 所示。

9. 海绵滤镜

"海绵"滤镜使用颜色对比强烈、纹理较重的区域创建图像，以模拟海绵绘画的效果。添加"海绵"滤镜后的图片效果如图 10-99 所示。

图 10-98 应用"海报边缘"滤镜

图 10-99 应用"海绵"滤镜

10. 涂抹棒滤镜

"涂抹棒"滤镜使用短的对角描边涂抹暗区以柔化图像，使图像的亮区变得更亮，以致失去细节。添加"涂抹棒"滤镜后的图片效果如图 10-100 所示。

11. 粗糙蜡笔滤镜

"粗糙蜡笔"滤镜在带纹理的背景上应用粉笔描边。 在亮色区域，粉笔看上去很厚，几乎看不见纹理；在深色区域，粉笔似乎被擦去了，使纹理显露出来。添加"粗糙蜡笔"滤镜后的图片效果如图 10-101 所示。

图 10-100 应用"涂抹棒"滤镜

图 10-101 应用"粗糙蜡笔"滤镜

12. 绘画涂抹滤镜

"绘画涂抹"滤镜可以产生涂抹的模糊效果，相当于使用画笔在图像上随意涂抹，使图像变得模糊。但它与模糊滤镜所不同的是，后者造成整体的虚化，而前者是通过模仿油画中的铲刀效果，把色彩进行堆积而造成相对小范围的模糊，并且由于加入了笔刷涂抹的概念，因此，该滤镜还会为图像添加笔刷痕迹，形成手工制作的模糊效果。添加"绘画涂抹"滤镜后的图片效果如图 10-102 所示。

13. 胶片颗粒滤镜

"胶片颗粒"滤镜可以通过设置其强光区域程序来产生强光效果，从而使主要对象显得鲜艳夺目，再加上颗粒化的背景，主题就显得更为突出。添加"胶片颗粒"滤镜后的图片效果如图 10-103 所示。

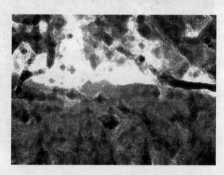

图 10-102 应用"绘画涂抹"滤镜

图 10-103 应用"胶片颗粒"滤镜

14. 调色刀滤镜

"调色刀"滤镜的作用效果如同美术创作中使用刮刀在调色板上混合颜料，然后直接在画布上涂抹，产生一种粗犷的效果和斑驳陆离的凹凸感。添加"调色刀"滤镜后的图片效果如图 10-104 所示。

15. 霓虹灯光滤镜

"霓虹灯光"滤镜将各种类型的灯光添加到图像中的对象上，使图像呈现霓虹灯发光般的效果。添加"霓虹灯光"滤镜后的图片效果如图 10-105 所示。

图 10-104　应用"调色刀"滤镜　　　　　　　　　图 10-105　应用"霓虹灯光"滤镜

10.11　视频滤镜组

"视频"滤镜组属于 Photoshop 的外部接口程序，用来从摄像机输入图像或将图像输出到录像带上。

1. NTSC 颜色滤镜

"NTSC 颜色"滤镜可以解决当前使用 NTSC 制式向电视机输出图像时，色域变窄的问题可将色域限制在电视机重现可接受的范围内，以防止过饱和颜色渗到电视扫描行中。当某些饱和度过高的颜色转化成近似的颜色，降低饱和度，以匹配 NTSC 制式视频标准色域。

2. 逐行滤镜

"逐行"滤镜可以移去视频图像中的奇数或偶数隔行线，使在视频上捕捉的运动图像变得平滑、清晰。"逐行"滤镜在视频输入图像时，消除混杂信号的干扰。

10.12　锐化滤镜组

"锐化"滤镜组通过增加相邻像素的对比度使模糊图像变清晰，它与"模糊"滤镜组产生的效果恰恰相反。

1. USM 锐化滤镜

"USM 锐化"滤镜调整边缘细节的对比度，并在边缘的每侧生成一条亮线和一条暗线。 此过程将使边缘突出，造成图像更加锐化的错觉，可用于校正摄影、扫描、重新取样或打印过程产生的模糊。添加"USM 锐化"滤镜前后的图片效果如图 10-106 和图 10-107 所示。

图 10-106　原图片　　　　　　　　　　　图 10-107　应用"USM 锐化"滤镜

2．智能锐化滤镜

"智能锐化"滤镜主要用于改善图像边缘细节、阴影及高光锐化，使图像像素对比更加强烈从而显示更加清晰。它综合了其他锐化滤镜的作用效果。

3．进一步锐化滤镜

"进一步锐化"滤镜聚焦选区并提高其清晰度，具有更强的锐化效果。添加"进一步锐化"滤镜后的图片效果如图 10-108 所示。

4．锐化滤镜

"锐化"滤镜主要功能是提高相邻像素点之间的对比度，使图像更加清晰，锐化到一定程度后，图像中会出现杂点效果。

5．锐化边缘滤镜

"锐化边缘"滤镜只锐化图像的边缘，同时保留总体的平滑度。使用此滤镜在不指定数量的情况下锐化边缘，使不同颜色的分界线更为明显，从而得到较清晰的效果，又不会影响到图像的细节部分。添加"锐化边缘"滤镜后的图片效果如图 10-109 所示。

图 10-108　应用"进一步锐化"滤镜　　　　　图 10-109　应用"锐化边缘"滤镜

10.13　风格化滤镜组

"风格化"滤镜组通过置换像素和通过查找并增加图像的颜色对比度，营造出一种夸张的绘画或印象派的图像效果。

1．凸出滤镜

"凸出"滤镜可以为选区内的图像或图层中的图像制作三维纹理，即将图像分成一系列大小相同但随机重复放置的立方体或锥体。添加"凸出"滤镜前后的图片效果如图 10-110 和图 10-111 所示。

图 10-110　原图片　　　　　　　　　图 10-111　应用"凸出"滤镜

2．扩散滤镜

"扩散"滤镜可以移动像素的位置，使图像看起来聚焦较低，产生油画或毛玻璃的分离模糊效果。可以设置扩散的模式，用于限制图像像素的作用范围。添加"扩散"滤镜后的图片效果如图 10-112 所示。

3．拼贴滤镜

"拼贴"滤镜将图像分解为一系列拼贴，使选区偏离其原来的位置，使图像产生一种瓷砖的效果。添加"拼贴"滤镜后的图片效果如图 10-113 所示。

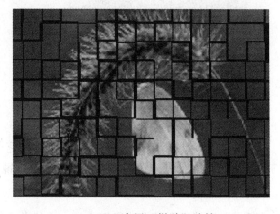

图 10-112　应用"扩散"滤镜　　　　　10-113　应用"拼贴"滤镜

4．曝光过度滤镜

"曝光过度"滤镜可以产生图像负片和正片混合效果，类似摄影中增加光线强度产生的过度曝光效果。添加"曝光过度"滤镜后的图片效果如图 10-114 所示。

5．查找边缘滤镜

"查找边缘"滤镜主要用来搜索图像中颜色像素对比度变化强烈的边界，将高反差变成亮色，低反差变成暗色，其他则介于二者之间。添加"查找边缘"滤镜后的图片效果如图 10-115 所示。

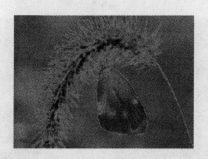

图 10-114　应用"曝光过度"滤镜

图 10-115　应用"查找边缘"滤镜

6．浮雕效果滤镜

"浮雕效果"滤镜通过将选区的填充色转换为灰色，并用原填充色描画边缘，通过勾画图像或选区的轮廓和降低周围色值来产生浮凸效果。添加"浮雕效果"滤镜后的图片效果如图 10-116 所示。

7．照亮边缘滤镜

"照亮边缘"滤镜可以勾绘图像色彩边缘，加强其过渡像素，并给它们增加类似霓虹灯的亮光。添加"照亮边缘"滤镜后的图片效果如图 10-117 所示。

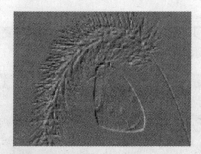

图 10-116　应用"浮雕效果"滤镜

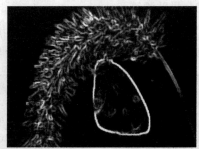

图 10-117　应用"照亮边缘"滤镜

8．等高线滤镜

"等高线"滤镜与"查找边缘"相类似，它是沿亮部和暗部边界勾绘出一条较细的线，如同使用线条勾绘图像一样。添加"等高线"滤镜后的图片效果如图 10-118 所示。

9．风滤镜

"风"滤镜在图像中放置细小的水平线条来模拟吹风的效果。添加"风"滤镜后的图片效果如图 10-119 所示。

图 10-118　应用"等高线"滤镜

图 10-119　应用"风"滤镜

10.14　其他滤镜组

"其他"滤镜组中的滤镜可以让用户创建自己的滤镜，并使用滤镜修改蒙版，或者在图像中使选区发生位移并快速调整颜色。

1．位移滤镜

"位移"滤镜将选区移动指定的水平量或垂直量，而选区的原位置变成空白区域。添加"位移"滤镜前后的图片效果如图 10-120 和图 10-121 所示。

图 10-120　原图片　　　　　　　　图 10-121　应用"位移"滤镜

2．最大值滤镜

"最大值"滤镜有应用阻塞的效果，可以展开白色区域和收缩黑色区域。添加"最大值"滤镜后的图片效果如图 10-122 所示。

3．最小值滤镜

"最小值"滤镜有应用伸展的效果，展开黑色区域和收缩白色区域。可以设置查找像素周围最小亮度值的半径，其取值范围为 1～100。

4．自定滤镜

"自定"滤镜让用户设计自己的滤镜效果。根据预定义的数学运算，可以更改图像中每个像素的亮度值。根据周围的像素值为每个像素重新指定一个值。此操作与通道的加、减计算类似，产生锐化、模糊、浮雕等效果。

5．高反差保留滤镜

"高反差保留"滤镜在有强烈颜色转变发生的地方按指定的半径保留边缘细节，并且不显示图像的其余部分。添加"高反差保留"滤镜后的图片效果如图 10-123 所示。

图 10-122　应用"最大值"滤镜　　　　图 10-123　应用"高反差保留"滤镜

10.15　安装 Photoshop 外挂滤镜

　　Photoshop 滤镜不仅给专业设计师提供了无限的创作空间，也给初学者提供了丰富的图像处理功能。滤镜基本分为三个部分：内阙滤镜、内置滤镜（也就是 Photoshop 自带的滤镜）和外挂滤镜（也就是第三方滤镜）。内阙滤镜指内阙于 Photoshop 程序内部的滤镜。内置滤镜指 Photoshop 默认安装时，Photoshop 安装程序自动安装到 pluging 目录下的滤镜。外挂滤镜就是除上面两种滤镜以外，由第三方厂商为 Photoshop 所生产的滤镜，它们不仅种类齐全，品种繁多而且功能强大，同时版本与种类也在不断升级与更新。

　　外挂滤镜是一个独立存在的挂件，不是 Photoshop 本身所拥有的，但这些挂件可以安装到 Photoshop 中进行使用，正是这些种类繁多，功能齐全的滤镜使 Photoshop 爱好者更痴迷。外挂滤镜种类很多，其中使用较多的是 Metatools 公司开发 KPT 系列滤镜。

　　由于外挂滤镜很多，不同外挂滤镜的安装方法也不同，但一般都可以按照以下两种方法进行安装：

- 很多外挂滤镜本身带有安装程序，可以像安装一般软件一样进行安装。打开"我的电脑"或"资源管理器"窗口，找到外挂滤镜的安装程序文件（一般为 Setup.exe），双击它启动安装程序，在安装过程中，根据安装程序的屏幕提示进行安装即可。
- 有些外挂滤镜本身不带有安装程序，而只是一些滤镜文件（扩展名为.8BF）。对于这些挂件，可以按以下方法安装到 Photoshop 中进行使用：首先把这些外挂滤镜文件复制到用户硬盘中，在"预置"对话框中另行指定外挂滤镜的路径即可。一般最好将外挂滤镜文件复制到 Photoshop 安装目录下的增效工具文件夹下（一般在 C:\Program Files\Adobe\Photoshop CS2 目录下），这样可以同时使用 Photoshop 内置滤镜和新安装的外挂滤镜。

　　根据以上操作方法完成外挂滤镜的安装，重新启动 Photoshop 即可在"滤镜"菜单底部看到刚刚安装的外挂滤镜。

10.16　设计光芒四射的页面

　　本节借助滤镜的综合使用来完成如图 10-124 所示的页面设计。

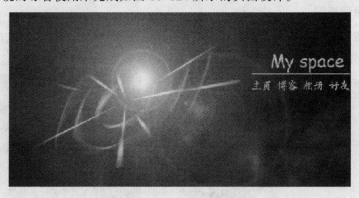

图 10-124　页面效果图

其具体操作过程如下：

（1）新建一个大小为 400×300 像素，背景色为深灰色的图像文件。

（2）新建"图层 1"，使用"椭圆"工具绘制如图 10-125 所示的椭圆形选区。

（3）将前景色设置为浅灰色并填充选区，按【Ctrl+D】组合键取消选区，如图 10-126 所示。

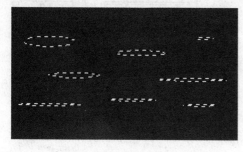

图 10-125 创建选区

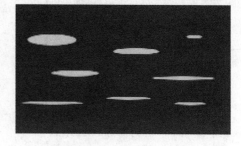

图 10-126 填充选区

（4）选择"滤镜"→"扭曲"→"极坐标"命令，在打开的"极坐标"对话框中选择"平面坐标到极坐标"单选按钮，单击"确定"按钮，效果如图 10-127 所示。

（5）新建"图层 2"，使用"椭圆选框"工具创建多个选区，如图 10-128 所示。

图 10-127 应用"极坐标"滤镜 1

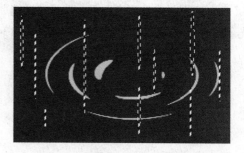

图 10-128 创建选区

（6）再次用浅灰色填充选区，然后，按【Ctrl+D】组合键取消选区，如图 10-129 所示。

（7）选择"滤镜"→"扭曲"→"极坐标"命令，在打开的"极坐标"对话框中选择"平面坐标到极坐标"单选按钮，单击"确定"按钮，效果如图 10-130 所示。

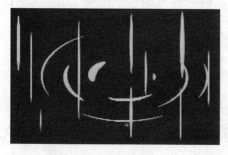

图 10-129 填充选区

图 10-130 应用"极坐标"滤镜 2

（8）选中"图层 1"，选择"滤镜"→"模糊"→"径向模糊"命令，在打开的"径向模糊"对话框中设置参数，设置情况如图 10-131 所示。设置完毕，单击"确定"按钮。

（9）选中"图层 2"，选择"滤镜"→"模糊"→"径向模糊"命令，在打开的"径向模糊"对话框中设置参数，设置情况如图 10-132 所示。设置完毕，单击"确定"按钮。

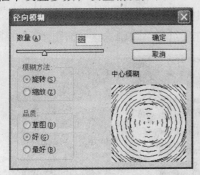
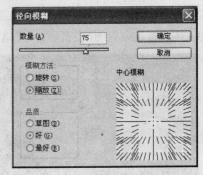

图 10-131 "径向模糊"对话框 1　　　　　图 10-132 "径向模糊"对话框 2

（10）将"图层 1"和"图层 2"合并成一层，选择"编辑"→"变形"→"扭曲"命令，对合并层进行扭曲，如图 10-133 所示。

（11）将所有图层合并到背景层中，选中背景层，选择"图层"→"复制图层"命令，对背景层进行复制，产生一个"背景副本"层。

（12）选中"背景副本"层，选择"滤镜"→"渲染"→"镜头光晕"命令，在打开的"镜头光晕"对话框中，参数设置情况如图 10-134 所示。

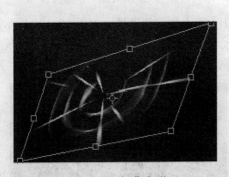

图 10-133 扭曲变形　　　　　图 10-134 "镜头光晕"对话框

（13）设置完毕，单击"确定"按钮，图像效果如图 10-135 所示。可以多次使用"镜头光晕"滤镜，便于进行亮度和光源不同位置的设定。

（14）选择"图像"→"调整"→"色相/饱和度"命令，在打开的"色相/饱和度"对话框中，选择"着色"复选框，调整情况如图 10-136 所示。

图 10-135 添加"镜头光晕"滤镜

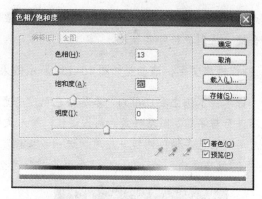

图 10-136 "色相/饱和度"对话框

（15）单击"确定"按钮，这样，光芒四射的效果就制作完成了。

（16）使用"横排文字"工具在画布中输入文字 My space，选择"图层"→"栅格化"→"文字"命令将文字层转换为普通层。

（17）选中文字所在的图层，选择"滤镜"→"纹理"→"纹理化"命令，在打开的"纹理化"对话框中，适当设置各参数，然后单击"确定"按钮，效果如图 10-137 所示。可以进一步设计页面内容，最终效果如图 10-124 所示。

图 10-137 为文字应用"纹理化"滤镜

10.17 实 训

一、实训目的

- 掌握滤镜的功能和使用方法
- 能结合实际使用滤镜制作出更具特色的图像效果

二、实训内容

1. 选择自己创作的不同题材的几幅作品，合理地添加滤镜，设计出多幅不同风格的作品。
2. 制作旋转特效，请参照图 10-138 所示效果。

提示：新建黑色画布，添加"镜头光晕"滤镜（"亮度"设为 100%，"镜头类型"为电影镜头）；执行"极坐标"滤镜（选择"平面坐标到极坐标"单选按钮）；复制图层，设置图层的混合模式为"滤色",然后按【Ctrl+T】组合键将图层顺时针旋转 45°,再按六次【Ctrl+Alt+Shift+T】组合键,得到旋转特效效果。

3. 制作栅格文字,请参照如图 10-139 所示效果。

　　提示:本例主要应用到"添加杂色"、"彩色半调"、"进一步模糊"、"光照效果"等滤镜以及"斜面与浮雕"图层样式。制作过程:输入文字→新建 Alpha1 通道→应用"添加杂色"滤镜→应用"彩色半调"滤镜→应用"进一步模糊"滤镜→返回 RGB 混合通道→应用"光照效果"滤镜("纹理通道"为 Alpha1,"光照类型"为全光源)→添加"斜面与浮雕"图层样式。

图 10-138　旋转特效

图 10-139　栅格文字

4. 制作木纹,请参照如图 10-140 所示效果。

　　提示:本例主要应用到"杂色"、"干画笔"、"切变"等滤镜以及"色阶"命令和"裁切"工具等。制作过程:新建白色图像→应用"云彩"滤镜→应用"添加杂色"滤镜("分布"为高斯分布,选择"单色"复选框)→应用"干画笔"滤镜→调整"色阶"→裁切有效的图像区域→应用"切变"滤镜。

5. 制作爆炸效果,请参照如图 10-141 所示效果。

　　提示:本例主要应用"模糊"、"极坐标"、"分层云彩"等滤镜。

图 10-140　木纹

图 10-141　爆炸效果

习 题

一、填空题

1. 对_____直接执行滤镜时，会提示先转换为普通图层，才可以执行滤镜功能。

2. 在_____模式和_____模式下不能使用滤镜。

3. 按_____组合键，将重新打开最近执行的滤镜对话框，可以重新设置相关的参数。

4. _____滤镜组给用户创建真实三维效果提供更为广阔的空间，用户可以使用这些滤镜创建 3D 形状、云彩图案、折射图案以及模拟光反射效果。

二、选择题

1. _____滤镜不属于"纹理"滤镜组。

    A. 网状   B. 染色玻璃   C. 颗粒   D. 拼缀图

2. 如果扫描的图像不够清晰，可用_____滤镜弥补。

    A. 渲染   B. 风格化   C. 锐化   D. 扭曲

3. 可以使用任何滤镜功能的图像模式是_____。

    A. CMYK   B. Lab   C. RGB   D. 索引

三、问答题

1. 滤镜的功能是什么？

2. 简述添加滤镜的一般过程。

第 11 章　使用 ImageReady CS2

ImageReady CS2 是一个针对 Web 图像处理的软件，捆绑于 Photoshop CS2。ImageReady CS2 除了具有 Photoshop CS2 部分强大的图形处理能力，还具有图像压缩优化、图像切片制作、图像映射和 GIF 动画制作等功能。

本章要点：

- ImageReady CS2 概述
- 切片
- 图像映射
- 动画制作
- 图像的优化与输出

11.1　ImageReady CS2 概述

Photoshop CS2 是功能强大的图像处理软件，但是在网页图像处理功能、网页动画制作、设置超链接等方面，却不是很专业。Adobe ImageReady CS2 是与 Photoshop CS2 捆绑销售的图像处理软件，它同 Photoshop CS2 一样具有图像处理的功能，同时也能完成最复杂的 Web 制作任务。从图像切割工具到多种多样的按钮变换样式，从图像优化到功能强大的 GIF 动画制作，为 Web 图像处理提供了完美的解决方案。因此，ImageReady CS2 与 Photoshop CS2 的结合使用无疑会使创意得到完美的发挥。

11.1.1　ImageReady CS2 的工作界面

ImageReady CS2 的工作界面如图 11-1 所示。可以看出 ImageReady CS2 窗口和 Photoshop CS2 窗口非常相似，下面介绍 ImageReady CS2 的窗口组成。

1. 图像窗口

ImageReady CS2 有原稿、优化、双联和四联四种不同图像窗口显示方式，四个窗口之间的切换只需要单击窗口上方的标签名称即可。四种显示方式的作用如下：

- 原稿：在此模式下显示的是原图，可以对图像进行处理。

- 优化：在此模式下显示的是图像经过优化后的效果，也就是在网页中显示的效果，只能查看优化后的图像，不能对其进行处理。
- 双联：在此模式下同时显示原图和经过优化后的图像，以便用户对照比较，从而对原图进行必要的修改。在此模式下只能对原图进行处理，不能处理右侧优化后的图像。
- 四联：在此模式下同时显示四张图片，左上角窗口显示的是原稿，其他三个窗口显示的是经过不同方法优化后的图像。同样，用户只能修改原稿，优化后的图像不能被修改。

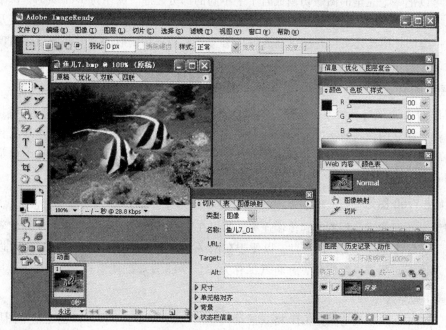

图 11-1　ImageReady CS2 界面

2. 状态栏

图像窗口的底部是状态栏，其中显示了当前图像的各项数据信息，也包括文件缩放级别、优化后文件大小、下载时间、原图文件大小和图像格式等信息。

3. 浮动面板

与 Photoshop CS2 相比，ImageReady CS2 多了以下几个面板：

- "切片"面板：可以将一幅完整的图像分割成几个小块，从而提高网页下载速度。
- "图像映射"面板：把图像上的某一块指定区域超链接到一个 URL 上。
- "优化"面板：设置图像优化的参数。
- "颜色表"面板：可以控制颜色表的颜色，主要用于图像的优化。
- "动画"面板：制作 GIF 动画。

4. 工具箱

ImageReady CS2 工具箱中的工具比 Photoshop CS2 相比少了许多图像绘制工具，多了一组新工具，它们分别是"切换图片可视性"按钮、"切换切片可视性"按钮、"预览文档"按钮和"浏览器预览"按钮，如图 11-2 所示。

图 11-2　工具按钮

11.1.2 ImageReady CS2 的基本功能

ImageReady CS2 的基本功能包括：制作切片、制作动画、翻转效果、图像映射及优化 Web 图像等。

1．制作切片

切片可以把一个完整的图像切割成若干个不同的部分，将图像存为 Web 页时，每个切片作为一个单独的文件存储。每个切片文件都具有独特的优化设置、颜色调板、URL 链接及动画效果等。每一个切片图像还可以直接保存为 HTML 文件，并把切割后的零散部分通过 HTML 的表格重组起来。使用切片的最大优点是可以进行局部图像优化，从而加快网页下载速度。

2．图像映射

在制作 Web 图像时，如果不希望切割图像，又希望图像的不同区域指向不同的链接时，便可以在图像上建立图像映射。ImageReady CS2 提供了一组图像映射工具，使用这些工具可以在图像中画出圆形、多边形或矩形区域，这些区域称为热区，通过热区可以把图像上的某块区域超链接到一个 URL 上。

3．优化 Web 图像

在网络发布图像时，要考虑到传输速率，所以在制作 Web 图像时，应在保证图像效果和质量的前提下，尽可能减小文件的尺寸，以便于在网络上快速下载。在 ImageReady 中可以通过使用"优化"面板对图像进行优化，并将其保存为适合 Web 发布的图像。

4．制作动画

目前，Web 上的主流动画是 GIF 格式的动画，在 ImageReady 中便可以创建基于图层的 GIF 动画。使用 ImageReady 创建动画的过程非常简单、轻松。

11.2 切 片

在 ImageReady CS2 的工具箱中有一组切片工具，如图 11-3 所示。其中，"切片"工具 用于对图像进行分割操作，"切片选择"工具 可以选择分割后的切片。使用"切片"工具在图像需要切分的区域拖动鼠标，图像被自动分割成多个区域，并自动为各个分割区域自左向右、自上而下自动编号为 01,02,03...亮色区域为用户切片，其他暗色区域为自动切片，如图 11-4 所示。

图 11-3 切片工具组   图 11-4 分割后的切片

提示：切片分为用户切片、自动切片和子切片。用户切片由实线定义，是用户使用"切片"工具创建的切片；自动切片由点线定义，是在用户切片区域之外自动生成的切片；子切片是自动切片的一种类型，当用户切片发生重叠时，重叠部分将生成新的切片，即为子切片，子切片不能在脱离切片的情况下独立选择或编辑。

下面通过具体操作介绍创建切片、设置切片参数以及将切片输出为单独的文件的方法。

（1）打开一幅图像文件。

（2）在 ImageReady CS2 的工具箱中选择"切片"工具，移动鼠标至图像窗口中，在图像的某个位置单击并拖动鼠标就可以拉出一个分割区域，如图 11-5 所示。此时工具箱中的"切换切片可视性"按钮处于按下状态，表示在图像窗口中显示分割区域，如果取消此按钮按下状态，将隐藏分割区域。

（3）可以继续进行图像分割，如图 11-6 所示。输出分割后的图像时，可以分成几个文件进行保存；在网络上传输图像时，可以分别传输，从而加快了图像的传输速度。

图 11-5 创建切片　　　　　　　　　　　图 11-6 创建更多切片

提示：拖动鼠标的同时按【Shift】键，可以创建正方形的分割区域；按【Alt】键则以单击的位置为中心点向外产生矩形分割区域；在"切片"工具选项栏中，单击"样式"下拉列表框，在打开的列表中选择"固定长宽比"或"固定大小"选项，将以固定尺寸或限制高宽比例分割区域。

（4）在工具箱中选择"切片选择"工具，单击某个分割区域可选择该切片，单击鼠标拖动即可移动选定的切片。

（5）选择"窗口"→"切片"命令打开"切片"面板，可以从中对分割的区域进行编辑、设置切片的相关参数，如图 11-7 所示。

其中，各项的含义如下：

- 类型：选择制作的切片的类型。选择"图像"选项将在网页中显示当前区域中的图像内容；选择"无图像"选项，用户可以输入文字，如图 11-8 所示，这样将在网页中只显示用户输入的文本。
- 名称：用于设置切片的名称，如果不设置，系统会提供默认的名称。
- URL（链接地址）：指定切片区域成为 Web 的热区。当点击热区时，Web 浏览器链接到指定的 URL 或目标位置。

- Target（目标）：当在 URL 中设置了超链接，该下拉列表框可用，从中选择一种打开网页的方式。_blank 项表示在原来的浏览器的基础上重新打开一个新的浏览器来显示链接的页面；_self 项表示将在同一框架窗口中打开；_parent 项表示在父框架窗口中打开并删除其他框架；_top 项表示在顶部框架窗口中打开，并覆盖其他的框架。
- Alt（标记）：在其文本框中输入注释性文字，当鼠标移动到图像切片或图像映射链接区域上时，就会显示这些文字。
- 尺寸：用于设置当前切片开始处的 X 和 Y 坐标值及切片的宽度和高度。
- 单元格对齐：设置切片在水平和垂直方向上的排列方式。
- 背景：填充图像切片的透明区域或无图像切片的整个区域。
- 状态栏信息：在文本框中输入提示信息后，这些信息将显示在浏览器窗口的状态栏中，默认情况下会显示切片的 URL 地址。

图 11-7 "切片" 面板

图 11-8 输入 "一片树叶"

创建切片之后，用户可以通过"切片"菜单对切片进行复制、删除、存储切片选区、载入切片选区等操作。也可以使用"优化"面板对各个分割区域中的图像进行优化处理，图像的优化将在后面详细介绍。

创建的切片优化之后，可以将各个区域中的图像输出为单独的文件。选择"文件"→"将优化结果存储为"命令，打开"将优化结果存储为"对话框，在对话框中选择文件的保存类型；在"设置"下拉列表框中选择需要的选项；在"切片"下拉列表框中选择要输出的分割区域。设置完毕，单击"保存"按钮。

11.3　图　像　映　射

图像映射比图像切片的超链接更具有灵活性和实用性。图像切片是以单幅图像为载体建立的超链接，只能链接矩形区域。使用图像映射可将 URL 链接到图像中设置的圆形、多边形或矩形区域，这些区域称为热区。ImageReady CS2 提供的图像映射工具如图 11-9 所示，使用这些工具可以在图像中画出圆形、多边形或矩形区域。

创建图像映射的方法非常简单，选择某一形状的图像映射工具后，在图像中要定义的区域上拖到鼠标直到创建好一个封闭的区域即可。

创建热区之后，就可以给热区指定链接了。首先选择某个热区，选择"窗口"→"图像映射"命令打开"图像映射"面板，如图 11-10 所示，从中指定图像映射区域的名称、URL、目标帧和 Alt 文本等信息。其各项的功能如下：

- 名称：设置图像映射区域的名称，默认名称为"图像映射_热区编号"。
- URL：为指定的图像映射区域输入超链接的网址。
- Target：设置链接目标网址的网页属性
- Alt：输入关于热区的注释性文字。
- 尺寸：设置热区的尺寸。

单击"图像映射"面板右上角的黑色三角按钮，打开面板控制菜单，如图 11–11 所示，选择其中的命令，可以对面板或图像映射区域进行相应操作。最后，可以单击工具箱中的预览按钮，直接在浏览器中查看效果。

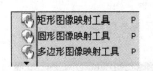

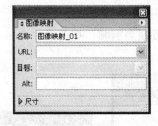

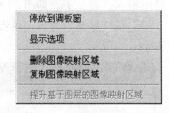

图 11–9　图像映射工具　　　图 11–10　"图像映射"面板　　　图 11–11　"图像映射"面板菜单

下面通过简单的实例操作，详细介绍使用图像映射工具创建热区的方法：

（1）打开要创建链接的图像，选择"矩形图像映射"工具，在图像中拖出一个矩形链接热区，如图 11–12 所示。

（2）在工具箱择选择"图像映射选择"工具，然后将鼠标移动到创建的热区中，单击并拖动鼠标，对创建的热区进行适当的移动，直到位置合适为止。

（3）在"图像映射"面板中，设置"尺寸"选项组中的参数，来调节热区的大小。在 URL 下拉列表框中输入链接地址，如：http://www.sohu.com，在"目标"下拉列表框中选择_blank 选项。在 Alt 文本框中输入提示文字"单击打开搜狐网页"。

（4）设置完毕，选择"文件"→"预览"→"IEXPLORE"命令，在打开的浏览窗口中，将鼠标移动到热区，鼠标指针变为手形，同时显示输入的提示文字，如图 11–13 所示。

图 11–12　创建的热区　　　　　　　图 11–13　打开的浏览窗口

（5）在热区中单击即可打开指定的网页。

11.4　在 ImageReady CS2 中创建简单的动画

在 Web 中，动画是强调的重点，也是吸引视觉的一种手段。动画同电影放映十分相似，是将一些静态的、表现连续动作的画面（每一幅画面称为"一帧"）以较快的速度连续播放出来，然后利用图像在人眼中暂存的原理产生了动画效果。动画已经成为网页中不可缺少的一个重要组成部分，它比静态的图像更容易吸引浏览者的注意力，在广告宣传方面发挥了重要作用。

下面通过一个简单实例介绍动画的制作过程。

（1）新建一个大小为 520 像素 × 200 像素的文件。

（2）选择"文字"工具，在其选项栏中设置文字的大小、字体和颜色等属性，然后在图像窗口中输入"吉"字，如图 11-14 所示。

（3）在"动画"面板中单击"复制当前帧"按钮 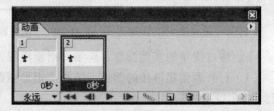，将在"动画"面板中多出一帧图像，如图 11-15 所示。

图 11-14　输入的"吉"字　　　　　　　　　　图 11-15　"动画"面板

（4）在"图层"面板中将图层"吉"设置为不可见，然后右击该层，在弹出的菜单中选择"复制图层"命令，复制后的图层出现在原文本层的上方，将该层设置为可见，如图 11-16 所示。然后在图像窗口中输入"祥"字，如图 11-17 所示。

 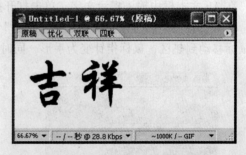

图 11-16　复制的图层　　　　　　　　　　　　图 11-17　输入"祥"字

（5）在"动画"面板中单击"复制当前帧"按钮，将在"动画"面板中出现第三帧图像。

（6）在"图层"面板中再将"吉祥"图层设为不可见，然后右击该层，在弹出的菜单中选择"复制图层"命令，复制后的图层将出现在原文本层的上方，将该层设置为可见，然后在图像窗口中输入"如"字，如图 11-18 所示，此时的"图层"面板如图 11-19 所示。

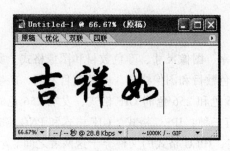

图 11-18 输入"如"字　　　　　图 11-19 复制的图层

（7）重复执行第（5）、第（6）步，并在"如"字的后面输入"意"字。至此，动画制作完成，此时的"动画"面板如图 11-20 所示。

（8）在播放动画之前，需要设置每帧显示的图层：选择第一帧，在"图层"面板中只让"吉"字层和背景层可见；在"动画"面板中选择第二帧，在"图层"面板中只让背景层和"吉祥"层可见；选择第三帧，在"图层"面板中只让背景层和"吉祥如"层可见；选择第四帧，在"图层"面板中只让背景层和"吉祥如意"层可见。

（9）在"动画"面板中单击"选择第一帧"按钮 回到第一帧，单击"播放/停止动画"按钮 预览动画效果。

提示：可以设置动画每帧的播放速度。单击"动画"面板每帧下方的"选择帧延迟时间"按钮，打开帧延迟定义快捷菜单，如图 11-21 所示，从中选择任意延迟值。

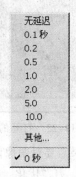

图 11-20 "动画"面板　　　　　图 11-21 设置帧延迟值

提示：在 ImageReady 中制作好的动画，如果应用到其他网页编辑软件中，只将动画输出为 GIF 格式即可。另外，也可以在 ImageReady 中打开一个用其他软件制作的 GIF 动画，并可以重新对其进行编辑修改。

11.5 图像的优化和输出

在网络发布图像时，要考虑到传输速率，所以在制作 Web 图像时，应在保证图像效果和质量的前提下，尽可能减小文件的尺寸，以便于在网络上快速下载。所谓"优化"是指在保证图像质量的前提下压缩图像的过程。

11.5.1　优化图像

　　影响文件大小的几个重要因素是：分辨率、图像尺寸、颜色数目和图像格式，所以优化图像时，就必须考虑这些相关因素，特别是颜色数目和图像格式。颜色数目不同，产生的文件大小也不一样，如将同一幅图像分别存储为 16 色和 256 色的 GIF 格式，发现 256 色的图像要比 16 色的图像大得多。常见的 Web 图像格式有三种：JPEG 格式、GIF 格式和 PNG 格式，GIF 格式的文件要小些，而 PNG 格式的文件要大些，JPEG 格式的文件介于这两者之间。

　　优化图像时必须配合使用"优化"面板和"颜色表"面板，下面通过一个实例介绍优化图像的具体过程。

　　（1）打开一幅图像文件，如图 11-22 所示。在图像窗口的顶部有四个标签，分别是"原稿"、"优化"、"双联"和"四联"。

　　（2）单击"双联"标签，则窗口分割为左右两个窗口，左窗口中为原始图像，右窗口中为按照"优化"面板中的设置进行优化后的图像，在窗口的下方显示了优化后图像的大小、文件格式、色彩数量以及下载所需的时间，供用户调整时作参考用，如图 11-23 所示。

图 11-22　打开的图像

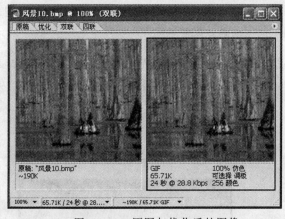

图 11-23　原图与优化后的图像

　　（3）如果需要对图像作进一步的优化设置，可以在"优化"面板中完成。选择"窗口"→"优化"命令，打"优化"面板，如图 11-24 所示。可以从中设置图像文件格式、色彩显示方式、颜色混合方式、颜色数量、是否保持透明、透明区域以哪种颜色取代和下载时显示方式等参数。

　　（4）优化的图像文件格式有五种，如图 11-25 所示，选择任何一种文件格式，在面板中将显示不同的参数选项。

　　其中主要参数的含义如下：

- 格式：用于选择优化图像的格式。
- 深度减低：选择哪些颜色作为 GIF 中的颜色，有九个颜色方案供用户选项。
- 颜色：用于设置 GIF 格式的颜色数，最小为 2，最大为 256。
- Web 靠色：指定将颜色转换为最接近的 Web 面板颜色的容差级别，值越大，转换的颜色越多。
- 方法：包含连续色调的图像中，设置仿色可以防止出现颜色过渡不均匀的现象。下拉列表中含有四种模式："扩散"、"图案"、"无仿色"和"杂色"，只有选择"扩散"时，下面的"数量"下拉列表框可用，用于设置扩散的程度。

- 仿色：选择"透明区域"复选框时可用，用于设置应用于图像的仿色量。
- 杂边：用于指定图像中透明像素的填充色。
- 交错：选择该复选框，在整个图像文件夹的下载过程中，可以在浏览器中以分辨率显示图像。
- 使用统一的颜色表：选择该复选框，可对所有翻转状态使用同一颜色表。
- 损耗：用于设置 GIF 格式的压缩比，压缩是有损压缩，即参数值越大，图像文件的字节数越少，但图像的质量就越差。
- 品质：用于设置图像的品质级别。
- 连续：选中该复选框，可以使用户在整个图像下载完成之前，在浏览器中看到低分辨率的图像。
- 添加元数据：选择该复选框可以添加来自数码相机的元数据。
- 模糊：用于指定图像的模糊量。
- "优化的"复选框：选中该复选框后将以最好的方式优化图像。

图 11-24　优化图像

图 11-25　五种文件格式

（5）了解了以上参数含义后，可以对优化的图像进行参数设置。如果图像的质量或大小不能满足用户的要求，可以通过调整"品质"和"模糊"的数值使之符合要求。设置时一定与原图不断地进行比较，达到最佳效果为止。

（6）选择"窗口"→"颜色表"命令，打开"颜色表"面板，可以把图像中作用不太大的中间色彩从"颜色表"中删除，从而减少文件大小。在删除时一定要仔细对照比较，才能在不影响图像品质的前提下获得较小的文件尺寸。

提示：当图像较大时，优化的效果不会太理想，这时可以采取分片压缩功能，也就是说将较大的图像按照用户的要求裁成很多块，每一块图像都可以按照不同的设置进行优化压缩，并且每一块都可以连接不同的 URL 地址，存储后生成一段 HTML 代码，但在网页中还是一幅完整的图像，这样图像在网页中的显示速度就快多了。

11.5.2 输出图像

优化图像之后，可以将其应用到网页编辑软件中，这就需要将优化后的图像输出为网页中可以使用的图像文件。一般来讲，网页使用的图像文件格式大多为 GIF 格式和 JPEG 格式。要以优化的方式输出图像，可以进行如下操作：

（1）打开需要优化并输出的图像文件，运用上面介绍优化图像的方法优化图像。

（2）在"优化"面板中选择网页软件所认可的图像格式，比如 JPEG 格式，图像文件将以 JPEG 格式输出。

（3）选择"文件"→"存储优化结果"命令，打开"存储优化结果"对话框，并在其中进行相关的设置。

（4）设置完成后，单击【保存】按钮，即可将图像以优化的方式输出。

提示：在图像窗口的上侧单击"四联"标签，并设置优化的图像以 HTML 格式输出,将同时生成一个 Images 子目录，里面存放着经压缩优化后的图像，在用 Dreamweaver 或 FrontPage 等进行网页设计时，将该 HTML 文件的代码复制即可，同时需要将优化后的图像复制到新网页的 Images 子目录下。

11.6 应用实例——Web 页的制作

本节运用 Photoshop CS2 和 ImageReady CS2 共同打造一个 Web 页。

（1）在 Photoshop CS2 窗口中新建一幅大小 800 像素×600 像素、RGB 模式的图像文件。

（2）将前景色设置为深蓝色，背景色设置为浅蓝色，使用"渐变"工具由上至下填充线性渐变，效果如图 11-26 所示。

（3）制作页面标题栏。使用"矩形选框"工具在图像的上部拖出一个较窄的矩形选区，将前景色设置为橙色、背景色设置为淡黄色，使用"渐变"工具由下至上填充线性渐变。

（4）选择"选择"→"修改"→"收缩"命令，在打开的"收缩选区"对话框中设置"收缩量"为 9 像素，单击"确定"按钮。

（5）前景色和背景色保持不变，使用"渐变"工具，由上至下填充线性渐变，效果如图 11-27 所示。

图 11-26 填充线性渐变

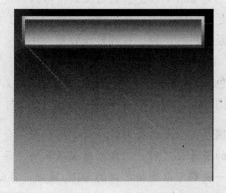

图 11-27 制作标题栏

（6）在标题栏的下侧绘制矩形选区，将前景色设置为深蓝色，背景色设置为浅蓝色，使用"渐变"工具由下至上填充线性渐变，效果如图 11-28 所示。

（7）用同样的方法在页面中绘制三个填充渐变色的矩形框，请注意改变渐变色的填充方向，如图 11-29 所示。

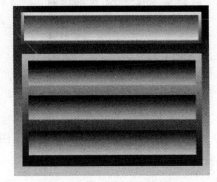

图 11-28　填充线性渐变　　　　　　图 11-29　绘制渐变矩形块

（8）使用"横排文字"工具输入文字"Photoshop 图像处理"，并适当设置文字的大小和字体。选中文字层，打开"图层样式"对话框，从中设置文字的"斜面与浮雕"效果，如图 11-30 所示。

（9）用同样的方法分别在页面标题下面的三个矩形框中输入相关文字，并分别为文字层添加图层样式，效果如图 11-31 所示。

图 11-30　制作页面标题　　　　　　图 11-31　添加文字样式

（10）接下来的工作可以交给 ImageReady CS2 来完成了。在 Photoshop CS2 窗口中，单击工具箱最下面的"在 ImageReady 中编辑"按钮 转入 ImageReady CS2 窗口。

（11）使用"切片"工具对每个分类页面内容创建切片，如图 11-32 所示。

（12）在工具箱中选择"切片选择"工具，在图像窗口中选中编号为 03 的切片"图形绘制技术"，打开"切片"面板，在 URL 文本框中输入链接网址，在 Target 下拉列表中选择_blank 选项，如图 11-33 所示。

（13）用同样的方法分别为"图像处理技术"切片和"图像优化输出"切片创建超链接。

（14）选择"文件"→"将优化结果存储为"命令，在弹出的"将优化结果存储为"对话框中为文件命名并选择存储路径，保存类型为默认的"HTML 和图像"，单击"保存"按钮保存文件。

图 11-32　创建切片　　　　　　　　图 11-33　设置切片参数

（15）在工具箱中单击浏览器预览按钮，图像显示在 Web 浏览器中，单击图像中创建链接的区域，将链接到用户设置的网址。

提示：图像翻转是一个具有多种显示状态的按钮，可以从切片或图像映射区域创建图像翻转。具体方法：使用图像分割工具将需要制作图像翻转效果的区域切开，然后选择"窗口"→"Web 内容"命令，在打开的"Web 内容"面板中设置鼠标事件（Over,Down,Click,Out），并把需要添加翻转效果的部分都赋予变化，最后还可以在"切片"面板中对翻转效果作一个超链接。

11.7　实　　训

一、实训目的

- 掌握制作 Web 图像的方法
- 掌握制作简单动画的基本方法

二、实训内容

1. 打开一幅图像文件，在图像上创建切片，并添加超链接。
2. 打开一幅图像文件，在图像上创建热区，并添加超链接。
3. 制作分针转动的挂表，挂表效果如图 11-34 所示

提示：在 Photoshop CS2 中绘制表盘和分针，然后转入 ImageReady CS2 窗口。在"动画"面板中单击"复制当前帧"按钮，"动画"面板中多出一帧，在"图层"面板中复制分针所在层，选中复制图层中的分针，使用"自由变换"工具以分针底为轴心旋转 6°。在"动画"面板中再次单击"复制当前帧"按钮，此时在"动画"面板中又多了一帧图像，再次复制旋转之后的分针所在层，选中该层并使用"自由变换"工具对分针再次旋转 6°。经过多次的"复制当前帧"、"复制当前层"和"自由变换"分针，完成分针转动的挂钟的制作，此时"动画"面板如图 11-35 所示。需要注意的是在播放动画时要控制好图层的显示。

4. 结合前面介绍的内容，设计一个动态的 Logo。
5. 设计一个具有超链接功能的 Web 页。

图 11-34　制作的挂表

图 11-35　"动画"面板

习　　题

一、填空题

1. ImageReady CS2 的基本功能包括_____。

2. 切片分为三种类型_____、_____和_____。

3. 优化图像时必须配合使用的两个面板是_____和_____。

4. 影响文件品质和大小的几个重要因素是_____、_____、_____和_____。

5. 拖动鼠标的同时按_____键，可以产生正方形的分割区域；按_____键则以单击的位置为中心点向外产生矩形分割区域。

6. 当图像较大时，优化的效果不会太理想，这时可以采取_____。

二、选择题

1. 与 Photoshop CS2 相比，ImageReady CS2 多了一个_____面板。

   A. 颜色表　　　　　　　B. 图像映射　　　　　　C. 切片　　　　　　D. 以上全部

2. 在 Photoshop CS2 窗口中可以按_____组合键启动 ImageReady CS2。

   A.【Ctrl+Shift+P】　　B.【Ctrl+Alt+P】　　C.【Ctrl+Alt+M】　　D.【Ctrl+Shift+M】

3. 在"切片"面板中，Target 下拉列表框中的_blank 选项表示_____。

   A. 在原来的浏览器的基础上重新打开一个新的浏览器来显示超链接的页面

   B. 表示将在同一框架窗口中打开

   C. 表示在父框架窗口中打开并删除其他框架

   D. 表示在顶部框架窗口中打开，并覆盖其他的框架

三、简答题

1. 图像映射的含义是什么？

2. Web 图像主要有哪几种格式，分别有什么特点？

4. 简述为网页图像创建超链接的方法。

第12章 照片处理技术

数码照相机拍摄出来的数字照片，可以用 Photoshop CS2 进行各种后期技术处理，将摄影素材优化组合，完成原来只有专业摄影人士在暗室中才能完成的工作，使照片获得更加完美的艺术效果。

本章要点：

● 修补照片常用的工具和命令

● 照片处理技术和方法

12.1 修补照片常用的工具

老照片有两大特点：一是照片颜色为灰度；二是老照片的灰度层次少，而且胶片的颗粒比较大，显得比较粗糙，如图 12-1 所示。针对老照片的特点，本节介绍四种工具："仿制图章"工具、"修复画笔"工具、"修补"工具和"污点修复画笔"工具，使用这四种工具，均可对老照片进行修补。修补效果如图 12-2 所示。

图 12-1 老照片

图 12-2 修补后的照片

以上四个工具各有所长，在修复有缺陷的照片时，四个工具可以同时并用，以达到最高的效率和最好的修复效果。它们的具体使用方法，在第 3 章已经详细介绍过，这里不再赘述。

另外，在 Photoshop CS2 中，对照片色彩和色调的控制是照片编辑的关键，它直接关系到照片最后的效果。Photoshop CS2 提供了更为完善的色彩和色调的调整功能，这些功能主要存放在"图像"菜单的"调整"子菜单中，使用它们可以快捷方便地控制图像的颜色和色调。有关图像色调和色彩调整方面的知识已在第 4 章中详细介绍，这里不再赘述。

12.2　突出照片的主题人物

作为专业的摄影师，在拍摄照片时除了要注重照片的整体构图外，拍摄的主题也应该很突出，如果某些照片拍摄时主题不太突出，可以通过后期处理达到突出主题的目的。在 Photoshop CS2 中，要拉开图像中各元素的空间感，一是调整图像模糊与清晰度，远距离的物体一般比较模糊，近距离的物体一般比较清晰；二是调整图像色彩饱和度，远距离的物体色彩饱和度低，近距离的物体饱和度高。下面通过以上两种方法拉大图像的空间感，达到突出主题人物的目的。

（1）打开一幅照片，如图 12-3 所示，从照片中可以看出，主题人物和背景完全融合在一起，主题人物并不突出。

（2）使用选取工具选取主题人物，选取时最好设置三个左右的像素值，这样会使选取的图像更加自然，如图 12-4 所示。

图 12-3　打开的照片

图 12-4　选取人物

（3）按【Ctrl+Shift+I】组合键将选区反向选择。

（4）选择工具箱中的"海绵"工具，在其工具选项栏中设置各项参数，如图 12-5 所示。

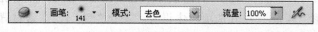

图 12-5　"海绵"工具选项栏

（5）将鼠标放置在图像中，按住鼠标来回拖动，把选区内的图像颜色去掉。

（6）选择工具箱中的"模糊"工具，在其选项栏中设置各项参数，如图 12-6 所示。

图 12-6　"模糊"工具选项栏

（7）将鼠标放置在图像中，按住鼠标来回拖动，图像中的人物背景出现了模糊效果，此时的图像空间感有了明显的变化，从而使人物更加突出。

（8）设置前景色为灰色（R:120,G:114,B:114），选择工具箱中的"涂抹"工具，在其选项栏中设置各项参数，如图 12-7 所示。

图 12-7 "涂抹"工具选项栏

（9）将鼠标放置在图像中，按住【Shift】键，沿水平方向拖动鼠标涂抹背景，产生水纹效果，使人物更加突出，效果如图 12-8 所示。

（10）选择工具箱中的"加深"工具，将背景图像变暗些，从而加强主题人物与背景的对比效果。至此照片处理完成，最终效果如图 12-9 所示。

图 12-8 去色、模糊、涂抹后的图像效果　　　　图 12-9 最终效果图

12.3　制作趣味大头贴

大头贴是当前较为时尚的一种休闲活动，受到广大年轻人的喜欢。它是将拍摄的大头照与卡通画或其他一些装饰图案结合在一起，起到装饰照片的效果。

使用平时拍摄的人物特写照片，在中文版 Photoshop CS2 中也可以制作成大头贴。制作的大头贴可以是单幅的，也可以根据照片的内容和情景设计多幅照片拼合的效果。具体方法如下：

（1）打开一幅素材背景图，如图 12-10 所示，在"图层"面板将背景层转换为普通图。

（2）选择"套索"工具，在其选项栏中设置"羽化"为 4，在素材背景中创建选区。按【Delete】键，删除选区内容，大头贴模板制作完成，如图 12-11 所示。

（3）打开一幅人物照片，如图 12-12 所示。按【Ctrl+A】组合键全选照片，按【Ctrl+C】组合键复制照片。

（4）选中刚才的大头贴模板文件，按【Ctrl+V】组合键将照片复制到该文件中，调整照片所在图层，使其置于模板图层之下。

（5）调整照片大小，使其头部正好放在大头贴模板被抠除的位置，效果如图 12-13 所示，然后拼合图层。

图 12-10　素材背景

图 12-11　大头贴模板

图 12-12　人物照片

图 12-13　大头贴效果

由于摄像头拍摄的大头贴普遍产生偏色，通常面部呈粉色，也可以为大头贴添加粉色效果。添加粉色效果的方法比较多，请用户结合前面所学的知识，自行练习。

12.4　把普通照片处理成素描画

素描是用木炭、铅笔、钢笔等工具，通过线条来画出物像明暗的单色画。把照片处理成素描画有多种方法，由于篇幅所限，这里只介绍一种方法。具体方法如下：

（1）打开一幅背景简单的照片，如图 12-14 所示。

（2）在"图层"面板中，将背景层拖到面板下方的"创建新图层"按钮上两次，复制两个背景层，复制的图层如图 12-15 所示。

图 12-14　打开的原图

图 12-15　复制的图层

（3）选中"背景副本 2"层，选择"图像"→"调整"→"去色"命令。选择"滤镜"→"其他"→"高反差保留"命令，其打开的"高反差保留"对话框中，设置"半径"为5像素。单击"确定"按钮，效果如图 12-16 所示。

提示："高反差保留"对话框中的参数，请根据不同的图片来设置，以保留更多的图片细节为准。

（4）选择"图像"→"调整"→"亮度/对比度"命令，在打开的"亮度/对比度"对话框中，分别调整亮度和对比度的值，使其适当大些，从而获取人物的轮廓线。如图 12-17 所示。

图 12-16　应用"高反差保留"滤镜　　　　图 12-17　调整"亮度/对比度"

（5）选中"背景 副本"层，选择"图像"→"调整"→"通道混和器"命令，在打开的"通道混合器"对话框中，设置参数如图 12-18 所示。

（6）选择"滤镜"→"艺术效果"→"胶片颗粒"命令，打开"胶片颗粒"对话框，设置"颗粒"为8，"高光区域"为3，"强度"为7，单击"确定"按钮，效果如图 12-19 所示。

图 12-18　"通道混和器"对话框　　　　图 12-19　应用"胶片颗粒"滤镜

（7）选择"滤镜"→"模糊"→"动感模糊"命令，设置的参数如图 12-20 所示。

（8）选择"滤镜"→"锐化"→"进一步锐化"命令，对"背景 副本"层作进一步的锐化处理。

（9）选中"背景 副本 2"层，在"图层"面板中，设置图层的"模式"为"正片叠底"，"不透明度"为50。需要注意的是，要保留人物的细节部分。

（10）合并"背景 副本"层和"背景 副本 2"层。使用"加深"工具对人物脸部线条和阴影加深；使用"减淡"工具进一步修饰人物脸部高光部分。建议将图片放大，这样便于处理，用"减淡"工具点出眼球的反光点，使头发整体加深，效果如图 12-21 所示。

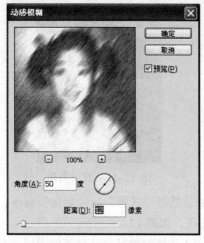

图 12-20　设置动感模糊　　　　　　　图 12-21　处理后的图片

（11）为了更加逼真，对图像进行纸质效果的处理。新建"图层 1"，并为其填充白色。

（12）选择"滤镜"→"纹理"→"纹理化"命令，设置"纹理化"滤镜的参数，"纹理"为画布，"凸现"为 5，"光照"为上，单击"确定"按钮。

（13）选择"图像"→"调整"→"曲线"命令，对图像进行适当的调整，效果如图 12-22 所示。

（14）在"图层"面板中，将"图层 1"的"不透明度"设置为 16%，得到最终的素描画，效果如图 12-23 所示

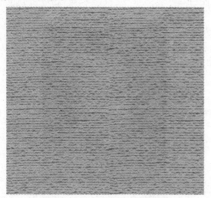

图 12-22　图层 1 效果　　　　　　　　图 12-23　素描画

12.5　制作证件照片

使用 Photoshop CS2 可以将自己的生活照片制作成证件照片来使用，本节将介绍具体的制作方法。

（1）打开一幅正面照片，选择"图像"→"图像大小"命令，选择"约束比例"复选框，设置照片的宽度为 300 像素，单击"确定"按钮，如图 12-24 所示。

（2）选择"裁切"工具，在照片人物的头像部分拖出裁切范围，然后按【Enter】键确定，如图 12-25 所示。

图 12-24 打开的原图

图 12-25 裁切图像

（3）选择"磁性套索"工具，将头像部分选取出来，选择"选择"→"羽化"命令，在打开的对话框中设置"羽化半径"为 2，单击"确定"按钮，如图 12-26 所示。

（4）按【Ctrl+C】快捷键复制选区，然后按【Ctrl+V】快捷键粘贴选区到新的图层，在"图层"面板中把原来的背景层删除掉。

（5）在"图层"面板中新建一个图层，并将其置于最下面。设置前景色为红色，选择"油漆桶"工具，在新建的图层中填充红色，作为照片的背景色。

（6）使用"缩放"工具将图像边缘放大，选中头像所在的图层，使用"橡皮擦"工具将照片头像周围的杂边去除。

（7）选择"图像"→"调整"→"曲线"命令，适当调整照片的光线。

（8）合并所有图层为背景层。将背景色设置为白色，选择"图像"→"画布大小"命令，适当放大画布，使照片周围出现白边，如图 12-27 所示。

图 12-26 选取头像部分

图 12-27 添加白边

（9）按【Ctrl+A】组合键全选照片，选择"编辑"→"定义图案"命令，在弹出的对话框中输入图案名称"证件照"，单击"确定"按钮。

（10）选择"文件"→"新建"命令，在弹出的对话框中，设置图像的宽度和高度，使其刚好能放四张照片的大小。

（11）选择"油漆桶"工具，在其选项栏中，"填充"设为图案，并在"图案"列表中选择刚才定义的"证件照"图案，如图 12-28 所示。

图 12-28　"油漆桶"选项栏

（12）在新建文件中单击，2 英寸 4 幅的证件照片制作完成，效果如图 12-29 所示。

图 12-29　证件照效果图

12.6　用通道技术为照片抠图

使用通道技术可以抠出照片中的主要内容，然后实现为照片替换背景等操作，具体方法如下：

（1）打开一幅照片，如图 12-30 所示。

（2）打开"通道"面板，从中选择红色通道并对其进行复制。

提示：原则上应该选择明暗反差大的通道进行复制处理，本照片"红色"通道是最佳选择。

（3）选中复制的红色通道，选择"图像"→"调整"→"色阶"命令，打开"色阶"对话框，适当拖动左侧的黑色滑块和右侧的白色滑块，使中间调部分减少，适当加大暗调和高光，使人物和背景很好地分开。

（4）选择"图像"→"调整"→"反相"命令。选择"画笔"工具，用黑色画笔将人物以外（也就是不需要选择的地方）涂黑，用白色画笔把人物涂白，如图 12-31 所示。

图 12-30　照片

图 12-31　红色通道副本

（5）回到"图层"面板，选择"选择"→"载入选区"命令，打开"载入选区"对话框，在"通道"列表中选择红副本，如图 12-32 所示，单击"确定"按钮载入人物选区。

（6）选择"选择"→"羽化"命令，打开"羽化"对话框，设置"羽化半径"为 2，然后单击"确定"按钮。

（7）双击背景图层，将其转换为普通图层。单击"图层"面板下面的"添加矢量蒙版"按钮，为图层添加图层蒙版。到此为止，人物就从照片中分离出来了。

（8）接下来，可以把抠出人物的随意贴到任何背景中。打开一幅图片作为背景素材，将人物直接拖动到新打开的图像窗口中，适当调整人物的色调和大小，得到如图 12-33 所示的最终效果。

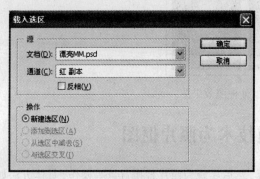

图 12-32 "载入选区"对话框

图 12-33 效果参考图

12.7 实 训

一、实训目的

- 掌握照片处理工具的功能和使用
- 掌握处理照片的方法和技巧

二、实训内容

1. 结合本章介绍的内容，运用 Photoshop CS2 各工具命令，修复不同的照片缺陷。
2. 选择几张自己喜爱的照片和背景素材，为不同的照片制作大头贴效果。
3. 选择一张人物照片，把它处理成素描画效果。
4. 选择合适照片制作艺术照效果。

提示：打开一幅人物照片，可以用"加深"工具画眉毛；用"修复"工具修剪眉毛形状并修复脸上的细纹；使用"仿制图章"工具将他人的睫毛引用过来，适当调整大小及角度，并调整"色相/饱和度"和"亮度/对比度"等；用"画笔"工具画出嘴唇的形状，并添加唇彩，使用"高斯模糊"若干次，直至效果满意为止。用同样的方法添加眼影，并使用"色相/饱和度"调整唇彩和眼影的颜色。可以为人物替换背景，并对背景进行适当处理，比如，为照片背景添加"镜头光晕"效果作为背景光，对背景进行模糊处理等。最后，选择合适的图层混合模式。

5. 更换人物脸庞

　　提示：把人物脸庞选取出来的方法比较多。比如，使用通道技术；使用快速蒙版；使用"套索"工具等。

6. 结合素描画制作方法，把普通照变成画像。参考的原照片与画像效果如图 12-34 和图 12-35 所示。

　　提示：效果制作中，使用了"去色"、"色阶"、"反相"命令，使用了"高斯模糊"、"添加杂色"和"成角的线条"滤镜等。

图 12-34　原照片

图 12-35　画像效果

习　题

一、选择题

1. 在 Photoshop 中，消除面部斑点的工具主要是_____。

　　A. 修复画笔工具　　　　B. 修补工具　　　　C. 颜色替换工具　　　　D. 仿制图章工具

2. 将头像剪裁出来，然后为头像添加背景并制作白边效果，并_____，可以将生活照做成标准的证件照。

　　A. 定义画笔　　　　　B. 定义图案　　　　C. 去色　　　　　D. 着色

二、问答题

1. 修补照片常用的工具有哪些？它们各有哪些特点？

2. 如何突出照片主题？

3. 总结处理照片的方法和技术。

第 13 章 Photoshop CS2 综合实例

在前面的各章中，均提供了相关内容的实例介绍。本章将重点讲解，如何综合使用前面所学习的知识与技巧制作综合性强的实例。

本章要点：

- 绘制鼠标
- 聚集效果制作
- 制作名片
- 制作公益广告
- 设计网页版面
- 设计企业 Logo

13.1 绘 制 鼠 标

本例通过介绍鼠标的绘制方法，使用户进一步体会 Photoshop 的绘图功能。本例还用到了"添加杂色"、"光照效果"、"动感模糊"等滤镜。具体操作步骤如下：

（1）新建一幅大小为 400 像素 × 400 像素的白色画布。

（2）在"图层"面板中，新建"图层 1"，使用"钢笔"工具勾勒出鼠标的轮廓，如图 13-1 所示。

（3）在"路径"面板中，将路径转为选区，然后为选区填充 30% 灰色。

（4）选择"滤镜"→"杂色"→"添加杂色"命令，设置"数量"为 0.2，并选择"高斯分布"单选按钮和"单色"复选框，单击"确定"按钮。

（5）选择"滤镜"→"渲染"→"光照效果"命令，参数设置如图 13-2 所示。

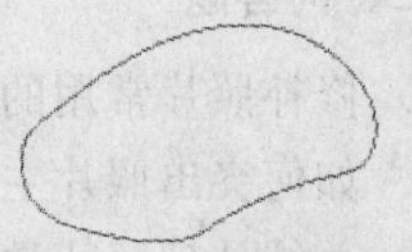

（6）新建"图层 2"，用钢笔工具勾出鼠标各部分的分隔线，转为选区并以黑色填充。使用"橡皮擦"工具，将填充的黑色线条的高光部分擦得淡一点。

图 13-1 鼠标的轮廓

（7）在"图层"面板中，单击"添加图层样式"按钮，为"图层 2"添加"斜面和浮雕"效果。其中部分参数设置为："样式"为枕状浮雕，"方法"为平滑。

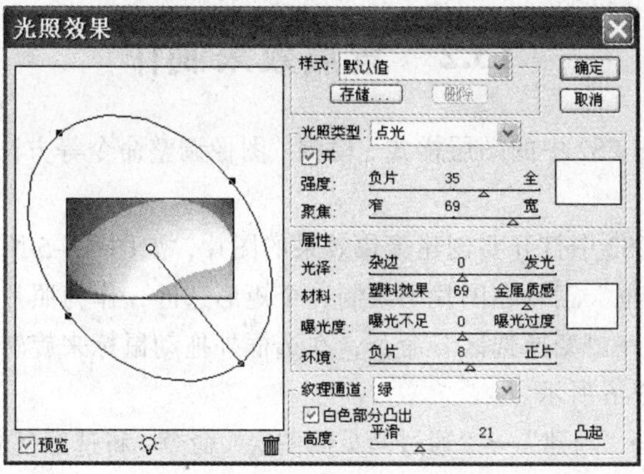

图 13-2　"光照效果"对话框

（8）使用"钢笔"工具勾出鼠标的阴暗面，并将其转为选区。选择"画笔"工具，笔触大小设置为 45，不透明度调到 80% 左右，然后在选区内涂，涂的时候注意层次与明暗。

（9）使用"模糊"工具在所涂的阴影边缘擦一下，这是为了使阴影边缘更加圆滑，效果如图 13-3 所示。

（10）使用"钢笔"工具勾出鼠标的高光部分，并将其转为选区，然后用白色填充选区。将图层透明度调到 40%，使用"模糊"工具处理一下边缘，使其变得平滑自然些。按照同样的方法，将鼠标明暗不同的区域分别选择，并进行相应的调整。

（11）新建"图层 3"，用"钢笔"工具勾出鼠标线的形状，将画笔笔尖设置的适当粗些，前景色设置为黑色，选择"路径"面板菜单中的"描边路径"命令，在打开的"描边路径"对话框中，"工具"选择画笔，单击"确定"按钮，为路径描边黑色。

（12）分别使用"模糊"和"涂抹"工具对鼠标线进行适当处理，然后为鼠标线添加"斜面和浮雕"效果。

（13）在背景层的上面新建一个图层，使用"钢笔"工具勾出整个鼠标的阴影轮廓，用"画笔"涂抹。注意不同位置的深浅差别，最后添加"动感模糊"滤镜效果，鼠标最终效果如图 13-4 所示。

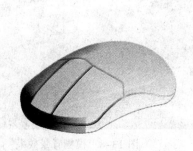

图 13-3　阴暗区调整

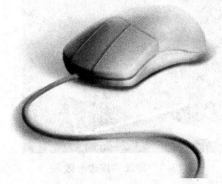

图 13-4　绘制的鼠标

13.2　聚焦效果制作

本例使用 Photoshop CS2 中的图层样式、模糊、图像调整命令等方法，来制作几种不同的照片聚焦效果。

（1）在 Photoshop CS2 中打开要创建聚焦效果的图片，如图 13-5 所示。

（2）使用"矩形选框"工具在图片中绘制一个矩形选区，作为照片焦点的区域。

（3）选择"选择"→"变换选区"命令，在选框外拖动鼠标来旋转选区，旋转到适合角度按回车键确认，如图 13-6 所示。

（4）选择"图层"→"新建"→"通过拷贝的图层"命令，将选区复制为一个新的"图层 1"。

（5）选中"图层 1"，并双击"图层 1"的缩略图，打开"图层样式"对话框，在左侧样式列表中选择"阴影"选项，将"角度"设为 70 度，"距离"设为 15 像素，"大小"设为 10 像素。

图 13-5　打开图像

图 13-6　建立选区

（6）再选择图层样式列表中的"描边"选项，将"大小"设为 10 像素，"位置"为内部，"颜色"为白色，这样就在图层周围添加了一个 10 像素的白色边框，效果如图 13-7 所示。

接下来制作不同的聚焦效果：

效果一：在图层面板中选中"背景层"，选择"滤镜"→"模糊"→"径向模糊"命令，在打开的"径向模糊"对话框中，设置"数量"为 50，"模糊方法"选择"缩放"，这样可使背景产生一种收缩模糊的效果，而将焦点集中在刚才建立的快照区域，效果如图 13-8 所示。

图 13-7　添加"描边"效果

图 13-8　模糊背景效果

效果二：选择"图像"→"调整"→"色阶"命令，在打开的"色阶"对话框中，向右拖动左下角的"输出色阶"滑块到 150 左右，如图 13-9 所示，使画面背景变亮，并产生朦胧的效果，如图 13-10 所示。

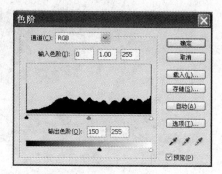

图 13-9　调整"色阶"

图 13-10　背景加亮效果

效果三：选择"图像"→"调整"→"去色"命令，这种方法将删除背景层中的颜色而变为黑白图片，但"图层 1"区域仍是彩色的，效果如图 13-11 所示。

效果四：双击"背景层"，将其转换为普通层"图层 0"。选中"图层 0"，选择"滤镜"→"模糊"→"高斯模糊"命令，"半径"设为 5。然后，再对"图层 0"添加"图案叠加"图层样式，设置"混合模式"为柔光、"不透明度"为 30%、"图案"为编织、"缩放"为 50%，得到最终效果，如图 13-12 所示。

图 13-11　背景去色效果

图 13-12　图案叠加效果

13.3　制 作 名 片

本节介绍一种名片的制作方法。主要使用到绘图工具、选区操作、设置图层混合模式、添加滤镜效果、色彩调整等知识。其制作过程如下：

（1）在 Photoshop CS2 中，选择"文件"→"新建"命令，创建"宽度"为 9cm，"高度"为 5.5cm，"分辨率"为"120 像素/英寸"，"模式"为 CMYK，"背景色"为"白色"的新文件，然后将其以"名片"为文件进行存储。

（2）在工具箱中选择"渐变"工具，在其工具选项栏中单击"编辑渐变"按钮，弹出"渐变编辑器"对话框，设置三个色标分别为：C:65 M:5，C:18 Y:2，C:70 M:30。

（3）按住【Shift】键，在图像中由上而下为"背景"层填充设置的渐变色，填充渐变后的效果如图 13-13 所示。

（4）在"图层"面板中新建"图层 1"，设置前景色为白色，选择"画笔"工具，画笔笔头大小为 200 左右，在图像中间位置喷绘一些虚化的白色光芒效果，如图 13-14 所示。

图 13-13　填充渐变后的背景效果

图 13-14　绘制白色光芒

（5）在"图层"面板中新建"图层 2"，选择"椭圆选框"工具，并按住【Shift】键绘制圆形选区，设置前景色为白色，按【Alt+Delete】组合键，为圆形选区填充白色，如图 13-15 所示。

（6）选择"选择"→"变换选区"命令，按住【Shift】键，使用鼠标将选区缩小，选择"选择"→"羽化"命令，设置"羽化半径"为 10 像素。

（7）按【Delete】键，删除带有羽化性质的选区内图像，然后取消选区。按【Ctrl+T】组合键，调整至合适大小，产生气泡效果，如图 13-16 所示。

图 13-15　绘制白色选区

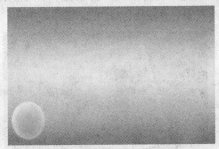

图 13-16　气泡效果

（8）将"图层 2"的不透明度调整为 50%，选择"选择"→"载入选区"命令，弹出"载入选区"对话框，按如图 13-17 所示设置选项，单击"确定"按钮。

（9）在工具箱中选择"移动"工具，按住【Alt】键，使用鼠标拖动并复制另一个气泡。按【Ctrl+T】组合键对复制的气泡进行自由变形，调整至合适大小。用同样的方法再复制并移动另一个气泡，效果如图 13-18 所示。

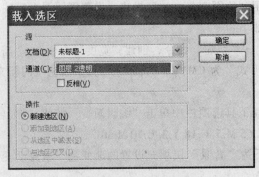

图 13-17　"载入选区"对话框

图 13-18　复制气泡

（10）在"图层"面板中新建"图层 3"，设置前景色为"黑色"，选择"矩形"工具的"填充像素"方式，在图像中绘制如图 13-19 所示的黑色矩形图形。

（11）选择"滤镜"→"杂色"→"添加杂色"命令，在打开的"添加杂色"对话框中，设置"数量"为 200，"分布"为高斯分布，选择"单色"复选框，然后单击"确定"按钮。

（12）按【Ctrl+T】组合键对其自由变形，调整至覆盖图像下半部分，如图 13-20 所示。

图 13-19　绘制黑色矩形

图 13-20　图像下半部分效果

（13）选择"滤镜"→"模糊"→"动感模糊"命令，"角度"为 0，"距离"为 70 像素，产生的效果如图 13-21 所示。

（14）选择"图像"→"调整"→"亮度/对比度"命令，设置"亮度"为-45，"对比度"为 50，并将"图层 3"的图层混合模式设置为"滤色"模式，效果如图 13-22 所示。

图 13-21　添加"动感模糊"效果

图 13-22　设置"滤色"模式

（15）打开素材文件"花"，如图 13-23 所示。使用"魔棒"工具在背景区域单击并选择"反向"命令，将选取的花移动至"名片"文件中，并创建了"图层 4"。

（16）对"图层 4"中的花进行调整和变形，然后复制多个花，并对它们进行大小和位置的调整，效果如图 13-24 所示。

图 13-23　打开的素材文件

图 13-24　复制的花

（17）选中"图层 4"，选择"图像"→"调整"→"亮度/对比度"命令，在打开的"亮度/对比度"对话框中，设置"亮度"为 30，"对比度"为 35。然后将图层的"不透明度"设置为 50%。

（18）打开一个标志文件，将其中的标志拖动到"名片"文档中，然后调整标志的大小和位置，效果如图 13-25 所示。

（19）使用"文字"工具输入有关文字信息，并设置合适的字体、大小和位置，至此名片制作完成，最终效果如图 13-26 所示。

图 13-25　添加标志

图 13-26　名片效果

13.4　制作公益广告

公益广告往往起着"润物细无声"的作用，它的魅力在于耳濡目染，潜移默化。好的公益广告能与受众的心灵"一拍即合"。本节设计以"保护大自然"为主题的公益广告，在制作过程中使用了大量的滤镜效果。其制作过程如下：

第 1 步：制作干裂的土地

（1）新建一幅 500 像素×500 像素、RGB 模式的白色图像文件，将前景色设置为橙色，背景色设置为深黄色。

（2）新建"图层 1"，选择"滤镜"→"渲染"→"云彩"命令，为"图层 1"应用"云彩"滤镜。

（3）选择"滤镜"→"杂色"→"添加杂色"命令，打开"添加杂色"对话框中，选中"单色"复选框，设置"数量"为 32，"分布"为高斯模糊，然后单击"确定"按钮，图像效果如图 13-27 所示。

（4）按【Ctrl+A】组合键全选"图层 1"，按【Ctrl+C】组合键复制图像。

（5）打开"通道"面板，单击"通道"面板底部的【创建新通道】按钮，创建 Alpha1 通道，按【Ctrl+V】组合键，将复制的图像粘贴到 Alpha1 通道中，然后按【Ctrl+D】组合键取消选区。

（6）按【Ctrl+L】组合键打开"色阶"对话框，将直方图下方最左侧的滑块向右拖动（"输入色阶"值为 100），然后单击"确定"按钮，使 Alpha1 通道中的图像变暗。

（7）按【Ctrl+~】组合键或单击"图层 1"返回到 RGB 混合模式。选中图层 1，根据需要可以再次打开"色阶"对话框，进一步改变图像的亮度。

（8）新建并选中"图层 2"，将前景色设置为黑色、背景色设置为白色，按【Ctrl+Delete】组合键以背景色填充"图层 2"。

（9）选择"滤镜"→"纹理"→"染色玻璃"命令，在打开的"染色玻璃"对话框中设置"单元格大小"为 36，"边框粗细"为 5，"光照强度"为 0，然后单击"确定"按钮。"图层 2"中的图像效果如图 13-28 所示。

图 13-27　应用"添加杂色"效果

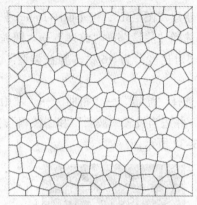

图 13-28　应用"染色玻璃"滤镜

（10）在"图层"面板中，将"图层 2"拖动到底部的"创建新图层"按钮上，将产生一个"图层 2 副本"图层。

（11）选中"图层 2 副本"，选择"滤镜"→"像素化"→"晶格化"命令，在打开的"晶格化"对话框中设置"单元格大小"为 9 左右，然后单击"确定"按钮。

（12）选择"选择"→"色彩范围"命令，打开"色彩范围"对话框，设置"选择"为高光，然后单击"确定"按钮，把图像中的白色区域选中。

（13）按【Delete】键清除白色区域，再按【Ctrl+D】组合键取消选区。

（14）将"图层 2 副本"的混合模式改为"正片叠底"，并设置图层的不透明度为 70%左右，效果如图 13-29 所示。

（15）选中"图层 2"，选择"选择"→"色彩范围"命令，打开"色彩范围"对话框，设置"选择"为高光，然后单击"确定"按钮，把图像中的白色区域选中。按【Delete】键清除白色区域，再按【Ctrl+D】组合键取消选区，此时的图像效果如图 13-30 所示。

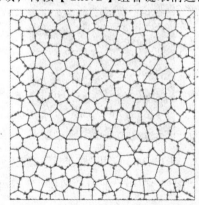

图 13-29　设置图层 2 副本混合模式

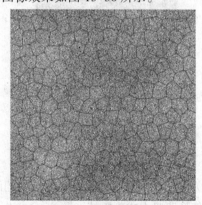

图 13-30　清除图层 2 的白色区域

（16）合并图层，并将图像保存为"干裂的土地"。

第 2 步：制作被砍伐的树桩

（1）新建一幅 460 像素 × 460 像素、RGB 模式的白色图像文件，并设置前景色的 RGB 值为（R:120，G:50，B:20），背景色的 RGB 值为（R:140，G:96，B:56）。

（2）新建"图层 1"，按【Ctrl+Delete】组合键，以背景色填充"图层 1"。

（3）选择"滤镜"→"纹理"→"颗粒"命令，在打开的"颗粒"对话框中设置"强度"为 26%，"对比度"为 16%，"颗粒类型"为水平，然后单击"确定"按钮，效果如图 13-31 所示。

（4）选择"滤镜"→"扭曲"→"波浪"命令，在打开的"波浪"对话框中设置"生成器数"为 1，并适当设置"波长"和"波幅"，然后单击"确定"按钮，应用"波浪"滤镜后的效果如图 13-32 所示。

图 13-31　应用"颗粒"滤镜　　　　　　　　　图 13-32　应用"波浪"滤镜

（5）选择"滤镜"→"扭曲"→"旋转扭曲"命令，在打开的"旋转扭曲"对话框中设置"角度"为 20 度左右，然后单击"确定"按钮，效果如图 13-33 所示。

（6）制作年轮。按下【Shift】键，使用"矩形选框"工具选中"图层 1"中效果比较好的弯曲木纹部分，选择"滤镜"→"扭曲"→"极坐标"命令，在打开的"极坐标"对话框中选择"平面坐标到极坐标"单选按钮，单击"确定"按钮，效果如图 13-34 所示。

图 13-33　应用"旋转扭曲"滤镜　　　　　　　图 13-34　应用"极坐标"滤镜

（7）按【Ctrl+J】组合键，将选区中的图像复制到"图层 2"中，此时"图层 1"不再需要，可以将其隐藏起来或删除掉。

（8）使用"椭圆选框"工具选中年轮部分，按【Ctrl+C】组合键复制选中的图像，新建一幅 RGB 模式的图像文件，按【Ctrl+V】组合键将年轮粘贴到新建的文件中。

（9）选中年轮所在的"图层 1"，选择"图像"→"调整"→"色阶"命令，在打开的"色阶"对话框中，将直方图下方右侧代表暗调的滑块向左移动，使整个图像的亮度增加，然后单击"确定"按钮，调整色阶后的年轮如图 13-35 所示。

（10）选择"选择"→"修改"→"边界"命令，在打开的"边界选区"对话框中，设置宽度为 20 像素，单击"确定"按钮，此时创建了一个宽度为 20 像素的环状选区，用来制作树皮，如图 13-36 所示。

图 13-35 调整色阶后的年轮

图 13-36 形成的环状选区

（11）由于树皮颜色较深，需要将选区中图像的亮度减少。按【Ctrl+L】组合键，打开"色阶"对话框，将直方图下方左侧的滑块向右移动，中间的滑块也向右移，使选区中的图像变暗，完成后单击"确定"按钮，效果如图 13-37 所示。

（12）此时的年轮色调太红，需要去除部分红色调。选中年轮，选择"图像"→"调整"→"色相/饱和度"命令，在打开的"色相/饱和度"对话框中，将"饱和度"值减小，适当调整"明度"的值，直到合适为止，然后单击"确定"按钮。

（13）年轮的中心部分一般发白，选中年轮所在的图层，单击"图层"底部的"添加矢量蒙版"按钮，为"图层 1"添加一个蒙版。

（14）选中"图层 1"中的蒙版，前景色设为黑色，背景色设为白色，使用"渐变"工具从年轮中心向外拉出一条径向渐变（由黑色到白色），"图层"面板如图 13-38 所示。

图 13-37 调整树皮部分的色阶

图 13-38 "图层"面板

（15）按【Ctrl】键，单击蒙版层载入选区，然后将蒙版删除掉。

（16）按【Ctrl+Shift+I】组合键，将选区反选，按【Ctrl+L】组合键打开"色阶"对话框，将直方图下方中间的滑块向左移，使年轮的中间部分加亮、变白，效果如图 13-39 所示。到此为止，年轮制作完成。

（17）接下来制作树皮。新建"图层 2"，将前景色设置为黑色，背景色的 RGB 值为（R:100,G:5,B:20），按【Ctrl+Delete】组合键以背景色填充"图层 2"。

（18）选择"滤镜"→"纹理"→"颗粒"命令，在打开的"颗粒"对话框中设置"强度"为 16%，"对比度"为 26%，"颗粒类型"为垂直，然后单击"确定"按钮，此时，添加滤镜后的图像漆黑一片。

（19）选择"滤镜"→"扭曲"→"旋转扭曲"命令，在打开的"旋转扭曲"对话框中设置"角度"为 43° 左右，然后单击"确定"按钮，此时的图像仍然漆黑一片，如图 13-40 所示。

图 13-39 制作的年轮

图 13-40 添加滤镜后的图像

（20）按【Ctrl+A】组合键全选"图层 2"，按【Ctrl+C】组合键复制，打开"通道"面板，单击"通道"面板底部的"创建新通道"按钮创建 Alpha1 通道，按【Ctrl+V】组合键，将复制的图像粘贴到 Alpha1 通道，此时的 Alpha1 通道也漆黑一片。

（21）选中 Alpha1 通道，按【Ctrl+L】组合键打开"色阶"对话框，将直方图下方右侧的滑块向左移动，直到通道中显示竖状条纹为止，Alpha1 通道中的条纹如图 13-41 所示。

（22）按【Ctrl+D】组合键取消选区。回到 RGB 混合通道，选择"滤镜"→"渲染"→"光照效果"命令，在打开的"光照效果"对话框中，"纹理通道"选择 Alpha1 通道，适当设置其他参数。

（23）按【Ctrl+L】组合键打开"色阶"对话框，将直方图下方右侧的滑块向左移动，直到图像中显示出粗糙的竖状暗条纹为止，效果如图 13-42 所示。

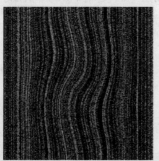

图 13-41 调整 Alpha1 通道的色阶

图 13-42 调整色阶

（24）在"图层"面板中新建"图层 3"，确认前景色与背景色没有改变，选择"滤镜"→"渲染"→"云彩"命令，为"图层 3"应用"云彩"滤镜。然后在"图层"面板中将"图层 3"的显示模式改为"颜色"，使树皮更加自然，如果希望产生老树皮的效果，还可以使用"染色玻璃"滤镜来进一步处理树皮。

（25）下面需要将制作的年轮和树皮组成被砍伐的树桩。根据前面章节所学知识制作一个圆柱，要求将圆柱侧面和圆柱顶面分别放在不同的图层中，圆柱如图 13-43 所示。

（26）分别将存放树皮和年轮的图层拖动到圆柱所在层的上面。按【Ctrl】键单击圆柱侧面所在图层，载入圆柱侧面选区。

（27）选中树皮所在的图层，然后按【Ctrl+Shift+I】组合键反选，按【Delete】组合键将圆柱侧面以外的部分删除掉，按【Ctrl+D】组合键取消选区，如图 13-44 所示。

（28）单击年轮所在图层并选中年轮，按【Ctrl+T】组合键将年轮变换到刚好覆盖圆柱顶面，满意后按回车键应用变换，树桩制作完成，如图 13-45 所示。

（29）拼合除背景层之外的所有图层，并将图像保存为"树桩"。

图 13-43　制作的圆柱　　　　图 13-44　把树皮贴在圆柱侧面　　图 13-45　将年轮贴在圆柱顶面

第 3 步：设计公益广告

（1）新建一幅 660 像素×660 像素、RGB 模式的白色图像文件。

（2）将前景色设置为蓝色，背景色设置为白色，新建并选中"图层 1"，选择"滤镜"→"渲染"→"云彩"命令，为"图层 1"应用"云彩"滤镜。

（3）打开"干裂的土地"图像文件，将图像选中并复制到新建的图像文件中，此时在新建的文件中出现"图层 2"。全选"图层 2"中的图像，按【Ctrl+T】组合键并对图像进行自由变换，调整图像的大小，然后按回车键确认，效果如图 13-46 所示。

（4）打开"树桩"图像文件，选中树桩并将其复制到新建的图像文件中，树桩出现在"图层 3"中。选中树桩，选择"编辑"→"变换"→"扭曲"命令，将树桩的下部调整的粗些，形成上细下粗的效果，再使用"缩放"命令调整树桩的大小，效果如图 13-47 所示。

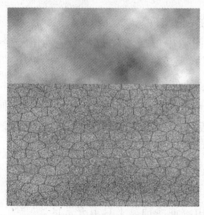　　　　

图 13-46　调整的图层 2　　　　　　　图 13-47　复制并调整树桩的大小

（5）选中"图层 3"中的树桩并进行多次的复制，适当调整每个树桩的大小和位置。

（6）使用"模糊"工具分别将各个树桩的底部轻轻地涂抹，使树桩与地面衔接得更加自然些。

（7）使用"画笔"工具在地面上绘制些枯黄的小草，如图 13-48 所示。

（8）将各个树桩所在层合并成一个图层。将打开的"幼苗"图片拖到图像文件中，并适当调整"幼苗"图片的大小和位置。

（9）添加广告语。选择"文本"工具，在图像的合适位置添加广告语，并对广告语进行适当设置和描边。至此，公益广告制作完成，效果如图 13-49 所示。

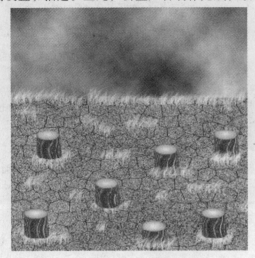 

图 13-48　绘制枯黄的小草　　　　　　　　图 13-49　公益广告效果图

13.5　设计网页版面

本节设计一个网页版面——"苹果小屋"。实例主要包括苹果的绘制、网页版面的构图安排、文字设计、图形按钮绘制等内容。制作过程如下：

第 1 步：绘制苹果

（1）新建大小为 360 像素 × 360 像素、RGB 模式的图像文件。

（2）选择"椭圆选框"工具，按【Shift】键，在图像中根据苹果的大小拖动出一个正圆选区。

（3）选择"选择"→"存储选区"命令，将选区保存在 Alpha1 通道中。

（4）在"通道"面板中选中 Alpha1 通道，保证前景色和背景色为黑、白色，选择"画笔"工具，用黑色画笔添加蒙版区域，用白色画笔减小蒙版区域，实现对蒙版的修改，直到绘制出苹果的外形为止，效果如图 13-50 所示。

（5）选择 RGB 复合通道，选择"选择"→"载入选区"命令，在打开的"载入选区"对话框中，选择 Alpha 1 通道，在选项栏中单击"新选区"按钮，载入苹果轮廓选区。

（6）新建"图层 1"，将前景色设置为苹果红，使用"油漆桶"工具填充选区。

（7）为了产生立体效果需要作几个反光面。新建"图层 2"，使用"套索"工具沿苹果右上方轮廓的边缘做出选区并进行适当的羽化处理。

（8）将前景色设置为白色，使用"油漆桶"工具填充羽化后的选区，为了使反光面更自然些，将"图层 2"的不透明度减小到 80% 左右，效果如图 13-51 所示。

图 13-50　编辑后的 Alpha1 通道

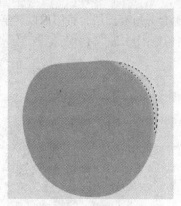

图 13-51　制作反光面

（9）用同样的方法在苹果的左侧也做出反光面，需要注意的是左边为受光面，要亮一些。

（10）在"通道"面板中新建 Alpha2 通道，使用"椭圆选框"工具绘制一个椭圆选区，使用"画笔"工具在选区中随意画些白点，然后选择"滤镜"→"扭曲"→"水波"滤镜，设置"数量"与"起伏"分别为 10 和 5 左右，然后单击"确定"按钮，效果如图 13-52 所示。如果一次不行，用户可以多试几次，直到满意为止。

（11）选择"通道"面板中的 RGB 复合通道，选择"选择"→"载入选区"命令，在打开的"载入选区"对话框中，选择 Alpha 2 通道，在选项栏中单击"新选区"按钮载入选区。

（12）回到"图层"面板，新建"图层 3"，用"油漆桶"工具以白色填充选区，然后适当降低"图层 3"的不透明度，效果如图 13-53 所示。

图 13-52　应用水波滤镜

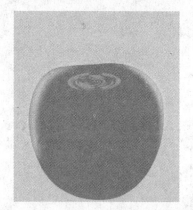

图 13-53　填充选区并降低层的不透明度

（13）新建"图层 4"，使用"套索"工具勾出苹果柄的轮廓并填充褐色，选择"滤镜"→"杂色"→"添加杂色"命令为苹果柄添加一点杂色，效果如图 13-54 所示。

（14）可以在苹果表面再添加几个反光面。使用"套索"工具在苹果表面勾出反光面轮廓，并对其进行羽化处理。

（15）将前景色设为白色，选择"渐变"工具，在其选项栏中选择"前景色到透明"渐变。新建"图层 5"，在选区内从外向内拉出渐变，适当调整"图层 5"的不透明度，绘制的苹果如图 13-55 所示。

（16）合并所有图层，将图像以"苹果"为文件名保存起来。

图 13-54　绘制苹果柄

图 13-55　绘制的苹果

第 2 步：设计网页版面

（1）新建一幅 20cm×12cm、RGB 模式的白色画布，并将其保存为"苹果小屋"。

（2）将工具箱中的前景色设置为粉色，按【Alt+Delete】组合键，为画布填充粉色。

（3）新建"图层 1"，使用"矩形选框"工具在画布中绘制一个矩形选区，并填充白色。效果如图 13-56 所示。

（4）选择"窗口"→"路径"命令，打开"路径"面板，单击面板底部的"从选区生成工作路径"按钮将选区转换为路径。

（5）单击"画笔"工具，在其面板中设置各选项及参数如图 13-57 所示。

图 13-56　填充选区

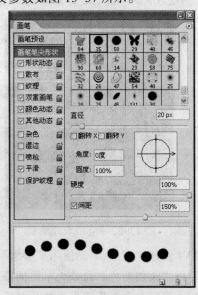

图 13-57　"画笔"面板

（6）新建"图层 2"，将前景色设置为黑色，单击"路径"调板底部的【用画笔描边路径】按钮，描绘的路径效果如图 13-58 所示，然后将路径隐藏起来。

（7）按【Ctrl】键，单击"图层 2"缩览图添加选区，然后将"图层 2"删除掉。

（8）按【Delete】键，删除选区中的图形，按【Ctrl+D】组合键取消选区，删除图形后的效果如图 13-59 所示。

图 13-58　描绘路径　　　　　　　　　　　图 13-59　删除图形后的效果

（9）选择"图层"→"图层样式"→"外发光"命令，在弹出的"图层样式"对话框中设置各选项及参数如图 13-60 所示。设置完毕，单击"确定"按钮。

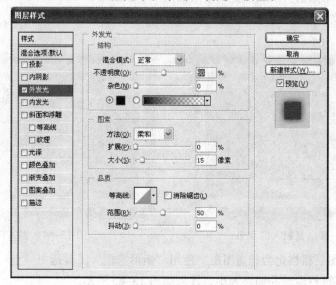

图 13-60　设置"外发光"样式

（10）在"路径"面板的"工作路径"上单击，将工作路径显示在画面中。

（11）按【Ctrl+T】组合键，为工作路径添加自由变形框，按住【Shift+Alt】组合键，将鼠标移动到变形框右上角的控制点上，按住左键向左下角拖到，将工作路径缩小。

（12）按回车键确认路径的缩小变形操作，按【Ctrl+Enter】组合键将缩小后的路径转换为选区。

（13）新建"图层 2"，将前景色设置为橙色，按【Alt+Delete】组合键为选区填充橙色。按【Ctrl+D】组合键取消选区，效果如图 13-61 所示。

（14）新建"图层 3"，将工具箱中的前景色设置为白色，选择工具箱中的"自定义形状"工具，在其选项栏的"形状"列表中找到"红桃"图形后，绘制多个红桃形状。

（15）使用"魔棒"工具选中其中的一个红桃形状，按【Ctrl+T】组合键，然后对其进行旋转并调整大小。用同样的方法调整其他红桃形状。

（16）将"图层3"的不透明度设置为25%，降低不透明度后的图像效果如图13-62所示。

图 13-61　填充橙色

图 13-62　调整后的红桃形状

（17）打开前面绘制的"苹果"图像文件，选中苹果，将其两次复制到当前的"苹果小屋"文件中，然后调整苹果的大小和位置，效果如图13-63所示。

（18）选择"文字"工具，设置字体为隶书，字号为72点，颜色为白色，输入"苹果小屋"文字，如图13-64所示。

图 13-63　移动复制入的苹果

图 13-64　输入文字

（19）将文字图层栅格化为普通图层。使用"矩形选框"工具选中"小"字，按【Ctrl+T】组合键，然后对其进行旋转并调整大小，效果如图13-65所示。

（20）按【Enter】键，确认文字的缩放及旋转变形操作。

（21）选中文字所在层，选择"图层"→"图层样式"→"描边"命令，在打开的"图层样式"对话框中，设置"大小"为3，"颜色"为白色；选择"图案叠加"样式，选中一种图案之后单击"确定"按钮，对文字描边并填充图案，效果如图13-66所示。

（22）新建一个图层，将前景色设置为白色，选择工具箱中的"自定形状"工具，在"形状"选项栏中选择●图形，在新建图层上绘制三个形状。

（23）选中绘制的形状，选择"图层"→"图层样式"→"斜面与浮雕"命令，在打开的"图层样式"对话框中，适当设置"斜面与浮雕"对应的参数值，直到满意为止。

图 13-65 变换"小"字　　　　　　　　　图 13-66 描边与填充文字

（24）选择"横排文字"工具，将文字颜色设置为枚瑰色，然后在三个形状上分别输入"音乐"、"酒吧"、"茶社"文字，效果如图 13-67 所示。

（25）选择"横排文字"工具，在页面的左下角拖出一个文本框，将文字颜色设置为枚瑰色，然后在文本框中输入一段文字。

（26）适当调整文字的大小，至此"苹果小屋"网页版面设计完成，最终效果如图 13-68 所示。

（27）合并所有图层，按【Ctrl+S】组合键，将文件以"苹果小屋"保存起来。

图 13-67 添加形状并输入文字　　　　　　图 13-68 网页版面效果图

13.6 设计企业 Logo

Logo 译为标志、徽标、标志图等。顾名思义，企业 Logo 就是企业的标志图案，是企业最主要的形象标志。企业 Logo 的作用很多，最重要的就是表达企业的理念，并以精美、简洁、独特的形式把企业的形象和理念长留于人们心中。

企业 Logo 的设计原则，与其他标志图案设计原则一样，应该遵循人们的认识规律，突出主题、引人注目。设计时最好不要运用复杂的笔触、填充纹理、大量的色彩、粗细变化很大的文字，尽量做得既简洁又形象。

企业 Logo 的设计技巧很多，需要注意：保持视觉平衡、讲究线条流畅，使整体形状美观；用反差、对比或边框等强调主题；选择恰当的字体；注意留白，给人想象空间；合理运用色彩，因为人们对色彩的反映比对形状的反映更为敏锐和直接，更能激发情感。

图 13-69 所示是安居房地产公司设计的 Logo, 它以 "安居" 中字母 A 作为标志设计元素, 上方采用蓝色, 指碧天, 意喻创造和谐美好的人文社区环境, 下面介绍它的制作过程。

其操作步骤如下:

（1）新建一幅大小 150px×150px、CMYK 颜色模式的白色图像文件。

（2）选择 "椭圆选框" 工具, 按【Alt+Shift】组合键, 以图像的中心点为中心创建一个正圆选区。

（3）单击 "选择→存储选区" 菜单命令, 在打开的 "存储选区" 对话框中直接单击【确定】按钮, 将选区存储在 Alpha1 通道中。

（4）将前景色设置为黄色, 背景色设置为绿色, 选中 "渐变" 工具并在其选项栏中选择 "径向渐变", 从选区中心向外拖动鼠标, 为选区填充渐变色, 如图 13-70 所示。

图 13-69　安居房地产公司 Logo　　　　　图 13-70　为选区填充渐变色

（5）选择 "多边形套索" 工具, 在其选项栏中单击【与选区相交】项, 在正圆的中上部创建一个宽度较窄的选区, 如图 13-71 所示。强调的是使用 "多边形套索" 工具时, 拖动的间隔一定小, 保证选区边缘的圆滑。

（6）新建 "图层 1", 选择 "油漆桶" 工具, 设置前景色为白色, 移动鼠标在图像窗口中单击, 在 "图层 1" 中为选区填充白色, 按下组合键【Ctrl+D】取消选区, 如图 13-72 所示。

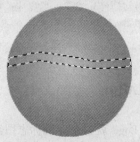

图 13-71　创建的选区　　　　　　　图 13-72　为选区填充白色

（7）使用 "磁性套索" 工具选中圆的上半部分, 将前景色设置为白色, 背景色设置为蓝色, 使用 "渐变" 工具从选的左上方拖到右下方, 为选区填充径向渐变, 效果如图 13-73 所示, 按下组合键【Ctrl+D】取消选区。

（8）使用 "多边形套索" 工具, 创建如图 13-74 所示的选区, 设置前景色为白色, 移动鼠标在图像窗口中单击, 在 "图层 1" 中为选区填充白色, 按下组合键【Ctrl+D】取消选区。至此, 安居房地产公司 Logo 制作完成, 最终设计效果如图 13-69 所示。

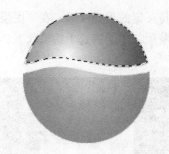

图 13-73　为选区填充渐变色

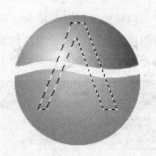

图 13-74　创建的选区

13.7　包 装 设 计

　　包装具有保护商品、传达商品信息、方便使用和运输以及促进销售等功能，包装作为实现商品价值和使用价值的手段，在生产、流通、销售和消费领域中，发挥着极其重要的作用。本节介绍包装设计的方法，具体的操作过程如下：

　　（1）新建一幅大小为 600 像素×400 像素、RGB 模式的白色图像。

　　（2）新建"图层 1"，并将其重命名为"背景"。

　　（3）将前景色设为深蓝色，背景色设为浅蓝色。在工具箱中选择"渐变"工具，在其选项栏中选择"线性渐变"选项，由上至下画出渐变，效果如图 13-75 所示。

　　（4）新建"图层 2"，将其重命名为"包装的正面"。选择"矩形选框"工具，在图像中画出一个矩形选区。

　　（5）设置前景色为浅绿色，背景色设为深绿色，选择"线性渐变"选项，在选区内进行由左上至右下的渐变填充，效果如图 13-76 所示。

图 13-75　渐变填充

图 13-76　填充选区

　　（6）新建"图层 3"，将其重命名为"包装的顶面 1"。使用"矩形选框"工具在如图 13-77 所示的位置画出一个矩形选区。

　　（7）前景色保持不变，将背景色的深绿色适应减淡些，选择"线性渐变"选项，在选区内进行由左上至右下的渐变填充，效果如图 13-78 所示。

（8）使"包装的顶面 1"层和"包装的正面"层保持一定的重叠区域。在"图层"面板中单击"添加图层蒙版"按钮，为"包装的顶面"层添加蒙版，使蒙版处于编辑状态，在工具箱中选择"渐变"工具，由上至下拉出渐变区域。

图 13-77　绘制矩形选区　　　　　　　　　　图 13-78　填充选区

（9）选择"编辑"→"自由变换"→"斜切"命令，调整"包装的顶面 1"层图像的形状。

（10）新建"包装的顶面 2"层，在工具箱中选择"圆角矩形"工具，画出一个圆角矩形的路径，然后在"路径"面板中将路径转换为选区。

（11）将前景色设置为浅黄色，使用"油漆桶"工具填充选区，并对其进行适当的调整，效果如图 13-79 所示。

（12）新建"标志"层，使用"椭圆"工具绘制一个椭圆选区，将前景色设置为浅黄色，使用"油漆桶"工具对选区进行填充。

（13）选择"文字"工具，在填充的椭圆上输入深绿色文字 VC，用户可根据实际需要设定文字大小，效果如图 13-80 所示。

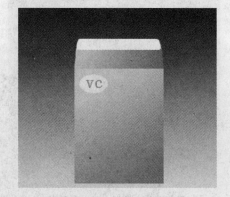

图 13-79　绘制矩形选区　　　　　　　　　　图 13-80　输入文字 VC

（14）将前景色设置为浅黄色，使用"文字"工具输入需要的文字，并对文字的字体及字号进行适当设置，效果如图 13-81 所示。

（15）打开一副柠檬图片，并将其复制到当前的图像文件中。

（16）根据打开图片的实际情况，需要对图片进行适当处理，然后对其进行复制，并将它们移动到合适位置，效果如图 13-82 所示。

图 13-81 输入的文字

图 13-82 复制的图片

（17）将"标志"层和柠檬所在的层分别进行复制，将它们移动到包装的上方，并使用"自由变换"工具对其进行大小的调整，形成如图 13-83 所示的效果。

（18）合并包装盒正面部分内容所在的图层，并对合并后的图层进行复制。分别使用"自由变换"命令和"斜切"命令对复制的图层进行调整，产生的包装侧面效果如图 13-84 所示。

图 13-83 移动位置

图 13-84 侧面效果

（19）使用"多边形套索"工具创建如图 13-85 所示的选区。

（20）将前景色设置为浅绿色，将背景色设置为深绿色，使用"渐变"工具填充选区。至此，包装制作完成，最终效果如图 13-86 所示。

图 13-85 创建的选区

图 13-86 包装最终效果

参 考 文 献

[1] Adobe 公司北京代表处. Adobe 数字艺术中心 Photoshop CS 标准教材. 北京：人民邮电出版社, 2006.

[2] 水木风云工作室编著. Photoshop CS2 中文版范例导航. 北京：清华大学出版社, 2006.

[3] 安小龙. Photoshop CS2 入门与提高. 北京：中国青年出版社, 2006.

[4] 郭光. Photoshop CS2 标准教程. 北京：中国青年出版社, 2005.